BIANCA.

INDIA GREY

ANHELOS PROHIBIDOS

Editado por Harlequin Ibérica.
Una división de HarperCollins Ibérica, S.A.
Avenida de Burgos, 8B - Planta 18
28036 Madrid
www.harlequiniberica.com

© 2025 Harlequin Ibérica, una división de HarperCollins Ibérica, S.A.
N.º 495 - 21.3.25

© 2011 India Grey
Anhelos prohibidos
Título original: Craving the Forbidden

© 2011 India Grey
En la cama con un extraño
Título original: In Bed with a Stranger
Publicadas originalmente por Harlequin Enterprises, Ltd.
Estos títulos fueron publicados originalmente en español en 2012

I.S.B.N.: 978-84-1074-470-7
Depósito legal: M-26815-2024
Impreso en España por: BLACK PRINT
Fecha impresión para Argentina: 17.9.25
Distribuidor exclusivo para España: LOGISTA
Distribuidor para México: Distibuidora Intermex, S.A. de C.V.
Distribuidores para Argentina: Interior, DGP, S.A. Alvarado 2118.
Cap. Fed./Buenos Aires y Gran Buenos Aires, VACCARO HNOS.

Capítulo 1

S EÑORAS y señores, bienvenidos a bordo del tren con destino a Edimburgo. El tren hará paradas en Peterborough, Setevenage...».

Sophie se apoyó contra la puerta del tren y dejó escapar un suspiro de alivio. Había logrado alcanzarlo a tiempo a pesar de la voluminosa bolsa que llevaba consigo.

Sin embargo, su alivio era relativo, pues aún llevaba puesto el diminuto vestido de satén negro que apenas ocultaba su trasero, y las botas altas de tacón que había utilizado para realizar un casting para una película de vampiros. Pero lo más importante era que había tomado el tren a tiempo y que así no dejaría a Jasper en la estacada. En cuanto a su aspecto, no iba a tener más remedio que dejarse el abrigo puesto para que no la arrestaran por escándalo público, aunque hacía el suficiente frío como para que tampoco le apeteciera quitárselo. Hacía semanas que no paraba de nevar. Lo mismo había sucedido en París; dos días atrás, cuando había dejado su apartamento alquilado, una gruesa capa de hielo cubría las ventanas por dentro.

Ya estaba anocheciendo. Pensó que debería buscar un servicio para cambiarse, pero se sentía demasiado cansada. Tomó su bolsa y entró en el vagón más cercano. Su corazón se encogió al comprobar que estaba completamente abarrotado. Avanzó por el pasillo, disculpándose por las molestias que podía causar con su enorme bolsa, y pasó al siguiente vagón. Este también estaba lleno, y sucedió lo mismo en los siguientes, hasta que llegó a uno que estaba más despejado. Experimentó un momentáneo alivio que se esfumó de inmediato cuando vio un cartel que decía *Primera Clase*.

La mayoría de los asientos estaban ocupados por hombres de negocios que no se molestaron en apartar la mirada de sus ordenadores o periódicos cuando pasó a su lado. Hasta que sonó su móvil. Mientras sujetaba la bolsa con una mano, trató de sacar el móvil del bolsillo con la otra, consciente de que todas las miradas se habían vuelto en su dirección. Desesperada, dejó la bolsa en la mesa más cercana y sacó el teléfono a tiempo para ver el nombre de Jean Claude en la pantalla.

Dos meses atrás habría tenido una reacción muy distinta, pensó mientras pulsaba el botón para rechazar la llamada. Pero dos meses atrás, su imagen de Jean Claude como artista parisino de espíritu libre aún estaba intacta. Le había parecido tan distante cuando lo había conocido en el rodaje al que estaba llevando sus pinturas... Distante y sofisticado. Jamás habría imaginado que pudiera ser tan agobiante y posesivo...

Pero no estaba dispuesta a perder el tiempo pensando en lo mal que había ido su última aventura romántica.

De pronto se sintió tan cansada que decidió ocupar el asiento más cercano. Sentado frente a este había un hombre de negocios, oculto tras un gran periódico que había doblado cuidadosamente, dejando la página de los horóscopos de cara a Sophie. De hecho, el hombre no estaba totalmente oculto. Sophie podía ver sus manos, fuertes, morenas, de largos dedos. No parecían las manos de un hombre de negocios, pensó, distraída, mientras buscaba con la mirada en el periódico el signo de Libra. *Si quieres dar una buena impresión, prepárate para trabajar duro. La luna llena del día veinte supondrá una oportunidad perfecta para permitir que otros vean cómo eres realmente.*

¡Diablos! Aquel día era precisamente veinte. Y aunque estaba dispuesta a hacer una interpretación digna de un óscar para impresionar a la familia de Jasper, lo último que quería era que vieran a la verdadera Sophie.

En aquel momento volvió a sonar su móvil. Gimió. ¿Por qué no la dejaría en paz de una vez Jean Claude? Estaba a punto de volver a rechazar la llamada cuando un zarandeo del tren le hizo pulsar involuntariamente el botón de aceptación de la llamada. Un segundo después, la voz de Jean Claude llegó claramente a sus oídos... y a los del resto de pasajeros del vagón.

–¿Sophie? ¿Dónde estás...?

Sophie lo cortó rápidamente.

–Este es el contestador automático de *Madame* Sophie, astróloga y lectora de cartas –dijo mientras contemplaba su reflejo en la ventanilla del tren–. Si deja su nombre, número de teléfono y signo del zodíaco, me pondré en contacto con usted para informarle de lo que le depara el destino...

Se interrumpió bruscamente y sintió una especie de descarga eléctrica al darse cuenta de que estaba mirando directamente los ojos reflejados en el cristal del hombre frente al que estaba sentada. Aunque en realidad era él quien la estaba mirando. Por unos instantes fue incapaz de hacer otra cosa que devolverle la mirada. Como sus manos, la tez morena del hombre contrastaba con su camisa blanca, algo que, por algún motivo, no encajaba con su rostro ascético y severo. Era el rostro de un caballero medieval en una pintura pre-rrafaelita; hermoso, distante...

En otras palabras, no era su tipo.

–¿Sophie? ¿Eres tú? Apenas te oigo. ¿Estás en el Euroestar? Dime a qué hora llegas e iré a buscarte a la Gare du Nord.

Sophie se había olvidado por completo de Jean Claude. Tuvo que hacer un esfuerzo para apartar la mirada del reflejo de la ventanilla. Más le valía hablar claro. De lo contrario, Jean Claude no dejaría de darle la lata todo el fin de semana que iba a pasar con la familia de Jasper, lo que arruinaría su imagen de novia dulce y arrobada.

–No estoy en el Eurostar –dijo con cautela–. No voy a volver esta noche.

–Entonces, ¿cuándo piensas volver? El cuadro... te necesito aquí... Necesito ver tu piel, sentirla, para captar el contraste con los pétalos de lirio...

«Desnudo con lirios» fue la visión que alegó haber tenido Jean Claude cuando se fijó en ella en un bar en Marais, cerca de donde estaban filmando. Jasper, que había ido a pasar el fin de semana con ella, pensó que era comiquísimo. Sophie, halagada por los extravagantes cumplidos de Jean Claude sobre su piel de «pétalos de lirio» y su «pelo en llamas», pensó que ser retratada sería una experiencia muy erótica.

La realidad resultó extremadamente fría y aburrida. Aunque, si la mirada de Jean Claude hubiera provocado en ella una reacción similar a la del hombre reflejado en la ventanilla, la historia podría haber resultado muy diferente...

–¿Por qué no pintas unos pétalos más para cubrir la piel? –reprimió una risita y siguió hablando con más delicadeza–. No sé cuándo volveré, Jean Claude, pero lo que tuvimos no fue nada duradero, ¿no te parece? En realidad fue solo sexo...

En aquel momento el tren entró en un túnel y se perdió la señal. Por un instante, Sophie vio de nuevo los ojos del hombre reflejados en la ventanilla, y supo que la había estado observando. Un instante después salieron del túnel y no pudo ver la expresión de su rostro, pero estaba segura de que había sido de desaprobación.

En aquel momento volvió a tener ocho años y se vio sosteniendo la mano de su madre, consciente de que la gente las estaba mirando, juzgándolas. La vieja humillación llameó en su interior mientras escuchaba en su cabeza la indignada voz de su madre. «Ignóralos, Summer. Tenemos tanto derecho como cualquier otro a estar aquí».

–¿Sophie?

–Lo siento, Jean Claude –dijo, repentinamente apagada–. No puedo hablar de esto ahora. Estoy en el tren y la señal no es buena.

–*D'accord*. Te llamaré luego.

–¡No! No puedes llamarme en todo el fin de semana. Estoy... trabajando, y ya sabes que no podemos contestar a las llamadas durante los rodajes. Yo te llamaré el lunes, cuando vuelva a Londres. Ya hablaremos entonces –añadió antes de colgar.

Pero en realidad no había nada de qué hablar. Jean Claude y ella se habían divertido, pero eso era todo: diversión. Una aventura romántica en París. Había llegado a su conclusión natural y era hora de seguir adelante.

Una vez más.

Miró por la ventanilla. Se había puesto a nevar de

nuevo y las casas junto a las que circulaba el tren resultaban especialmente acogedoras en medio de aquel invernal paisaje. Imaginó a las personas que las habitaban, sentadas frente al televisor, charlando, compartiendo algo de beber, unidos frente al frío mundo exterior.

Aquellas imágenes de confortable domesticidad resultaron deprimentes. Al regresar de París había descubierto que, en su ausencia, el novio de su compañera de piso se había mudado a este y el apartamento se había convertido en la oficina central de la Sociedad de Parejas Felices. El ambiente de dejadez y compañerismo en que se había acostumbrado a convivir con Jess se había desvanecido. El piso estaba inmaculado, había nuevos cojines en el sofá y velas en la mesa de la cocina.

La llamada de socorro de Jasper, pidiéndole que acudiera a la casa de su familia en Northumberland para hacerse pasar por su novia durante el fin de semana, había supuesto un auténtico alivio. Pero así era como iban a ser las cosas, pensó con tristeza mientras el tren seguía avanzando. Todo el mundo se estaba emparejando y ella era la única que seguía sin querer una relación seria, un compromiso auténtico. Incluso Jasper estaba mostrando preocupantes indicios de ello según su relación se iba haciendo más seria con Sergio.

¿Pero por qué ponerse serios pudiendo divertirse?

Sophie se puso bruscamente en pie, tomó su bolsa y la colocó en el portaequipajes. No fue fácil y, mientras lo hacía, se hizo consciente de que su vestido se alzaba a la vez que su abrigo se abría, ofreciendo al hombre sentado frente a ella la visión de una indecente cantidad de muslo. Avergonzada, miró su reflejo en el espejo.

No la estaba mirando. Tenía la cabeza apoyada contra el respaldo y su expresión seguía pareciendo especialmente remota mientras centraba la mirada en el periódico. Sophie cerró su abrigo y, al volver a sentarse, rozó involuntariamente con la rodilla el muslo del hombre bajo la mesa.

Se quedó paralizada mientras algo parecido a una lluvia de destellantes chispas recorría su cuerpo.

—Lo siento —murmuró a la vez que retiraba las piernas y las colocaba dobladas debajo de sí misma en el asiento.

El periódico descendió despacio y Sophie se encontró mirando directamente a su compañero de viaje. El impacto de encontrarse con su mirada en el reflejo del cristal ya había sido bastante intenso, pero mirarlo directamente era como recibir una descarga eléctrica. Sus ojos no eran marrones, como había imaginado, sino del color gris de los fríos mares del norte, enmarcados por gruesas pestañas oscuras, lo suficientemente absorbentes como para distraerla por un momento del resto de su rostro.

Hasta que sonrió.

Fue una sonrisa fantasma que no bastó para derretir el hielo de su mirada, aunque sí atrajo la atención de Sophie hacia su boca...

—No pasa nada. Aunque era de esperar que, viajando en primera clase, hubiera espacio suficiente para las piernas.

La voz del hombre era grave y ronca, y tan sexy que el ánimo de Sophie debería haber dado un salto ante la perspectiva de pasar las siguientes cuatro horas en su compañía. Sin embargo, el énfasis ligeramente desdeñoso con que había pronunciado las palabras «primera clase», y la forma en que la estaba mirando, como si fuera una oruga en la ensalada, anuló su atractivo físico.

Sophie tenía problemas con las personas que la miraban así.

—Totalmente de acuerdo —asintió, con la típica seguridad en sí misma que daba acceso a cualquier lugar a quien genuinamente la poseía—. Es realmente escandaloso —añadió y, tras subir el cuello de su abrigo, se acomodó en el asiento y cerró los ojos.

Kit Fitzroy dejó el periódico.

Normalmente, cuando estaba de permiso evitaba leer noticias sobre la situación que había dejado atrás; el calor, la arena y la desesperación no quedaban reflejadas en las estériles columnas en blanco y negro de la prensa. Había comprado el periódico para ponerse al día sobre cosas normales, como los resultados de los partidos de rugby y las noticias sobre las carreras, pero, en un intento por alejar de su mente la imagen de la chica que se había sentado frente a él, acabó leyéndolo de arriba abajo.

Pero eso no había funcionado. Ni siquiera el ridículamente inexacto artículo sobre las operaciones antiterroristas en Oriente Medio le había servido de distracción.

Aunque no era de extrañar, pensó con ironía. Había pasado los cuatro últimos meses aislado en el desierto con una compañía formada totalmente por hombres, y aún era lo suficientemente humano como para reaccionar ante una chica con zapatos de tacón y un diminuto vestido bajo un abrigo de estilo militar. Sobre todo si, además, la chica tenía la sensual voz de una cantante de club nocturno y le decía al tonto que estaba al otro lado de la línea de su móvil que lo único que había buscado era un poco de sexo.

Después de la sombría ceremonia a la que acababa de asistir, el aspecto de aquella chica era como una inyección de algo muy potente.

Reprimió una sonrisa irónica.

Potente sí, aunque no especialmente sofisticado.

La miró de nuevo. Se había quedado dormida con la rapidez de un gato, con las piernas doblabas en el asiento y una ligera sonrisa en sus labios rosados, como si estuviera soñando con algo divertido. Tenía los ojos cerrados, pero aún recordaba su llamativo color verde claro.

Pero no sabía si estaba realmente dormida. El radar de Kit Fitzroy en lo referente a posibles engaños era muy sensible, y aquella chica lo había puesto en marcha desde el momento en que había aparecido en el vagón. Sin embargo, había algo en ella que lo había convencido de que no estaba disimulando, no solo por lo quieta que estaba, sino porque toda la energía que desprendía hacía unos momentos se había esfumado. Era como si de pronto se hubiera apagado la luz. Como si el sol se hubiera puesto.

El sueño era la recompensa del inocente. Dada la desvergüenza con que acababa de mentir a su novio, no parecía justo que pudiera dormir tan plácidamente. Sobre todo cuando el sueño lo eludía a él con tanta crueldad.

–Billetes, por favor.

El sopor que parecía haberse adueñado del vagón se esfumó ante la llegada del revisor. Se produjo una oleada de actividad mientras todos los pasajeros sacaban sus carteras o buscaban dinero en los bolsillos. Al otro lado de la mesa, las pestañas de la joven ni siquiera se movieron.

Kit pensó que debía tener unos veinticinco años, aunque había algo curiosamente infantil en ella... al menos si se ignoraba la generosa curva de sus pechos contra el corpiño de encaje de su vestido negro.

Y él estaba haciendo verdaderos esfuerzos para ignorarlo.

Cuando el revisor llegó a su altura, frunció el ceño al ver que Sophie estaba dormida. Alargó una mano con intención de despertarla.

—¡No!

El revisor se volvió, sorprendido. Aunque él no era el único. Kit no entendía por qué había reaccionado así.

—No se preocupe —añadió—. Va conmigo.

—Lo siento, señor. No me había dado cuenta. ¿Tiene sus billetes?

—No —Kit abrió su cartera—. Tenía... teníamos planeado viajar al norte en avión.

—Comprendo, señor. El mal tiempo ha hecho que se suspendan varios vuelos. Por eso está tan lleno el tren esta tarde. ¿Quiere los billetes de ida o de ida y vuelta?

—De ida y vuelta, por favor —con un poco de suerte, los aeropuertos volverían a abrirse el domingo, pero Kit no quería correr ningún riesgo. La perspectiva de verse atrapado indefinidamente en Alnburgh con su familia resultaba insoportable.

—¿Dos idas y vueltas a Edimburgo?

Kit asintió distraídamente y volvió a mirar a su compañera de viaje mientras el revisor imprimía los billetes. Estaba seguro de que no tenía un billete de primera clase y de que, a pesar de su casi convincente acento de clase alta, no pensaba comprar uno. De manera que, ¿por qué no había dejado que la despertara el revisor? El resto del viaje habría resultado más cómodo, más relajado.

Kit Fitzroy creía sinceramente en su deber de proteger a las personas que no tenían los mismos privilegios que él. Aquello era lo que lo había impulsado a terminar su preparación como oficial y lo que lo mantenía en marcha cuando se sentía exhausto durante las patrullas, o cuando se encaminaba por una carretera desierta hacia una bomba sin explotar. Normalmente no lo impulsaba a comprar billetes de primera clase para desconocidas en un tren. Además, aquella chica tenía aspecto de ser perfectamente capaz de cuidar de sí misma.

Pero con su escandalosa ropa, su cabellera y su ligero aire travieso le había animado el viaje. Le había hecho salir del deprimente estado en que se encontraba después del funeral al que acababa de asistir y además le había hecho olvidar por unos momentos el fin de semana que le esperaba. Solo por ello merecía la pena pagar el precio de un billete de primera clase a Edimburgo. Incluso sin el vistazo a su escote, ni el roce de su pierna, que le había hecho recordar que, a pesar de que varios de los hombres junto a los que había servido no habían tenido tanta suerte, él al menos seguía vivo...

Capítulo 2

SOPHIE despertó con un sobresalto y la horrible sensación de que algo iba mal.

Se irguió, parpadeando. El asiento de enfrente estaba vacío. El hombre de los ojos plateados debía haber abandonado el tren mientras dormía. Se estaba preguntando a qué venía su absurdo sentimiento de decepción cuando lo vio.

Estaba de pie, de espaldas a ella, bajando una elegante maleta de cuero de la rejilla portaequipajes, ofreciéndole una excelente visión de sus anchos hombros y sus estrechas caderas, encajadas en unos pantalones negros que no parecían comprados precisamente en unos grandes almacenes.

Mmm... Aquel era el motivo, pensó, aún adormecida. Una no se encontraba a diario con la perfección física en persona.

–Disculpe... –murmuró–. ¿Podría decirme dónde estamos? –preguntó con voz ronca, recordando demasiado tarde que debería haber vuelto a utilizar su acento de clase alta. Aunque en realidad daba igual, porque no iba a volver a verlo.

–Estamos en Alnburgh.

Aquellas palabras produjeron una conmoción en el adormecido cerebro de Sophie. Masculló una maldición mientras se ponía en pie de un salto y empezaba a recoger sus cosas. Pero el tren se detuvo bruscamente en aquel momento, lo que le hizo perder el equilibrio y caer sobre el hombre. Estaba a punto de apartarse cuando él pasó un brazo de acero en torno a su cintura. Instintivamente, Sophie apoyó la palma de la mano contra su pecho.

Experimentó un inmediato reconocimiento sexual, como si se hubiera puesto a sonar un despertador en su pelvis. Con los ojos abiertos de par en par por la conmoción, miró a Kit y abrió la boca para disculparse, pero, hipnotizada por la luminiscencia plateada de sus iris, no fue capaz de pronunciar palabra.

–Tengo que... bajarme –murmuró finalmente con voz ronca.

Kit la soltó bruscamente y volvió la cabeza.

–No hay problema. Aún no estamos en la estación.

Sophie miró ansiosamente por la ventanilla y vio una hilera de coches detenidos ante un paso a nivel y un cartel semicubierto por la nieve en el que se leía *Alnburgh*. Trató una vez más de bajar su bolsa y escuchó un sonido de impaciencia a sus espaldas.

–Deje que me ocupe yo.

Kit Fitzroy se inclinó hacia ella y tomó las asas de la bolsa.

–¡Espere! La cremallera... –quiso advertir Sophie, pero ya era demasiado tarde.

Se escuchó un sonido de desgarro cuando la cremallera, ya sometida a demasiada presión, cedió. Horrorizada, Sophie vio cómo caían un montón de vestidos, leotardos y zapatos al suelo.

También había ropa interior, por supuesto.

Fue un momento terrible, como el de la típica pesadilla que se tiene justo antes de despertar. Pero también fue bastante gracioso, y tuvo que cubrirse la boca con la mano para no dejar escapar una risita histérica.

–Debería devolver la bolsa a la tienda en la que la compró –dijo el hombre con ironía mientras tomaba un sujetador verde esmeralda que se había quedado enganchado en la rejilla del portaequipajes–. Creo que las bolsas de la casa Gucci tienen garantía de por vida.

Sophie se acuclilló para recoger el resto de su ropa. Era posible que su compañero de viaje tuviera razón... pero las imitaciones no tenían garantía.

Al erguirse no pudo evitar fijarse en la longitud de sus piernas, y tuvo que hacer un esfuerzo para no sujetarse a ellas cuando el tren volvió a moverse.

–Gracias por su ayuda –dijo, con los brazos llenos de braguitas y leotardos–. No quiero entretenerlo más.

–En ese caso, no estaría mal que me dejara pasar.

Ruborizada, Sophie se presionó todo lo que pudo contra la mesa para dejarle espacio.

Pero, en lugar de pasar, el desconocido tomó la bolsa y alzó una irónica ceja.

–Después de usted... si ya lo tiene todo.

Fuera hacía un aire siberiano. Sophie pensó que debería haberse cambiado. Además de no estar presentable para presentarse ante la familia de Jasper, corría el peligro de sufrir una hipotermia.

–Ya está.

Sophie no tuvo más remedio que volverse hacia el hombre. Se subió el cuello del abrigo y trató de mostrar la actitud digna y determinada de Julie Christie en *Doctor Zhivago*.

–¿Estará bien a partir de ahora? –añadió él.

–Sí... gracias –de pie bajo la nieve y con su pelo negro resultaba aún más sexy que Omar Shariff en *Doctor Zhivago*–. Y gracias por...

¿Pero qué le pasaba? Julie Christie nunca habría olvidado sus frases de aquella manera.

–¿Por? –dijo Kit, animándola a continuar.

Oh, ya sabe... por llevarme la bolsa y recoger mis... cosas.

–Ha sido un placer.

Sus miradas se encontraron un instante. A pesar del frío reinante, Sophie sintió cómo se ruborizaba.

Un momento después, Kit metió las manos en los bolsillos de su abrigo y se dio la vuelta justo cuando el revisor pitó para que el tren saliera de nuevo.

Aquello recordó repentinamente a Sophie que no había pagado su billete. Horrorizada, se llevó una mano a la boca y masculló una maldición que Julie Christie jamás habría utilizado. Corrió hacia el revisor, que aún tenía la cabeza asomada por la ventanilla.

–¡No...! ¡Espere! No he podido...

Pero ya era demasiado tarde. El tren estaba acelerando la marcha y su voz se perdió bajo el ruido. Viajar en el tren sin comprar un billete era un delito, un delito de fraude, algo que ella nunca habría hecho voluntariamente.

El sonido del tren se perdió en la distancia y el silencio la rodeó mientras se volvía para recoger su bolsa.

–¿Hay algún problema?

Sophie sintió que se le encogía el estómago. Estupendo. El «Capitán Desaprobación» debía haberle escuchado gritar y había pensado que se estaba dirigiendo a él.

–No, no hay ningún problema –contestó con fría formalidad–. Aunque tal vez podría indicarme dónde tomar un taxi.

Kit dejó escapar una irónica risotada. La idea de un taxi aguardando en la estación de Alnburgh resultaba absurda.

–Ya no está en Londres, señorita –miró hacia la salida de la estación, donde aguardaba el Bentley, con el impasible Jensen sentado tras el volante. Por algún motivo que no entendía, se sentía responsable de aquella chica de vestimenta escandalosa–. Será mejor que venga conmigo.

Sophie alzó levemente la barbilla.

–No, gracias –dijo con rígida cortesía–. Creo que prefiero ir caminando.

–¿Bajo la nieve y con esas botas?

–Sí –contestó Sophie con altanería a la vez que se ponía a caminar todo lo rápido que le permitió el helado andén.

Kit la alcanzó rápidamente.

–¿Acaso va a reunirse con su regimiento, o algo así?

–No –espetó Sophie–. Voy a casa de mi novio, que vive en el castillo Alnburgh. Le agradecería que me indicara la dirección que debo tomar.

Kit se detuvo a la vez que su sonrisa se esfumaba. Una oveja baló en la distancia.

–¿Y cómo se llama su novio?

Algo en el tono de su voz hizo que Sophie también se detuviera y volviera el rostro para mirarlo.

–Jasper –contestó con voz temblorosa, pero desafiante–. Jasper Fitzroy, aunque no sé qué pueda importarle eso a usted.

Kit volvió a sonreír, pero en aquella ocasión no fue una sonrisa divertida.

–Ya que Jasper Fitzroy es mi hermano, me importa bastante –replicó con siniestra suavidad–. Más vale que suba al coche.

Capítulo 3

EL INTERIOR del coche resultaba cálido y acogedor en comparación con el exterior.

–Buenas tardes, señorita –murmuró el conductor sin apartar la mirada del frente.

Sophie no lo culpó. Casi se podía cortar con un cuchillo el ambiente de tensión que reinaba en la parte trasera. Se mantuvo todo lo apartada posible del hermano de Jasper, pero era muy consciente de la tensión de su rostro mientras miraba por la ventanilla. Con los techos de sus casas cubiertos de nieve, Alnburgh parecía un pueblecito de cuento de Navidad, aunque su acompañante no parecía especialmente feliz de regresar a su hogar.

Trató de recordar los comentarios que le había hecho Jasper a lo largo de los años sobre su hermano. Sabía que Kit Fitzroy estaba en el ejército, y que pasaba mucho tiempo destinado en otros países, lo que explicaba el bronceado de su piel. En una ocasión, Jasper lo describió como alguien carente de emociones. Sophie recordó la amarga y burlona expresión de su rostro cuando mencionaba a su hermano.

Empezaba a entender por qué. Tan solo hacía tres horas que lo conocía, y apenas había hablado con él, pero le resultaba imposible creer que aquel hombre fuera hermano del dulce, cálido y divertido Jasper, su mejor amigo en el mundo y lo más parecido que tenía a una familia.

Pero el hombre junto al que estaba sentada era de su misma sangre, de manera que no podía ser tan malo. Y, por el bien de Jasper, debía esforzarse en mantener una buena relación con él, sobre todo teniendo en cuenta que iban a verse todo el fin de semana.

—Así que tú debes ser Kit, ¿no? —dijo con toda la amabilidad que pudo—. Yo soy Sophie. Sophie Greenham —rio, algo que solía hacer cuando estaba nerviosa—. Qué casualidad, ¿verdad? ¿Quién habría adivinado que íbamos al mismo lugar?

Kit Fitzroy no se molestó en mirarla.

—Tú no, evidentemente. ¿Hace tiempo que conoces a mi hermano?

Sophie repasó rápidamente la historia que Jasper y ella habían elaborado el día anterior por teléfono, cuando le había pedido que hiciera aquello.

—Desde el último verano. Nos conocimos en una película.

Al menos, la última parte era cierta. Jasper era ayudante del director y se conocieron rodando una sombría película sobre la Peste Negra que, afortunadamente, no se había llegado a estrenar. A partir de entonces habían desarrollado una fuerte y sincera amistad.

Kit volvió ligeramente la cabeza.

—¿Eres actriz?

—Sí —replicó Sophie, más a la defensiva de lo que le habría gustado. Pero el tono desdeñoso del hermano de Jasper cuando había pronunciado la palabra «actriz» la había provocado.

Miró por la ventanilla y se quedó boquiabierta. Ante ella, iluminado en medio de la oscuridad y con sus tejados cubiertos de nieve, se alzaba el castillo Alnburgh.

Había visto fotos del lugar, pero nada la había preparado para el impacto de verlo en persona. El castillo se hallaba en lo alto de unos acantilados y sus grises muros de piedra parecían surgir directamente de estos. Aquel era un aspecto de la vida de Jasper del que Sophie apenas sabía nada, y sintió que se le secaba la boca a causa del asombro.

–¡Cielo santo! –murmuró.

Aquella era la primera reacción natural que le había visto tener, pensó Kit con ironía, y había sido una reacción muy reveladora. No estaba acostumbrado a sentir compasión por Jasper, pero en aquellos momentos no pudo evitar sentir algo parecido. Su hermano debía estar bastante colado por aquella chica como para invitarla a la fiesta del setenta cumpleaños de Ralph Fitzroy, pero, por lo que había visto en el tren, su sentimiento no era ni remotamente correspondido.

–Impresionante, ¿verdad? –comentó con ironía.

–Es increíble. No sabía que...

–¿Que tu novio es el hijo del conde de Hawksworth? –el tono irónico de Kit se acentuó–. Es lógico. Me imagino que soléis estar demasiado ocupados hablando de cine como para abordar temas tan triviales como el de vuestros orígenes familiares.

–No seas ridículo –espetó Sophie–. Por supuesto que estaba al tanto de los orígenes de Jasper... y de los del resto de su familia.

Por su tono, Kit dedujo que había dicho aquello último con la evidente intención de hacerle saber que Jasper no le había hablado precisamente bien de él. Se preguntó si creería que aquello le preocupaba. No era ningún secreto que no quedaba ningún resto de amor fraternal entre él y su hermano... el chico de oro, el niño mimado. El segundo hijo de Ralph, el favorito.

El sonido del motor del Bentley resonó contra las paredes de la torre del reloj cuando pasaron bajo el arco que conducía al patio interior. Kit sintió de inmediato que su tensión aumentaba. A pesar de haber pasado mucho tiempo en las zonas más conflictivas del globo, nunca se había sentido tan aislado y expuesto como en aquella casa. Cuando estaba trabajando tenía a su equipo tras él. Hombres en los que podía confiar.

Pero nunca había podido asociar aquella confianza a su hogar en Alnburgh, un hogar en el que las personas mentían, mantenían secretos y hacían promesas que no cumplían.

Miró a la mujer sentada a su lado e hizo una mueca de desprecio. La nueva novia de Jasper iba a encajar a la perfección en aquel entorno.

Sophie no esperó a que el chófer rodeara el coche para abrirle la puerta. Al salir experimentó un escalofrío. El castillo Alnburgh se alzaba en torno a ella como una gran mazmorra de la que fuera imposible huir. No podía decirse que fuera un lugar especialmente acogedor. De hecho, parecía diseñado para espantar a la gente, para mantenerla alejada de allí.

Resultaba lógico que el hermano de Jasper se encontrara allí en su salsa.

–Gracias, Jensen –dijo Kit al chófer–. Yo puedo ocuparme del equipaje.

–Si está seguro, señor...

Sophie se volvió cuando Kit estaba sacando su bolsa del maletero del Bentley. Mientras lo seguía hacia la impresionante puerta de entrada, vio que una de las tiras del sujetador verde que Kit había recogido en el tren asomaba por un borde.

–Preferiría llevar la bolsa yo misma.

Kit se detuvo a medio camino en las escaleras y se volvió a mirar a Sophie como si estuviera haciendo verdaderos esfuerzos por no perder la paciencia.

–Si insistes.

Kit alargó la bolsa hacia Sophie, que contemplaba con evidente desconcierto la enigmática expresión de su mirada. Alargó una mano para tomar la bolsa, pero, en lugar de sujetarla por el asa, tomó involuntariamente la mano de Kit. Ambos retiraron sus manos al mismo tiempo y la bolsa cayó al suelo, desparramando una vez más su contenido por la escalera.

–Diablos –murmuró Sophie mientras se agachaba para recoger la ropa.

–Al parecer, tienes mucha ropa interior y pocas prendas con las que vestirte –dijo Kit en tono mordaz mientras se agachaba para tomar unas braguitas rosas.

–Supongo que tienes razón –replicó Sophie con altanería–, pero, ¿qué sentido tendría gastar el dinero en ropa de la que me voy a aburrir tras ponérmela una sola vez? Sin embargo, la ropa interior es una buena inversión. Porque es práctica –añadió a la defensiva al ver la expresión desdeñosa de Kit–. Este viaje se está convirtiendo en una de esas espantosas farsas de salón –murmuró a la vez que metía un puñado de ropa en la bolsa.

Kit se irguió y alzó una ceja.

–Todo este fin de semana tiene algo de farsa, ¿no te parece? –preguntó mientras se volvía y terminaba de subir las escaleras.

Sophie lo siguió. Estaba a punto de disculparse por haber llevado la ropa interior equivocada, la ropa equivocada y el acento y ocupación equivocados, cuando se encontró en el interior del castillo. Sus muros de piedra se alzaban hasta un techo que parecía hallarse a kilómetros de distancia. Estaban cubiertos de mosquetones, espadas, lanzas, armaduras, cascos y otras diabólicas armas medievales.

–Qué vestíbulo tan acogedor –murmuró débilmente mientras se acercaba a observar un peto tras el que había dos enormes espadas cruzadas–. Seguro que no os molestan a menudo los vendedores ambulantes.

Kit no sonrió.

–Son armas del siglo XVII. Su finalidad era echar a los enemigos invasores, no a los vendedores ambulantes.

Sophie deslizó un dedo por el peto y se fijó en el brillante rastro que surgió bajo el polvo.

–Los Fitzroy debéis tener un montón de enemigos.

Era muy consciente de que Kit la estaba mirando. ¿Pero cómo era posible que una mirada tan impasible le hiciera sentir que la piel le ardía?

–Yo más bien diría que nos gusta proteger nuestros intereses –replicó él–. Y la amenaza no reside tan solo en los enemigos invasores –añadió con una irónica sonrisa.

El significado de sus palabras estaba bien claro, al igual que el velado tono amenazador que había tras estas. Sophie abrió la boca para contestar, pero se contuvo, consciente de que sería inútil defenderse de aquellas acusaciones.

–Será mejor que... que vaya a buscar a Jasper –balbuceó–. Debe estar preguntándose dónde estoy.

Kit giró sobre sus talones y Sophie lo siguió hasta otro gran vestíbulo con los muros cubiertos de roble. Había dos grandes chimeneas, una en cada extremo de la sala, pero ambas estaban apagadas. En lugar de armas, las paredes estaban cubiertas de trofeos de caza, de cabezas de animales con ojos vidriosos. «Esto es lo que te puede pasar si enfadas a los Fitzroy», parecían susurrar.

Sophie irguió los hombros y aceleró el paso. No debía dejarse afectar por Kit Fitzroy. Por el bien de Jasper, y también porque había algo en aquel hombre que le hacía perder su habilidad para pensar lógicamente.

En aquel momento se abrieron unas puertas dobles en el extremo del vestíbulo y apareció Jasper.

–¡Sophie! ¡Ya estás aquí!

Sophie se quedó momentáneamente desconcertada al verlo. En lugar de su habitual vestimenta, consistente en excéntricas prendas de época, chaquetas de esmoquin echas jirones, camisetas y pantalones pitillo, el hombre que avanzaba hacia ella con los brazos extendidos vestía unos pantalones perfectamente planchados, un jersey con el cuello en forma de V sobre una camisa perfectamente abotonada y unos mocasines negros.

Aquel nuevo Jasper tomó el rostro de Sophie entre sus manos y le dio un beso mucho más tierno de lo habitual. Sophie estaba a punto de apartarlo de un empujón para preguntarle a qué creía estar jugando cuando recordó a qué había ido allí. Dejó caer de nuevo la bolsa al suelo y le rodeó el cuello con los brazos.

Por encima del hombro de Jasper vio que Kit Fitzroy los observaba como un oscuro centinela. Ser consciente de ello le hizo sentirse acalorada, inquieta y, antes de darse cuenta de lo que estaba haciendo, arqueó su cuerpo contra el de Jasper y deslizó los dedos en su pelo.

Sophie tenía suficiente experiencia profesional como para haber dominado el arte de lograr que algo totalmente casto no lo pareciera tanto. Cuando Jasper se apartó unos segundos después, Sophie vio que sus ojos sonreían a la vez que apoyaba un momento la frente contra la suya.

–Veo que ya has conocido a Kit, mi hermano mayor. Espero que te haya cuidado bien.

–Oh, sí –Sophie asintió furiosamente–. Y me temo que he necesitado que lo hiciera. De no ser por Kit, ahora me encontraría camino de Edimburgo.

Kit le dedicó una mirada glacial.

–Casualmente íbamos en el mismo vagón, de manera que hemos tenido tiempo de... conocernos un poco antes de llegar aquí.

Solo Sophie pudo captar el matiz de amenaza que había bajo el desabrido tono de sus palabras.

«Le caigo realmente mal», pensó con un estremecimiento. De pronto se sintió muy cansada, muy sola.

–Estupendo –dijo Jasper, ajeno a la tensión que crepitaba en el aire–. Y ahora, ven a conocer a mis padres. No he dejado de hablar de ti desde ayer, y están deseando conocerte.

Sophie experimentó un repentino y familiar pánico: el temor a ser observada, examinada, juzgada. Iban a ver a la auténtica Sophie. Experimentó la misma inseguridad que unos momentos antes de salir a escena en la única ocasión en que actuó en el teatro. ¿Y si no lograba hacerlo? ¿Y si se le olvidaba el texto? Para ella, actuar había sido un modo de vida mucho antes de que se convirtiera en una forma de ganarse la vida, e interpretar un papel había llegado a ser algo completamente natural para ella. Pero en aquellos momentos... y allí...

–Espera, Jasper –dijo a la vez que se detenía en seco.

–¿Qué sucede? –preguntó Jasper, desconcertado.

Jasper era el mejor amigo de Sophie y ella habría hecho cualquier cosa por él, pero cuando se ofreció a ayudarlo en aquello no había tenido en cuenta las posibles consecuencias. El castillo Alnburgh, con su historia, sus símbolos de riqueza y posición, era la clase de lugar que más podía inquietarla.

–No puedo ir a ver a tus padres vestida de este modo. He venido directamente del casting de la película de vampiros que estamos rodando. Tenía intención de cambiarme en el tren, pero... –abrió el abrigo para que Jasper pudiera ver su atuendo. Su amigo dejó escapar un prolongado silbido.

–No te preocupes. Deja que te quite el abrigo para que te puedas poner esto, o de lo contrario te helarás –Jasper se quitó rápidamente su jersey negro de cachemira y se lo entregó. Después colgó el abrigo de Sophie de los cuernos de un venado–. Vas a encantarles lleves lo que lleves. Sobre todo a papá; eres el regalo de cumpleaños perfecto. Vamos, nos esperan en la sala de estar. Ahí por lo menos hace calor.

Sophie no tuvo más remedio que seguirlo hasta las dobles puertas del final del vestíbulo.

«Una película de vampiros», pensó Kit desdeñosamente. ¿Desde cuándo vestían los vampiros como señoritas de compañía?

De pronto experimentó un tremendo cansancio. No se sentía con fuerzas para ver en aquellos momentos a su padre y a su madrastra. Camino de las escaleras pasó junto al lugar en que solía estar el retrato de su madre antes de que su padre lo sustituyera por un gran óleo en el que aparecía Tatiana vestida de raso azul y con los diamantes de Cartier que le regaló el día de su boda.

Jasper tenía razón, pensó Kit. Si había alguien dispuesto a apreciar la indumentaria de Sophie, era Ralph Fitzroy. Como el de los vampiros, el entusiasmo de su padre por las mujeres fáciles era legendario.

Sin embargo, Jasper no compartía aquel entusiasmo. Y eso le preocupaba. Si no hubiera escuchado la conversación telefónica que había mantenido Sophie en el tren, o incluso si no hubiera percibido con total claridad la ardiente sexualidad que rezumaba, solo hacía falta verlos juntos para saber que, vampiresa o no, aquella chica iba a romper el corazón de su hermano y se lo iba a comer en el desayuno.

El primero en levantarse cuando Sophie y Jasper entraron en la sala de estar fue Ralph Fitzroy. Sophie se sorprendió al ver lo mayor que era, cosa que resultaba bastante ridícula, sobre todo teniendo en cuenta que había acudido allí para asistir a la fiesta de su setenta cumpleaños. Llevaba su canoso pelo peinado hacia atrás y cuando tomó la mano de Sophie sus ojos casi desaparecieron tras un abanico de arrugas mientras los deslizaba de arriba abajo por el cuerpo de Sophie. Cuando alzó de nuevo la mirada no pasó de sus pechos.

–Es un auténtico placer conocerte, Sophie –dijo, con el amanerado acento de clase alta que Sophie creía extinto desde el final de la Segunda Guerra Mundial..

–Lo mismo digo, señor.

¿De dónde había salido aquello? Si se descuidaba, temía empezar a hacer reverencias. Se suponía que estaba interpretando el papel de la novia de Jasper, no el de una doncella de algún drama de los años treinta. Aunque a Ralph no parecía importarle. Siguió mirándola con especulativo interés sin soltarle la mano, como si se tratara de una obra de arte que estuviera pensando en comprar.

De pronto recordó el *Desnudo con lirios* de Jean Claude y sintió que todo su cuerpo se ruborizaba. Afortunadamente, fue distraída por una mujer que se levantó de un sillón y se acercó a ellos. Vestía un impecable traje blanco de angora que realzaba su pelo rubio y su sedosa piel, además de su envidiable figura y el collar de perlas que llevaba en torno al cuello. Tomó a Sophie por los hombros, se inclinó hacia ella y, en una silenciosa y elaborada pantomima, besó el aire junto a una de sus mejillas y luego junto a la otra.

–Nos alegra mucho que hayas venido hasta aquí para conocernos ¿Qué tal el viaje? ¿Ha sido horrible?

Aún conservaba inconfundibles restos de acento ruso, pero su inglés era perfecto.

–No, en absoluto.

–Pero has venido en tren, ¿no? –Tatiana simuló un estremecimiento–. Los trenes están tan abarrotados hoy en día. Hacen que uno se sienta mugriento, ¿no te parece?

«No», habría querido contestar Sophie. Los trenes no le hacían sentirse «mugrienta», ni mucho menos. Afortunadamente, Ralph intervino a tiempo.

–Vamos, querida –bromeó–. ¿Cuándo fue la última vez que viajaste en tren?

–La primera clase no está mal –dijo Sophie, esforzándose por sonar como si jamás se le ocurriría viajar en segunda.

–No hay suficiente espacio para las piernas –dijo una resonante voz tras ella.

Sophie volvió la cabeza y vio a Kit de pie en el umbral. Sostenía un montón de sobres en la mano a los que estaba echando un vistazo mientras hablaba.

Por un momento nadie se movió, hasta que, como si acabaran de recordarle su papel, Tatiana avanzó hacia él.

–Bienvenido de regreso a Alnburgh, Kit.

Sophie captó enseguida la frialdad de su tono. Kit no inclinó la cabeza ni un centímetro cuando Tatania se irguió para besarlo en la mejilla, y su expresión permaneció inescrutable.

–Tienes buen aspecto, Tatiana –murmuró sin apenas mirarla.

Viendo su altura y la amplitud de su pecho, Sophie pensó que había sido hecho a diferente escala que Jasper y Ralph. Se había quitado la chaqueta y llevaba subidas las mangas de su camisa blanca, dejando expuestos unos poderosos y morenos antebrazos.

Sophie apartó la mirada.

Ralph se acercó al elegante mueble bar que había en un lateral y sirvió whisky en un vaso que aún tenía un resto. Luego se volvió hacia su hijo mayor.

–Kit.

–Padre.

La voz de Kit sonó totalmente neutral, pero Ralph pareció estremecerse ligeramente. Lo disimuló tomando un generoso trago de whisky.

–Ha sido todo un detalle por tu parte venir, sobre todo teniendo en cuenta la de vuelos que han tenido que suspenderse a causa del tiempo. Te envié la invitación por... –dudó–... cortesía. Sé lo ocupado que estás. Espero que no te sintieras obligado a aceptar.

–En absoluto –Kit dedicó una gélida mirada a su

padre–. He estado fuera demasiado tiempo, y hay cosas de las que debemos hablar.

Ralph rio, pero Sophie notó que se ruborizaba ligeramente.

–¡Cielo santo, Kit! Espero que no quieras insistir con eso...

La puerta de abrió en aquel momento y un hombre mayor apareció en el umbral. Hizo una seña casi imperceptible a Tatiana, que se acercó a su marido y enlazó su brazo con él.

–Gracias, Thomas. La comida está lista. Ya que estamos todos aquí, ¿qué os parece si pasamos al comedor?

Capítulo 4

LA COMIDA fue tan agradable y relajada como ser desnudado y golpeado con una vara de abedul.

Cuando era pequeña, Sophie solía soñar con formar parte de una familia que se reuniera siempre a comer en torno a una gran mesa. Si hubiera sabido que las cosas eran así, se habría quedado con su fantasía de tener un poni.

El comedor era un lugar enorme y sombrío, y tenía las paredes llenas de retratos familiares. Casi todos los retratados eran realmente feos. Tan solo el retrato de una mujer vestida de seda rosa que llevaba el pelo sujeto en lo alto de la cabeza y esbozaba una sonrisa explicaba de dónde habían sacado su atractivo Jasper y Kit.

Thomas, el mayordomo que había anunciado que la comida estaba lista, sirvió un consomé aguado, seguido de unos rectángulos de pescado colocados sobre algo parecido a una salsa de espinacas que olía a calcetines hervidos. No era de extrañar que Tatiana estuviera tan delgada.

–Tiene un aspecto delicioso –dijo Sophie animadamente.

Tatiana le dio las gracias en un tono que indicaba que había preparado personalmente la comida.

–Ha llevado años conseguir que la señora Daniels cocine algo aparte de chuletas, pudin de riñones y ternera asada, pero parece que por fin ha entendido el significado de «bajo en grasa».

—Desafortunadamente —murmuró Kit.

Ralph lo ignoró y se sirvió una generosa cantidad de vino antes de volverse para servir a Sophie.

—Jasper nos ha contado que estabas en París rodando una película.

Sophie, que acababa de tomar un bocado de pescado, solo pudo limitarse a asentir.

—Fascinante —dijo Tatiana—. ¿De qué trata la película?

Sophie se cubrió la boca con la mano para ocultar la mueca de asco que le produjo tragar el pescado.

—Trata de Agentes Especiales Británicos y la Resistencia Francesa en la Segunda Guerra Mundial. Transcurre en Montmartre, en una comunidad de pintores y poetas.

—¿Y qué papel interpretabas? —preguntó Kit.

Sophie carraspeó.

—Un papel pequeño —contestó, sin especificar nada más.

—¿De qué?

—De una prostituta llamada Claudine que, sin darse cuenta, revela a la SS el paradero de su novio, que pertenece a la resistencia.

La sonrisa de Kit fue tan débil como fugaz. Sophie se sintió como si la hubieran mandado al despacho del director por haber enseñado las bragas a sus compañeros de clase.

—Debes conocer un montón de gente fascinante —dijo Tatiana.

—Oh, sí. Al menos, el algunas ocasiones. Los actores suelen estar bastante obsesionados consigo mismos. No siempre resulta agradable estar con ellos.

–Pero no son tan insoportables como los pintores –dijo Jasper distraídamente mientras se concentraba en su pescado–. Contrataron a unos cuantos pintores para pintar los cuadros que van a salir en la película y resultó que eran tan divos que los actores parecían personas normales, ¿verdad, Sophie?

Sophie sintió que sonaba un timbre de alarma en su cabeza. Trató de enviar un mensaje con la mirada a Jasper, pero ya era demasiado tarde.

–Uno de ellos se empeñó en pintar a Sophie –continuó Jasper–. La abordó en un bar cuando estaba conmigo y pasó dos horas mirándola y hablando de lirios blancos.

Sophie se sintió como si acabara de caerle un rayo encima. No se atrevió a mirar a Kit. De hecho, no necesitó hacerlo, porque pudo sentir con toda claridad su desaprobación y la hostilidad que emanaba de él. Desesperada, se fijó en el cuadro de la mujer vestida de rosa.

–Si hubiera creído que el resultado iba a ser tan encantador como ese, habría aceptado sin dudarlo –dijo a la vez que señalaba el retrato–. ¿Quién es?

Ralph siguió la dirección de su mirada.

–Es lady Carolina, la esposa del cuarto conde y una de las Fitzroy más extravagantes de la familia. Era una joven de procedencia dudosa que fue cantante de cabaret. Christopher Fitzroy, que tenía veinte años menos que ella, se enamoró perdidamente y le propuso matrimonio... para escándalo de toda la alta sociedad.

–Fue muy valiente por su parte –comentó Sophie, aliviada al haber logrado cambiar de tema de conversación.

–¿Valiente o estúpido? –murmuró Kit en tono despectivo.

–Valiente –replicó Sophie a la vez que alzaba levemente la barbilla–. No debió resultarle fácil ir en contra de su familia y los de su clase, pero, si la amaba, seguro que el sacrificio mereció la pena.

–No si ella no merecía su sacrificio.

Involuntariamente, Sophie dejó escapar una tensa risita.

–¿Y por qué no iba a merecerlo? ¿Por pertenecer a la plebe?

–No –replicó Kit con expresión impasible–. No lo merecía porque no correspondía al amor de Christopher.

–¿Cómo sabes que no lo amaba? –dijo Sophie, y de inmediato se preguntó qué estaba haciendo. Se suponía que estaba allí para impresionar a los familiares de Jasper, no para pelear con ellos... por insufribles que fueran.

–El hecho de que se acostara con otros hombres durante su matrimonio da alguna pista, ¿no te parece? Sus amantes incluían varios lacayos y mozos de establo, e incluso al artista francés que pintó ese retrato.

–¿Francés? –repitió Ralph–. ¿No era italiano?

Kit apartó la mirada de Sophie.

–Ah, sí murmuró. Debo estar mezclando los hechos.

«Miserable», pensó Sophie. Era obvio que pretendía burlarse de ella. Alzó la barbilla y sonrió para demostrarle que no lo había logrado.

–¿Y qué le pasó?

–Me temo que acabó mal –dijo Ralph mientras volvía a llenar su copa y a continuación la de Sophie.

–¿Cómo acabó? –preguntó Sophie.

–Se quedó embarazada –contestó Kit–. El tonto del conde estaba encantado. Por fin iba a tener un heredero.

Sophie tomó un sorbo de vino y fue incapaz de apartar la mirada de la boca de Kit mientras hablaba. Se preguntó qué aspecto tendría si sonriera, o riera, y qué sentiría si la besara...

«Basta», se dijo con firmeza a la vez que bajaba la mirada. No debía permitir que Ralph siguiera sirviéndole vino. Apartó su copa y bajó las manos a su regazo.

–Pero ella sabía que era muy poco probable que el hijo fuera de su marido –estaba diciendo Kit en tono desdeñoso–. Y aunque el conde estaba demasiado colado por ella como para darse cuenta de lo que estaba pasando, el resto de su familia no lo estaba. Debió darse cuenta de que había llegado a un callejón sin salida, y también sabía que era muy probable que su bebé naciera con la galopante sífilis que ya la estaba devorando a ella.

–¿Y qué hizo? –preguntó Sophie.

Kit la miró a los ojos.

–En las últimas semanas de su embarazo se arrojó al vacío desde una de las torres del castillo.

Sophie no estaba dispuesta a dejarle ver cuánto le había conmocionado su respuesta. Afortunadamente, en ese momento intervino Jasper.

–Pobre Carolina, ¿verdad? Pagó un precio muy alto por toda esa diversión –se inclinó hacia delante y bajó dramáticamente el tono de su voz para añadir–: Se dice que en las noches de invierno su fantasma deambula por las paredes del castillo, enloquecida por la culpabilidad...

–Creo que ya hemos hablado lo suficiente sobre los Fitzroy –intervino Tatiana a la vez que Thomas entraba para retirar los platos–. ¿Por qué no nos hablas de tu familia, Sophie? ¿De dónde procede?

–Oh. Umm... del sur de Inglaterra –murmuró vagamente Sophie a la vez que lanzaba a Jasper una rápida mirada de socorro–. Pero hemos viajado mucho.

–¿A qué se dedican tus padres?

–Mi madre es astrónoma –más que una mentira, aquello fue un despiste. A fin de cuentas, la gente no dejaba de confundir a los astrónomos con los astrólogos.

–¿Y tu padre...?

Jasper acudió de inmediato al rescate.

–Hablando de estrellas, ¿cómo fue tu subasta para esa organización benéfica con la que colaboras, mamá? ¿Quién ganó las dos entradas que doné?

No fue una maniobra precisamente sutil, pero bastó para que Sophie se librara de hablar de aquello. Respiró aliviada. Con un poco de suerte, el asunto de su familia ya había quedado zanjado y podría relajarse el resto del fin de semana.

Si es que era posible relajarse teniendo a Kit Fitzroy cerca.

Sin apenas darse cuenta de lo que hacía, volvió la mirada hacia él. Sus anchos hombros y larguísimo cuerpo hacían que la silla que ocupaba pareciera de una casa de muñecas. Su expresión era impenetrable y en aquellos momentos estaba mirando su plato, lo que permitió a Sophie observarlo con detenimiento.

Un cosquilleo de reconocimiento sexual recorrió su espina dorsal y se extendió hasta su pelvis.

Sophie tenía la mala fortuna de sentirse atraída por hombres que no le convenían, hombres indomables, que no aceptaban palmaditas en la espalda.

–... la gente fue realmente generosa –estaba diciendo Tatiana–, y fue un placer volver a ver a muchos amigos que no veo desde que vivo en un lugar tan apartado. De hecho, tu nombre salió a colación, Kit. Una amiga que tengo hace años me dijo que has roto el corazón de una amiga de su hija.

Kit alzó la mirada.

—Sin saber el nombre de tu amiga, de su hija, o de la amiga de esta, no puedo confirmar ni negar nada.

—Oh, vamos —Tatiana dejó escapar una risita—. ¿Cuántos corazones has roto últimamente? Estoy hablando de Alexia. Según Sally Rothwell Hyde, la pobre chica está muy disgustada.

—Seguro que Sally está exagerando —dijo Kit en tono aburrido—. Alexia sabía desde el principio que lo nuestro no era nada serio. Además, parece que Jasper va a tardar menos que yo en proveer de herederos a los Alnburgh —miró a Sophie, suponiendo que haría algún comentario ocurrente, y vio que se había puesto pálida como la cera—. ¿Hay algún problema?

Sophie lo miró y, por un instante, sus ojos reflejaron una horrorizada perplejidad. Pero enseguida parpadeó y pareció recuperarse.

—Lo siento. ¿Qué estabas diciendo? —murmuró a la vez que apartaba un mechón de su frente.

—¿Sophie? —Jasper se puso en pie, solícito—. ¿Estás bien?

—Sí. Sí, por supuesto. Estoy perfectamente —Sophie trató de sonreír—. Pero supongo que estoy un poco cansada. Ha sido un día muy ajetreado.

—En ese caso debes acostarte —Tatiana dijo aquello en un tono que no admitía réplica, como si la estuviera echando—. Lleva a Sophie a su habitación, Jasper. Estoy segura de que se sentirá mucho mejor tras una noche de sueño.

Mientras Jasper y Sophie salían del comedor, Kit recordó las dos horas que había dormido esta en el tren. Tomó su copa de vino y la vació pensativamente. No era el cansancio lo que había hecho que se pusiera tan pálida, de manera que la causa debía residir en la idea de tener herederos. Al parecer, empezaba a hacerse consciente del lío en que se estaba metiendo.

Capítulo 5

Rothwell Hyde

Sophie siguió a Jasper por las escaleras sin decir nada. Probablemente se trataba de un apellido muy común, pensó, aún aturdida. Debía haber miles de Rothwell Hyde en el listín telefónico. Además, nadie que viviera por allí enviaría a su hija a estudiar a Kent.

Jasper se detuvo al pie de otro pequeño tramo de escaleras que daban a un pasillo en cuyo extremo había una puerta.

—Tu habitación es esa –dijo a la vez que señalaba la puerta–, pero vamos a la mía. El fuego está encendido y en algún lugar tengo una botella vodka que me regaló Sergio –tomó a Sophie por los hombros y flexionó un poco las rodillas para mirarla al rostro–. Parece que no te vendría mal tomar algo que te animara un poco. ¿Estás bien?

—Claro que estoy bien –Sophie hizo un esfuerzo por hablar en tono desenfadado–. Lo siento, Jasper; se supone que haciéndome pasar por tu novia debería estar liberándote de la presión de tus padres, pero ahora mismo deben estar preguntándose por qué has acabado con una chiflada como yo.

—No seas boba. Los tenías encantados... al menos hasta que has estado a punto de desmayarte. Ya sé que el pescado estaba asqueroso, pero...

Sophie rió.

–No estaba tan malo.

–Entonces, ¿por qué te has puesto tan pálida?

Jasper era el mejor amigo de Sophie. A lo largo de los años, Sophie le había contado muchas anécdotas divertidas de su infancia, y cuando uno había crecido en un autobús reformado, pintado con flores y consignas de paz, con una madre que llevaba el pelo al uno y teñido de rojo, que se hacía llamar Rainbow y que había renunciado a llevar sujetador, había muchas anécdotas que contar.

También había un montón de anécdotas nada divertidas, pero esas se las reservaba para sí; los años en que fue acogida por su tía Janet y que fue enviada a un exclusivo internado para chicas con la esperanza de que la «civilizaran» un poco, años en los que estuvo a merced de Olympia Rothwell Hyde y sus amigas...

Movió la cabeza y sonrió.

–Solo estoy cansada, en serio.

–En ese caso, vamos –Jasper empezó a caminar de nuevo por el pasillo a la vez que se frotaba los brazos–. Si te quedas un momento parado en este lugar corres el peligro de congelarte. Espero que hayas traído tu ropa interior térmica.

El corazón de Sophie se contrajo al recordar lo sucedido durante el viaje con su ropa interior... y la conversación que Kit le había escuchado mantener.

–Temo haber metido por completo la pata con tu hermano –dijo.

–Hermanastro –corrigió Jasper con amargura–. Y no te preocupes por Kit. Nadie le cae bien. Se limita a juzgar al resto del mundo.

–Por eso estoy aquí, ¿no? –dijo Sophie–. Lo que te preocupa es la opinión de Kit, no la de tus padres.

–¿Bromeas? –replicó Jasper en tono irónico–. Ya has conocido a mi padre. Pertenece a la generación que cree que todos los gays llevamos bolso y pañuelos rosas.

–¿Y cuál es la excusa de Kit?

Jasper se detuvo ante una puerta y ladeó la cabeza. Sin el gel para el pelo y el delineador de ojos que utilizaba en Londres su delicado rostro parecía más joven y vulnerable.

–Siempre he sabido que no le caigo bien. Nunca ha sido desagradable conmigo, pero no le hacía falta. Siempre he sentido una tremenda frialdad por su parte. Ahora que soy mayor puedo comprender que debió resultar difícil para él crecer sin su madre cuando yo aún tenía la mía –miró a Sophie con expresión compungida–. Como habrás notado, mi madre no es especialmente agradable, y no creo que nunca se molestara demasiado en saber si Kit estaba bien. Como yo era su único hijo, supongo que me mimó bastante...

Sophie abrió exageradamente los ojos.

–¿Mimado? ¿Tú? ¡No me lo puedo creer!

Jasper sonrió.

–Te advierto que esta es la parte del castillo por la que se dice que deambula el fantasma enloquecido de la condesa, así que, si no quieres que te deje aquí sola...

–¡Ni se te ocurra!

Jasper rio a la vez que abría la puerta.

–Esta es mi habitación. ¡Vaya! Parece que el fuego se ha apagado. Pasa y cierra la puerta para que no escape el poco calor que quede.

Sophie hizo lo que le decía. La habitación era enorme y el mobiliario parecía el de la casa de un gigante. Mientras Jasper se ocupaba de avivar el fuego de la chimenea, se acercó a un ventanal.

—¿Qué pasó con la madre de Kit?

—Se fue cuando tenía seis años. Es un tema tabú en esta casa, pero creo que se fue sin despedirse ni dar explicaciones. Hubo un divorcio posterior, por supuesto, y, al parecer, se mencionó el adulterio de Juliet, pero, por lo que sé, Kit no volvió a verla nunca.

Fuera había dejado de nevar y las nubes se habían separado para mostrar una enorme luna llena. Sophie no pudo evitar una punzada de compasión por el niño que fue abandonado por su madre en aquel inhóspito y lúgubre castillo.

—¿Abandonó a Kit para irse con otro hombre?

—Eso parece. Supongo que es comprensible que Kit acabara siendo como es. Ah... así está mejor —Jasper se apartó de la chimenea con las manos en las caderas y el rostro bañado por el color anaranjado de las llamas—. Y ahora, vamos a buscar esa botella y a meternos bajo el edredón en la cama. Tienes que contarme todo lo sucedido en París y cómo te libraste de las garras de ese pintor lunático. A cambio, yo no pararé de hablarte de Sergio. ¿Sabes que piensa tatuarse en el pecho la lista de días que vamos a estar separados?

La viejas piedras que había en lo alto del parapeto estaban alisadas por el viento salino y el crudo tiempo de aquella zona, y la luz de la luna hacía que parecieran plateadas. Kit exhaló una bocanada de aire frío y apoyó los codos en la piedra mientras contemplaba la playa vacía que había más allá de los muros del castillo.

Sabía que no tenía sentido tratar de dormir aquella noche. Su insomnio siempre empeoraba cuando acababa de regresar de un periodo de actividad y su cuerpo aún no había aprendido a desconectar de su continuo estado de alerta. Y el hecho de estar de vuelta en Alnburgh no ayudaba precisamente.

Se estremeció y metió las manos en los bolsillos. Los largos meses pasados en el desierto le habían hecho olvidar el frío que reinaba en aquella parte del mundo. A veces, cuando estaba trabajando a cincuenta grados con el traje a prueba de explosiones, trataba de recuperar la sensación de frío, pero este se convertía en un concepto meramente abstracto en el desierto.

Pero en Alnburgh se convertía en algo real, como la complicada mezcla de emociones que experimentaba cada vez que regresaba. Era capaz de dedicarse a uno de los trabajos más peligrosos del mundo sin sentir nada y, sin embargo, cuando regresaba al lugar en que había nacido se sentía como si le hubieran quitado una capa de piel. Allí era imposible olvidar a la madre que lo había abandonado, o perdonar la estudiada indiferencia de su padre. Allí todo resultaba amplificado: la amargura, la rabia, la frustración...

El deseo.

Apartó aquel pensamiento en cuanto surgió. Sophie Greenham no era precisamente su tipo, aunque debía reconocer que meterse con ella durante la cena había resultado bastante estimulante. Además, con ella presente había podido sentir que no era el único extraño en la mesa.

También había supuesto una distracción de la tensión existente entre su padre y él. Pero solo se había tratado de una distracción temporal. Ralph tenía razón; no había acudido allí para asistir a la fiesta, sino porque el setenta cumpleaños de su padre parecía una buena ocasión para recordar a este que, si no ponía pronto el castillo a su nombre, podría ser demasiado

tarde. El castillo no sobreviviría a los impuestos here-
ditarios que habría que pagar tras la muerte de Ralph,
y, sin duda, tendría que ser vendido.

Kit no estaba seguro de por qué se preocupaba por
aquello. A fin de cuentas, ya tenía una casa magnífica
en Chelsea. Pero se preocupaba. Aún podía escuchar
a su madre susurrándole que Alnburgh era suyo, que
no lo olvidara, que no permitiera que nadie le dijera
lo contrario.

Debió decirle aquello justo antes de abandonarlo,
para aliviar su sentimiento de culpabilidad, para sentir
que no lo dejaba sin nada.

Como si un edificio pudiera compensar la pérdida
de una madre. Especialmente, un edificio como Alnburgh. Como hogar resultaba incómodo, poco práctico
y carísimo de mantener. También era el lugar en que
más infeliz había sido. Sin embargo, sabía que en el
fondo le importaba. Se sentía responsable del castillo
y estaba dispuesto a hacer lo necesario para conser-
varlo.

Y, por mucho que le sorprendiera descubrirlo, también se sentía responsable de su hermano, que no corría riesgo de deteriorarse como el castillo, pero sí de
caer en las garras de una pelirroja especialmente des-
carada.

Sophie abrió los ojos.

Hacía frío, y necesitó unos segundos para recordar
dónde estaba. Apoyó una mano en su frente y se irguió. La televisión seguía encendida en un rincón de
la habitación y Jasper estaba tumbado junto a ella,
completamente dormido y con la botella medio vacía
de vodka en una mano.

Sophie salió de la cama y retiró con cuidado la botella de la mano de Jasper. Por mucho que quisiera a su amigo, en aquellos momentos lo único que quería era una cama para ella sola y algunas horas de pacífico olvido.

Fue de puntillas hasta la puerta y la abrió sigilosamente. La temperatura en el pasillo era glacial y estaba iluminado tan solo por la luz de la luna que entraba por los ventanales. Se preguntó si no sería mejor regresar a la cama con Jasper, pero le dolía mucho la cabeza y pensó con anhelo en los analgésicos que tenía en el neceser.

Su corazón latió con fuerza mientras avanzaba por el pasillo y bajaba unos escalones. Reinaba un intenso silencio, un silencio opresivo, casi antinatural. Se detuvo al llegar al pie de los escalones y miró a su alrededor. Se hallaba en la encrucijada de tres pasillos distintos y no recordaba cuál era el que llevaba a la habitación que le había señalado Jasper. Optó por el que tenía a su izquierda y vio con alivio una puerta en su extremo. Aquella debía ser su habitación. Avanzó con paso firme y abrió la puerta, pero en cuanto entró y respiró el aire viciado de su interior comprendió que debía hacer años que nadie entraba allí.

Salió a toda prisa y respiró profundamente para tratar de calmarse. No tenía por qué asustarse. Tan solo debía regresar por donde había llegado y pensar lógicamente. Una nube cubrió la luna y la oscuridad reinante se volvió aún más intensa. Una fría corriente de aire acarició sus tobillos y el borde de una cortina que cubría un ventanal se movió ligeramente, como acariciada por unos dedos invisibles.

Asustada, Sophie se alejó rápidamente de allí sin dejar de mirar por encima del hombro, como si temiera ver aparecer en cualquier momento el fantasma de la condesa.

–Estoy comportándome como una estúpida –susurró mientras sacaba rápidamente su móvil del bolso y pulsaba un botón para utilizarlo como linterna–. Los fantasmas no existen –pero mientras pronunciaba aquellas palabras sintió que se le erizaba el vello de la nuca.

Pisadas.

Se llevó una mano a la boca para reprimir un gemido de terror.

Las pisadas se acercaban.

Era imposible saber de qué dirección procedían. Pero, si eran las pisadas de un fantasma, tal vez no podía saberse de qué dirección procedían...

Temblando de miedo avanzó todo lo rápido que pudo por el pasillo hasta las escaleras que acababa de bajar. Entonces dejó escapar un apagado gemido de horror al ver una oscura figura ante ella. Se llevó las manos al rostro y dio un paso atrás a la vez que abría la boca para dejar escapar el grito que se estaba formando en su garganta.

–Ah, no, eso no...

Un instante después fue atraída contra un poderoso pecho a la vez que una enorme mano le cubría la boca. La furia sustituyó al temor en cuanto se dio cuenta de que no era precisamente un fantasma el que la había asustado, sino Kit Fitzroy.

De pronto, la idea de ser asaltada por un fantasma resultó relativamente atractiva.

–¡Suéltame! –espetó.

Kit debió entender la especie de graznido que surgió de la garganta de Sophie, porque retiró de inmediato la mano de su boca y la apartó de su cuerpo como si estuviera contaminada.

–¿Qué crees que estás haciendo?

Al margen de arquear un milímetro sus cejas, la fría expresión de Kit apenas cambió.

–Suponía que era obvio. No quería que despertaras a todo el mundo con tus gritos. ¿Sabe Jasper que estás deambulando por los pasillos en plena noche?

–Jasper está dormido.

–Ah. Por supuesto –Kit tomó a Sophie por la muñeca y alzó la mano en que sostenía el móvil–. No me lo digas; te has perdido camino del baño y estabas utilizando el GPS para encontrarlo.

–No –murmuró Sophie entre dientes–. Me he perdido buscando mi dormitorio. Y ahora, si no te importa indicarme...

–¿Tu dormitorio? –Kit la soltó y dio un paso atrás–. No está aquí, desde luego. Hace años que no se utilizan las habitaciones de esta parte de la casa. ¿Por qué no estás compartiendo la de Jasper? ¿O acaso quieres conservar tu... intimidad? –añadió con evidente desdén.

–No me ha parecido adecuado dormir con Jasper en casa de sus padres –replicó Sophie con altanería.

–Das la impresión de sentirte respetablemente indignada –dijo Kit en tono aburrido–. Pero no hace falta que disimules conmigo. Sé exactamente por qué quieres ir a tu dormitorio, y no tiene nada que ver con la respetabilidad, y sí con el hecho de que no estás enamorada de mi hermano.

Aquello fue la gota que colmó el vaso.

–No sabes lo equivocado que estás –espetó Sophie.

–¿En serio? –murmuró Kit con ironía mientras se volvía para regresar por donde había llegado.

–¡Sí! –Sophie lo siguió automáticamente.

¿Quién diablos se creía Kit para juzgar a nadie? De

no ser por él, Jasper no habría tenido que pedirle a ella
que hiciera aquella farsa para resultar «aceptable» ante
los despectivos ojos de su hermano.

No podía explicar nada sin delatar a Jasper, pero
tampoco tenía por qué aguantar aquello.

–Sé que piensas lo peor de mí, y entiendo por qué,
pero quiero aclararte que no es lo que tú piensas. Jamás haría daño a Jasper. Es la persona a la que más
quiero del mundo.

Kit se detuvo ante una puerta que se hallaba al final
del pasillo.

–Acostarse con otro hombre es una forma muy peculiar de demostrarlo –murmuró a la vez que abría la
puerta y se apartaba para dejar pasar a Sophie.

Sophie no se movió.

–Las cosas no son así. No conoces toda la historia...

–No necesito conocerla –replicó Kit a la vez que
movía la cabeza. A fin de cuentas, ¿qué más necesitaba saber? Ya había visto aquello incontables veces:
hombres que volvían de permiso a casa para encontrarse con esposas y novias que habían jurado esperarlos... pero que no lo habían hecho. Tras cada traición
había una historia, por supuesto, pero al final no dejaba de ser una traición.

Sophie se cruzó de brazos, pasó al interior de la pequeña habitación y permaneció de pie ante la cama,
de espaldas a Kit. Tenía el pelo revuelto, lo que hizo
recordar a este que acababa de estar en la cama de su
hermano.

–¿Es habitual en el ejército condenar sin conocer
todos los hechos? –preguntó Sophie a la vez que se
volvía hacia él–. Apenas conoces a Jasper. Hiciste lo
posible por negar su existencia mientras crecía, y no

creo que pueda decirse que ahora te estés esforzando por compensarlo, así que no me des sermones sobre lo poco que lo quiero yo...

–Ya basta –interrumpió Kit, que estaba haciendo verdaderos esfuerzos por contenerse–. Si crees que encontrar tu habitación en el castillo es complicado, no puedes ni imaginar cuánto te costaría desenmarañar las relaciones que existen en esta familia.

–¿Por qué? –Sophie dio un paso hacia él–. ¿Porque crees que no voy a estar en contacto con tu familia el tiempo suficiente?

Kit se tensó al captar de nuevo su cálido y delicioso aroma. Se volvió y tomó el pomo de la puerta.

–Buenas noches. Espero que tengas todo lo que necesitas.

Tras cerrar la puerta a sus espaldas, permaneció un momento quieto para tratar de calmarse. Era capaz de pasar por un campo minado sin inmutarse, y, sin embargo, aquella pequeña pelirroja casi le había hecho perder el control.

No soportaba el engaño. Había pasado demasiado tiempo en su infancia sin saber qué creer o en quién confiar, y suponía que, como actriz, Sophie Greenham era una profesional en aquel arte.

Desafortunadamente para ella, él también era un profesional, y había más de una manera de librarse de un objeto explosivo. En ocasiones había que abordar el problema lateralmente. Si Sophie no estaba dispuesta a admitir que sus sentimientos por Jasper eran una farsa, él se ocuparía de demostrar lo contrario.

SOPHIE se sintió que acababa de quedarse dormida cuando llamaron a la puerta. Jasper apareció en el umbral, sonriente y con una bandeja en la que había dos tazas de café y un plato con tostadas.

—¿Qué hora es? —murmuró Sophie mientras se erguía.

Jasper dejó la bandeja en la mesilla.

—Casi las diez. Kit me ha dicho que te encontró deambulando a medianoche por los pasillos en busca de tu dormitorio, así que he pensado que te convendría dormir un rato más.

Sophie no tuvo valor para decirle que había estado despierta casi toda la noche, en parte por el frío, y en parte por lo estimulada, indignada y furiosa que se había sentido tras lo que había experimentado como una auténtica explosión de sensualidad..

Jasper le ofreció una de las tazas.

—Siento haber dejado que deambularas por el castillo. Fue una suerte que te encontraras con Kit.

Sophie tomó un sorbo de café y gruñó.

—¿Tu crees? Pensé que era el fantasma de la condesa ninfómana... pero no tuve tanta suerte.

Jasper frunció el ceño.

—¿Fue desagradable contigo?

—Le pareció muy extraño que no compartiéramos el dormitorio. Me temo que no está demasiado convencido de que sea tu novia —Sophie suspiró—. Sospecho que me escuchó hablando con Jean Claude en el tren y ahora piensa que soy una... cualquiera.

Jasper tomó un sorbo de su café mientras digería aquella información.

–No te preocupes –dijo finalmente–. Aún tenemos tiempo de arreglar las cosas en la fiesta de esta noche. Seguro que todo el mundo pensará que eres la novia ideal, recatada, leal, pendiente de mí... esa clase de cosas. ¿Qué has traído para vestirte?

–Mi vestido de seda chino.

Jasper negó firmemente con la cabeza.

–No. Es demasiado sexy. Necesitamos algo menos llamativo, más pudoroso.

Sophie entrecerró los ojos.

–Te refieres a algo anticuado y sin gracia, ¿no? ¿Ya se te ha ocurrido algo?

Jasper fue hasta la ventana y apartó la cortina con un teatral ademán.

–No «algo» sino un lugar. Levántate, Cenicienta. Vamos a dar un paseo por las tiendas de Hawksworth.

Media hora después, Jasper aparcaba el coche de su padre en la plaza de un pueblo que no parecía haber cambiado demasiado en setenta años. Caminando por el empedrado de las calles pasaron junto a fruterías, carnicerías y diversas tiendas antes de detenerse ante unos grandes almacenes con una ampulosa fachada.

Braithwaite, Centro de Moda del Norte de Inglaterra desde 1908, decía el cartel que había sobre la puerta. Sophie se preguntó si se trataría de una ironía.

–Usted primero, señora –dijo Jasper con expresión totalmente seria mientras abría la puerta–. Trajes de noche en la primera planta.

Sophie reprimió una risita.

–Ya sabes que me encantan los vestidos de época, pero...

–Nada de peros –interrumpió Jasper mientras avanzaban hacia unas escaleras en el centro de la tienda–. Piensa que te estás vistiendo para interpretar un papel. Esta noche no vas a ser la encantadora y, por qué no decirlo, un tanto excéntrica Sophie. Vas a ser la novia perfecta de un Fitzroy, y eso significa «aburrida».

Sophie refunfuñó un poco mientras Jasper descolgaba un horroroso vestido lleno de volantes y plisados del tipo de azul marino que se utilizaba para los uniformes escolares.

–Parecería una auténtica *Drag Queen* –protestó Sophie–. Pensaba que estábamos buscando algo aburrido –añadió mientras se ponía a rebuscar entre los vestidos que colgaban del perchero–. Hay que encontrar lo más parecido a una mortaja... ¿Qué te parece esto? –descolgó un vestido negro, largo, recto y sin ninguna clase de adorno. La etiqueta con el precio era una muestra de la falta de atractivo del vestido. Ya había sido rebajado en tres ocasiones y prácticamente lo regalaban.

–No está mal –dijo Jasper–. ¿Por qué no te lo pruebas?

–No. Es de mi talla, es horrible y hace demasiado frío como para que me apetezca desvestirme. Comprémoslo y vayamos a un pub. Como tu novia, creo que merezco un sustancioso y calorífico almuerzo.

El Bull in Hawkswortu era el típico pub inglés, con las paredes amarillentas a causa del humo del tabaco y la típica diana para jugar a los dardos.

Sophie ocupó una mesa mientras Jasper iba a la barra. Regresó con una pinta de cerveza, un vaso de vino tinto y un periódico doblado bajo el brazo.

–Enseguida traen la comida –dijo mientras se sentaba–. ¿Te importa que haga una rápida llamada a Sergio? Te he traído el periódico para que te entretengas un rato. En el castillo apenas hay señal, y además me aterroriza que alguien pueda escucharme.

Sophie se encogió de hombros.

–Por mí no hay problema. Llama a Sergio.

–¿Capto un «pero» en tu tono?

Sophie tomó un sorbo de vino y negó con la cabeza.

–No, claro que no –tras permanecer un momento pensativa, añadió–: ¿No crees que todo sería más fácil si hablaras claro?

–¿Si contara la verdad a mi familia? –dijo Jasper con expresión repentinamente hastiada–. No serviría de nada. Es más fácil vivir mi vida lejos de aquí, sin tener que hacerlo con las secuelas de haber decepcionado a toda mi familia. Puede que mi padre tenga setenta años, pero aún se enorgullece de su reputación de mujeriego. Considera que el flirteo es un indicio de sofisticación social... como imagino que notaste anoche. La homosexualidad es algo totalmente extraño para él; piensa que es algo antinatural –tras hacer una expresiva mueca, añadió–: Creo que si le contara la verdad acabaría con él. Y en cuanto a Kit...

–No sé qué le da derecho a juzgar a los demás, como si el fuera algo especial –espetó Sophie mientras desdoblaba el periódico–. No es mejor que tú por ser heterosexual, y tampoco es mejor que yo por ser un esnob...

–¡Cielo santo! –exclamó Jasper a la vez que la tomaba del brazo.

Sophie siguió la dirección de su mirada y se quedó anonada, pues allí mismo, en la portada del periódico, había una foto de Kit. Bajo el titular *Héroes Homenajeados*, aparecía de perfil, con su característico gesto inexpresivo y vestido con un uniforme cargado de medallas.

Incrédulo, Jasper empezó a leer el artículo que acompañaba a la foto.

El mayor Kit Fitzroy recibió la medalla George por su «entrega y dedicación al deber y el valor con que se ha enfrentado a situaciones de extremo riesgo personal». El mayor Fitzroy ha desactivado más de cien objetos explosivos, salvando potencialmente la vida de numerosos soldados y civiles, una hazaña que él describe como «nada notable».

Sophie y Jasper permanecieron unos momentos en silencio. Sophie se sintió como si acabara de tragarse un fuego artificial que hubiera estallado en su interior. El camarero dejó en la mesa sus platos de lasaña con patatas fritas y se fue, pero el apetito de Sophie había desaparecido misteriosamente.

–Supongo que eso le da derecho a actuar como si fuera un «poco» especial y ligeramente mejor que tú y yo –admitió–. ¿Sabías algo de esto?

–No tenía ni idea.

–¿Y no le gustaría saberlo a tu padre? ¿No se sentiría orgulloso?

Jasper se encogió de hombros.

–Siempre ha desdeñado la carrera militar de Kit, tal vez porque opina que la gente de nuestra clase no debe trabajar, a no ser que sea en trabajos relacionados con el arte, como el mío –tomó su cerveza y frunció el ceño–. Puede que también tenga que ver con el hecho de que su hermano murió en las Malvinas, aunque no lo sé con certeza. Ese es uno de los asuntos que no se menciona en casa.

Sophie no lograba dejar de mirar la fotografía, aunque no quería hacerlo. Y, a pesar de sí misma, tampoco lograba dejar de pensar en lo atractivo que era Kit. Había sido fácil catalogarlo de hombre arrogante y obsesionado por el control, pero lo que le había dicho Jasper sobre su madre la noche anterior, y ahora aquello, le hacía verlo bajo una luz diferente. Y, lo que era aún peor, le hacía verse a sí misma bajo una luz diferente. Habiendo sido objeto de prejuicios ignorantes desde pequeña, a Sophie le gustaba pensar que ella nunca se precipitaría a la hora de juzgar a nadie... aunque tal vez debía reconocer que en aquella ocasión lo había hecho.

Pero él también lo había hecho, se recordó con actitud desafiante. La había descartado como alguien superficial, a la caza de dinero, algo totalmente alejado de la verdad, al menos en lo referente a la parte del dinero. Afortunadamente, aquella noche, con la ayuda del horrible vestido que había comprado y algunos comentarios sucintos sobre asuntos de actualidad y política internacional, haría ver a Kit que también estaba equivocado respecto a aquello.

Por el bien de Jasper, obviamente.

Cuando se levantaron tomó el periódico.

–¿Crees que les importará que me lo lleve?

–¿Para qué? –preguntó Jasper, sorprendido–. ¿Quieres dormir con el héroe bajo la almohada?

–¡No! –Sophie sintió que se ruborizaba a pesar de sí misma–. Quiero echar un vistazo al resto de los titulares para poder mantener una conversación inteligente esta noche.

Jasper no paró de reír hasta que llegaron al coche.

Ralph se ajustó la pajarita frente al espejo y se pasó una mano por el pelo, perfectamente peinado hacia atrás.

—Encuentro de mal gusto tu insistencia en sacar el tema de mi muerte, Kit –dijo en tono ofendido–. Y precisamente esta noche. Cumplir los setenta ya es bastante deprimente como para que encima te dediques a recordarme que el tiempo no deja de pasar.

—No es nada personal –dijo Kit–. Sé que es un tema aburrido, pero lo cierto es que Alnburgh no sobrevivirá a los impuestos tras tu muerte si no transfieres la propiedad a algún otro. Siete años es...

Ralph lo interrumpió con una amarga risa.

—Cuando dices «algún otro» te refieres a ti, ¿no? ¿Y qué me dices de Jasper?

Kit recordó de nuevo las palabras de su madre: «Alnburgh es tuyo, Kit. No dejes que nadie diga nunca lo contrario».

Apretó los puños en los bolsillos del pantalón de su esmoquin. La experiencia le había enseñado que cuando Ralph tomaba aquella actitud lo mejor era responder con la máxima indiferencia.

—Jasper no es el heredero lógico.

—Yo no estoy tan seguro de eso –replicó Ralph con ironía–. Lo más probable es que Jasper viva otros sesenta o setenta años, y te aseguro que yo tengo intención de durar muchos años más que siete. Dado el trabajo que tienes, creo que eres tú el que más está tentando la suerte en ese aspecto. Recuerda lo que le pasó a mi querido hermano Leo. Nunca regresó de las Malvinas.

Kit ya había notado que su padre había bebido e iba camino de emborracharse, lo que implicaba que cualquier otro intento de persuasión por su parte sería contraproducente.

–Transfiéresela a Jasper si quieres –dijo, y se encogió de hombros antes de tomar el periódico que había sobre la mesa de café–. Eso sería mejor que no hacer nada, aunque no estoy seguro de que te lo agradeciera, ya que odia estar aquí tanto como Tatiana. Además, así correría aún más riesgo de caer en manos de cazafortunas como la chica que ha traído este fin de semana.

La ceremonia de entrega de medallas a la que había asistido el día anterior estaba en primera plana. Kit se preguntó si su padre la habría visto y habría decidido no decir nada.

–¿Sophie? –Ralph se volvió–. A mí me pareció bastante encantadora. Y es preciosa. Jasper ha elegido bien.

–Pero no parece haber tenido en cuenta el hecho de que a ella le importa tres pitos –comentó Kit mientras volvía a dejar el periódico.

–¿Estás celoso, Kit? –dijo Ralph con auténtica malicia–. Crees que deberías ser tú el que se llevara a todas las chicas guapas, ¿verdad? Casi me atrevería a decir que la quieres para ti, como...

Jasper entró en aquel momento y Ralph se interrumpió bruscamente.

–¿Como qué? –dijo Kit con suavidad.

–Nada –cuando Ralph se volvió hacia Jasper, la hostilidad de su rostro desapareció por completo–. Estábamos hablando de ti y de Sophie.

Jasper sonrió mientras se acercaba al mueble bar.

–Es preciosa, ¿verdad? Y tiene mucho talento. Es una gran actriz.

Con su esmoquin y el pelo recién mojado por la ducha, Jasper no parecía tener más de quince años, pensó Kit, cuya hostilidad hacia Sophie Greenham no hizo más que aumentar.

–Ya me he fijado –dijo mientras se encaminaba hacia la puerta. Antes de salir se volvió hacia su padre–. Recuerda lo que te he dicho sobre la transferencia de la propiedad. Ah, y le he prometido a Thomas que yo me ocuparía del vino para esta noche. ¿Tienes alguna preferencia?

–Hay un vino excelente del año veintinueve... aunque, pensándolo bien, abre algunas botellas del setenta y uno –su sonrisa tuvo un matiz retador—. Reservemos lo realmente bueno para cuando cumpla los cien años, ya que pienso seguir por aquí para celebrarlo.

Kit masculló una maldición mientras se alejaba. Ya que no había logrado convencer a su padre sobre la necesidad de transferir el castillo, esperaba tener más éxito en lo referente a Sophie Greenham.

Afortunadamente, no se había comido toda la lasaña en el almuerzo, reflexionó Sophie mientras subía la cremallera lateral de su vestido negro. Habría sido mejor que se lo hubiera probado en la tienda. Al parecer, todos los cruasanes y el pan que había comido en París le estaban pasando factura.

No había un espejo de cuerpo entero en su habitación, pero tampoco lo necesitaba para saber el terrible aspecto que tenía con aquel severo y horrible vestido sin mangas y en forma de tubo que le llegaba a los tobillos. Afortunadamente tenía una raja lateral, lo que significaba que al menos podría caminar sin parecer una geisha. Y también contaba con la secreta satisfacción de saber que llevaba una ropa interior realmente sexy bajo aquel vestido.

Se dio la vuelta para ver la parte trasera y soltó una risotada al ver la etiqueta del precio colgando de uno de los tirantes. Habiendo vivido en un autobús, siempre iba a costarle aparentar tener clase y dinero, como no dejaron de recordarle Olympia Rothwell Hyde y sus secuaces cuando estaba en el colegio. Tiró de la etiqueta, pero no logró arrancarla. Tras un nuevo intento se convenció de que iba a necesitar unas tijeras, algo que no tenía.

Se mordió el labio. Jasper ya había bajado, pero ella no podía presentarse así ante Tatiana, que sin duda luciría un modelo de diseñador e iría cargada de joyas. No le iba a quedar más remedio que escabullirse hasta la cocina para ver si la aterradora señora Daniels, la cocinera que le había presentado Jasper aquella mañana, tenía alguna.

Ya más familiarizada con los recovecos del castillo, se encaminó hacia las escaleras traseras que llevaban a la cocina. El sonido de sus tacones resonó en las paredes de piedra mientras bajaba. La pared acristalada que separaba el pasillo de la cocina estaba cubierto de vapor, aunque podía verse que los dominios de la señora Daniels habían sido tomados por una legión de uniformados cocineros. Sophie recordó que Jasper había mencionado que tanto la señora Daniels como Thomas, el mayordomo, tenían la noche libre. Se dio la vuelta para regresar por donde había llegado cuando una resonante voz le hizo detenerse en seco.

–¿Buscas algo?

Sophie sintió que el corazón se le subía a la garganta al ver a Kit en el umbral de la puerta de una de las habitaciones que daba al pasillo. Sus miradas se encontraron y, por un instante, Sophie creyó captar un breve destello de emoción en la de Kit, aunque no supo interpretar si fue de desagrado o de otra cosa.

–Estaba buscando a la señora Daniels –dijo con voz estrangulada, como si acabaran de atraparla haciendo algo malo–. Quería pedirle unas tijeras.

–Es un alivio saberlo –la sonrisa de Kit fue apenas perceptible–. Supongo que eso significa que no voy a tener que decirte que llevas colgando la etiqueta del precio del vestido en la espalda.

Sophie sintió que se ruborizaba, algo que no solía sucederle a menudo. Carraspeó antes de contestar.

–No.

–Tal vez yo pueda ayudarte. Sígueme.

Sophie agradeció el punzante sonido de sus tacones sobre la piedra, pues enmascaró los frenéticos latidos de su corazón. Kit tuvo que agachar la cabeza para pasar por la puerta y Sophie lo siguió al interior de una bodega cuyas estanterías estaban llenas de botellas. Había una mesa con más botellas y junto a estas un cuchillo y un paño manchado. Kit tomó el cuchillo.

–¿Qué... qué estás haciendo? –preguntó Sophie mientras veía cómo limpiaba la hoja del cuchillo con el paño.

–Decantar el vino.

–¿Para qué? –Sophie se esforzó por mantener una conversación razonable, pero su mente se vio invadida por fragmentos del artículo del periódico que acababa de leer, haciéndole imposible pensar con claridad. «Entrega y dedicación al deber... situaciones de extremo riesgo personal...» Era como si alguien hubiera tomado la imagen que se había hecho de él y la hubiera roto en mil trocitos con los que se componía una imagen totalmente distinta.

—Para librar al vino del sedimento. La botella que acabo de abrir vio la luz hace más de ochenta años.

Sophie dejó escapar una risita.

—¿Y no ha pasado ya su fecha de caducidad?

—Como muchas otras cosas, mejora con el paso del tiempo —Kit tomó a Sophie por los hombros con sorprendente delicadeza para que se girara—. ¿Quieres probar un poco?

—¿No es muy caro?

Sophie se preguntó por qué sentía como amabilidad la mera falta de hostilidad. Sintió que se le erizaba el vello de la nuca cuando los dedos de Kit rozaron su piel desnuda. Se puso rígida, decidida a no ceder al estremecimiento de deseo que recorrió su cuerpo. Sintió que los pechos le cosquilleaban y que sus pezones presionaban contra la tela del vestido.

—Digamos que podrías comprar varios vestidos como ese por el precio de una botella —murmuró Kit, y Sophie sintió su cálido aliento en el cuello. Cerró los ojos, deseando que aquel momento se prolongara para siempre, pero enseguida oyó el ruido del plástico al romperse cuando Kit le quitó la etiqueta.

—Lo cierto es que eso no dice demasiado sobre tu vino —trató de bromear.

—No —Kit tomó una botella de la mesa y sirvió un poco de vino en el decantador—. Es un magnífico vestido. Te sienta bien.

Sophie sintió que se le ponía la carne de gallina al escuchar el cumplido.

—Es un vestido muy barato —volvió a reír, incómoda, y se cruzó de brazos para ocultar la evidente protuberancia de sus pezones–. ¿O te referías precisamente a eso al decir que me sienta bien?

–No –contestó Kit con una mirada fría y desapasionada a la vez que le ofrecía el decantador –. Me temo que no tengo ningún vaso, así que tendrás que beberlo directamente de aquí. Tómalo despacio. Aspira antes su aroma.

Sophie apenas se sentía capaz de respirar, pero se sentía como si Kit la hubiera hipnotizado, e hizo lo que el dijo.

El vino olía a antiguo, a incienso y veneración, y al instante se vio transportada a la capilla del colegio, donde, arrodillada, tomaba el vino de la comunión mientras trataba de ignorar los susurros de Olympia Rothwell Hyde y sus amigas, que murmuraban que iría al infierno porque todo el mundo sabía que no estaba bautizada, y menos aún confirmada. ¿Qué cura habría querido bautizar a una niña llamada «Verano» Greenham?

Se apartó con brusquedad justo cuando el vino iba a tocar sus labios, de manera que este se deslizó por su barbilla. Kit reaccionó como el rayo y puso la mano bajo su barbilla para que el preciado líquido no cayera al suelo.

–Lo siento –dijo Sophie–. No pretendía malgastarlo...

–En ese caso, no lo hagamos –susurró Kit y a continuación inclinó la cabeza hacia Sophie hasta que sus labios se encontraron.

Sophie sintió que el mundo se detenía cuando Kit deslizó los labios hacia abajo para lamer el vino de su barbilla. Impotente, entreabrió los labios mientras en su interior se desataba una oleada de abrumador deseo. Sin pensar en lo que hacía, arqueó el cuerpo hacia

Kit a la vez que lo tomaba instintivamente por los hombros.

Aquello sí lo entendía. Aquel encuentro de bocas y cuerpos, la efusión de feromonas y fuego... eran sentimientos que comprendía y a los que podía enfrentarse expertamente. Aquel era territorio familiar.

O, al menos, lo había sido.

Pero no en aquellos momentos.

No aquello...

Las caricias de Kit eran delicadas, lánguidas, pero sirvieron para reducir a cenizas el recuerdo que pudiera tener Sophie de cualquier otro hombre.

Y quería más.

Sentía que su odioso vestido era como una armadura de la que quería librarse para sentir el contorno de los fuertes músculos del cuerpo de Kit. Su deseo floreció como una llamarada alimentada con petróleo y, mientras le devolvía el beso, buscó con las manos el nudo de su corbata para desabrochar el botón que había debajo.

Pero la delicadeza de Kit se esfumó de pronto. Ya no hubo nada lánguido en la presión de sus labios, ni en las eróticas penetraciones de su lengua. Las manos de Sophie temblaban cuando las introdujo bajo su chaqueta. Sintió la calidez de su cuerpo, los rápidos latidos de su corazón cuando la tomó por los hombros y la empujó hacia uno de los antiguos barriles de roble de la bodega. Desorientada y temblorosa a causa de un deseo que iba más allá de lo que había experimentado nunca, Sophie se subió precipitadamente la falda del vestido para que Kit pudiera sentarla sobre el barril. La necesidad de sentirlo sobre ella, dentro de ella, era abrumadora.

—Ahora... por favor...

Pero Kit eligió aquel momento para apartarse de ella y darse la vuelta. La intensa sensación física de pérdida que experimentó Sophie le hizo alargar los brazos hacia él para tratar de recuperarle. Su respiración se había convertido en un agitado jadeo y era incapaz de pensar en otra cosa que en su afán de satisfacer el anhelo que recorría sus venas.

Hasta que la sangre se le heló en las venas cuando Kit se dio la vuelta. Su expresión parecía labrada en mármol y su mirada era fría como el hielo.

En aquel segundo, horrorizada y dolida, Sophie comprendió lo que acababa de pasar... lo que acababa de hacer. Kit no necesitó decir nada, porque su expresión lo revelaba todo.

Sin dudarlo, sin pensar, actuando guiada por el instinto, Sophie recorrió el breve espacio que los separaba y alzó la mano para abofetearlo. Pero su instinto no era rival para los reflejos de Kit, que la tomó por la muñeca en un abrir y cerrar de ojos.

—Eres un miserable —espetó a la vez que retiraba con violencia su mano de la de Kit.

Sin esperar respuesta, logró que sus temblorosas piernas la sacaran de la bodega mientras su horrorizada mente se esforzaba en asimilar la enormidad de lo que acababa de suceder. Había traicionado a Jasper y se había delatado. Kit Fitzroy había demostrado que tenía razón. Había caído como una tonta en sus manos y había demostrado ser la desleal cazafortunas por quien la había tomado desde el principio.

Capítulo 7

FINALMENTE no había sido tan complicado como esperaba.

Kit sacó el corcho de otra polvorienta botella con mucho menos cuidado y respeto del que merecía aquel añejo vino.

No esperaba que Sophie fuera muy difícil de seducir, aunque sí había esperado al menos un poco de lucha por su parte. Había reaccionado al instante a su beso...y con una pasión que igualaba la que había experimentado él. ¿Qué diablos le pasaba? Había hecho lo que se había propuesto hacer y la reacción de Sophie había sido exactamente la que esperaba.

Sin embargo, no había anticipado su propia reacción. No la había anticipado en absoluto.

Sophie frotó las húmedas palmas de su mano contra la falda de su horrible vestido. Se hallaba en medio del vestíbulo de los retratos, a medio camino entre las escaleras y las puertas cerradas del salón. Aún estaba temblando, y su instinto le decía que lo mejor que podía hacer era marcharse. ¿No era eso lo que hacía siempre, como le había enseñado su madre? Cuando las cosas se ponían duras, uno se marchaba. Te decías que daba igual y que no te importaba, y para demostrarlo hacías el equipaje y te ibas.

El equipo de catering estaba dando los últimos toques al bufé en el comedor. Sophie dudó y se mordió el labio mientras se imaginaba por un momento a sí misma en el tren de regreso a Londres, donde nunca tendría que volver a ver a Kit Fitzroy...

En aquel momento se abrió una de las enormes hojas de la puerta del salón y Jasper apareció en el umbral.

–¡Ah, ahí estabas, ángel! Pensaba que a lo mejor habías vuelto a perderte y he salido a buscarte –se encaminó hacia Sophie y su sonrisa se ensanchó según se acercaba–. Vaya, vaya, Sophie Greenham, ese vestido...

–Lo sé –lo interrumpió Sophie–. No lo digas. Es espantoso.

–No lo es –murmuró Jasper mientras giraba lentamente en torno a ella con expresión incrédula–. ¿Cómo pudimos pensar que lo era? Puede que fuera barato y pareciera una especie de sudario colgado de una percha, pero en ti es pura dinamita –dejó escapar un prolongado silbido–. ¿Te has visto? Ningún hombre con sangre en las venas será capaz de mantener las manos alejadas de ti.

Sophie dejó escapar una risita histérica.

–No lo sabes tú bien.

–¿Sophie? –Jasper la miró con expresión preocupada–. ¿Estás bien?

Sophie se preguntó qué estaba haciendo. Había acudido allí a proteger a Jasper de los prejuicios de su familia, y lo único que estaba logrando era ponérselo más difícil. El hecho de que su hermano fuera la clase de implacable miserable capaz de hacer cualquier cosa por preservar la pureza y la reputación del apellido

Fitzroy era un motivo más por lo que debería darlo todo.

–Estoy bien –mintió con una brillante sonrisa–. Y tú estás guapísimo. Hay algo en los hombres con corbata negra que me resulta irresistible.

–Bien –Jasper la besó en la mejilla y la tomó de la mano–. En ese caso, pongamos en marcha la fiesta. Personalmente tengo intención de dedicarme al champán antes de que lleguen los invitados y tengamos que compartirlo.

Kit se encaminó rápidamente y con la mirada baja hacia el salón, no porque tuviera prisa en llegar, sino porque sabía por experiencia que parecer resuelto era la mejor manera de evitar verse atrapado en una conversación.

Lo último que le apetecía en aquellos momentos era hablar con alguien.

La música empezó a sonar más alto según se acercaba. Empeñado en recuperar las habilidades de su juventud, Ralph había contratado una orquesta de *swing* que estaba interpretando con energía temas de los Beatles. El estridente sonido de las trompetas y los saxofones resonaba bajo el abovedado techo.

Se detuvo en lo alto de las escaleras que llevaban al salón. La pista de baile estaba llena de arremolinadas sedas y terciopelos, pero su mirada se vio instantáneamente atraída hacia la chica que vestía un traje negro en medio de la muchedumbre. Estaba bailando con Ralph, y Kit experimentó una rabia inexplicable al ver la mano de su padre sobre la parte baja de la espalda de Sophie.

Hacían buena pareja, pensó con desdén. Ralph siempre había sido un mujeriego, y a Sophie Greenham no parecía importarle conceder indiscriminadamente sus favores, de manera que no había motivo para que no lo intentara también con otro Fitzroy. Se volvió, asqueado.

—¡Kit! ¡Cariño! He supuesto que eras tú... No a todos los hombres les sienta tan bien el esmoquin como a ti, pero debo admitir que me ha decepcionado no verte de uniforme esta noche.

El corazón de Kit se encogió cuando Sally Rothwell Hyde lo tomó por los hombros y lo envolvió en una nube de asfixiante perfume cuando se puso de puntillas para besarlo en ambas mejillas.

—He visto tu foto en el periódico. Estabas para comerte, y las medallas que colgaban de tu pecho producían un efecto realmente heroico. Esperaba verte con ellas...

—Las medallas solo se llevan en el uniforme —Kit se esforzó por no sonar impaciente—, y ponérmelo para esta fiesta habría resultado un tanto fuera de lugar, ¿no te parece?

Sally hizo un coqueto mohín y agitó sus pestañas, que, dado su espesor y lustre, solo podían ser falsas.

—¿Y no podrías haber hecho una excepción por nosotras, las damas?

Kit reprimió el impulso de soltar un maldición. Para Sally Rothwell Hyde y su círculo de amigas, sus medallas no eran más que un adorno bonito. Dudaba que hubieran pensado ni una sola vez en lo que había tenido que pasar para conseguirlas. En el coste de vidas que representaban.

—Es una lástima lo de Alexia —continuó Sally—. La pobre Olimpya estaba destrozada. Ha llevado a Alexia a esquiar este fin de semana para animarla. Puede que conozca un instructor atractivo y se enamore de él...

Kit supuso que Sally trataba de ponerlo celoso con aquel comentario, pero, dado que no era así, lo ignoró. Sophie seguía bailando con Ralph. Estaba de espaldas a él y, al ver cómo inclinaba la cabeza para escuchar algo que estaba diciendo su padre, recordó de pronto la sensual lencería que se le había caído en el tren el día anterior. Se preguntó qué llevaría bajo aquel sobrio vestido negro...

–¿Es esa su sustituta? –preguntó Sally, que había seguido la dirección de su mirada.

–No –replicó Kit escuetamente–. Es la novia de Jasper.

–¡Oh! ¿En serio? –Sally alzó sus depiladas cejas y murmuró–. Nunca creí que hubiera algo de cierto en esos rumores... –antes de que Kit pudiera preguntar a qué rumores se refería, añadió–. ¿Quién es? Me resulta vagamente familiar.

–Es una actriz. Puede que la hayas visto en alguna película.

–Una actriz –repitió Sally, pensativa–. Típico de Jasper. ¿Y cómo es?

–Me ocuparé de que Jasper te la presente y así podrás comprobarlo por ti misma –dijo Kit antes de dar la vuelta para alejarse de ella.

Justo cuando Sophie estaba temiendo que la banda siguiera eternamente con la versión de *Can't Buy me Love* que estaba tocando, la canción terminó.

–Estos zapatos me están matando –dijo a la vez que se apartaba de Ralph , que no tuvo más remedio que retirar ambas manos de su cintura.

Ralph sacó un pañuelo de su bolsillo y se lo pasó por la frente. Parecía especialmente acalorado, y Sophie se preguntó si habría sido la necesidad, y no la lascivia, lo que le había hecho aferrarse a ella con tanta fuerza.

–Gracias por el baile, querida jovencita –dijo Ralph, sin aliento–. Has hecho muy feliz a este anciano en su cumpleaños. Mira... ahí viene Jasper a reclamarte.

Jasper los saludó con la mano mientras se acercaba a ellos.

–Siento interrumpiros, pero hay personas que quieren conocerte, Soph. ¿Te importa que me la lleve, papá?

–Claro que no. Yo también necesito un... respiro –Ralph se tambaleó un poco mientras se alejaba.

–¿Crees que tu padre está bien? –preguntó Sophie, preocupada–. ¿No deberías ir con él?

–Está perfectamente –contestó Jasper en tono displicente–. Es la típica rutina Hawksworth. Bebe más de la cuenta, duerme media hora, y luego vuelve con más marcha que nunca. No te preocupes. Una amiga de mi madre está deseando conocerte –añadió a la vez que tomaba a Sophie de la mano y la llevó hasta donde se hallaba una mujer pequeña con un vestido color aguamarina sin tirantes y un impresionante collar de diamantes en torno al cuello. Miró a Sophie de arriba abajo mientras Jasper las presentaba.

–Sophie, esta es Sally Rothwell Hyde, compañera de bridge de mi madre y una auténtica mala influencia. Sally, te presento a Sophie, la chica de mis sueños...

Sophie experimentó una oleada de pánico.

Magnífico. Perfecto. Había pensado que la tarde no podía ser más desastrosa, pero estaba equivocada. Al parecer el destino estaba empeñado en convertirla en la diana de varias y humillantes bromas. Como solía hacer Olympia Rothwell Hyde en el colegio.

—Es un placer conocerte —dijo rápidamente, antes de que Jasper dijera su apellido.

Sally Rothwell Hyde la miró un momento con el ceño fruncido.

—Tu cara me suena... ¿Es posible que conozca a tus padres?

—No creo —Sophie se humedeció los labios, nerviosa. Estaba diciéndose que debía actuar como si estuviera sobre el escenario cuando Sally Rothwell Hyde dejó escapar un cantarina risa.

—Pues si no es eso, no se me ocurre de qué pueda ser —entrecerró los ojos—. Debes ser de la misma edad que mi hija. No eres amiga de Olympia, ¿no?

Sophie tuvo que hacer verdaderos esfuerzos para mantener una expresión pensativa.

—¿Olympia Rothwell Hyde? —pronunció el odiado nombre dudando, como si fuera la primera vez que lo escuchaba—. No la recuerdo. Lo siento. Pero qué calor hace aquí, ¿no os parece? —añadió precipitadamente—. Estoy sedienta después del baile, así que, si me excusáis, voy por algo de beber.

A la vez que empezaba a alejarse dedicó una mirada de ruego a Jasper para que refrenara su caballerosidad. Pero, al parecer, no logró transmitir el mensaje.

—Puedo ir yo... —empezó a decir Jasper.

—No te molestes, cariño —lo interrumpió Sophie—. Quédate a charlar con Sally. Enseguida vuelvo.

Al ver a un camarero que llevaba una bandeja con vasos de agua se acercó a tomar uno con la esperanza de que beber la aliviara del dolor de cabeza que empezaba a tener. Ya se explicaría con Jasper más tarde, pero en aquellos momentos lo único que quería era salir a tomar el aire.

Salir al exterior fue como lanzarse a un lago de agua helada. El mundo parecía enteramente azul y blanco, iluminado por la enorme luna que se alzaba sobre la playa. El silencio reinante se adueñó de ella con tanta rapidez como el frío.

Se apoyó de espaldas contra el muro de la casa y respiró profundamente. Hacía tanto frío que sintió que se le helaban los pulmones y, cuando exhaló, el aire surgió de su boca como una espesa nube de humo blanco. Contemplando el rocoso paisaje que se extendía bajo las ventanas del castillo, recordó lo que había contado Kit sobre la desesperada condesa que se suicidó arrojándose por un balcón. Trató de imaginar cómo habría llegado a sentirse tan deprimida como para recurrir a aquella brutal solución.

—Es una larga caída.

Sophie se sobresaltó tanto al escuchar aquella voz que dejó caer el vaso que sostenía en la mano. Se llevó la mano a la boca, pero no antes de haber soltado una violenta maldición. En el silencio que siguió, escuchó el sonido del cristal rompiéndose en las rocas que había más abajo.

Kit Fitzroy la miró con expresión irónica mientras se acercaba a ella.

—Lo siento. No pretendía sobresaltarte.

Sophie dejó escapar una risita nerviosa.

—¿En serio? Después de lo que ha pasado hace un rato, disculpa si no te creo y asumo que eso era exactamente lo que pretendías, con la esperanza de que acabara habiendo otro «accidente» como el que acabó con la vida de la última mujer inadecuada que un Fitzroy trajo a esta casa.

–Tienes una imaginación realmente creativa –replicó Kit sin inmutarse.

–No hace falta mucha imaginación para saber que quieres librarte de mí –Sophie apartó la vista para no tener que mirarlo–. A fin de cuentas, hace un rato te has tomado muchas molestias para tenderme una trampa y manipularme.

Kit apoyó los antebrazos en lo alto del muro ante el que se hallaban.

–No ha sido complicado. Has sido increíblemente fácil de manipular –el tono de Kit era suave, casi íntimo, pero contradecía la aspereza de sus palabras.

–Me has puesto en una situación imposible.

–No era imposible. De hecho, sé que habría podido llegar al final si hubiera querido, pero no era así. En cualquier caso, tienes razón. Quiero librarme de ti, pero, ya que no puedo llegar al extremo de asesinarte, espero que seas tú la que se vaya tranquilamente.

–¿Irme? –repitió Sophie estúpidamente. De pronto ya no sabía qué decir, qué hacer. Lo que había empezado como un juego, como una broma secreta entre Jasper y ella, se había escapado a su control.

–Sí. Irte de Alnburgh. Por lo que le he oído decir a Tatiana, Jasper planea quedarse unos días, pero creo que sería mejor que tú te fueras a Londres lo antes posible. Hay un tren a Newcastle a las once de la mañana. Desde allí puedes tomar un tren a Londres. Me ocuparé de que Jensen te lleve a la estación.

Sophie se alegró de tener el muro como punto de apoyo, porque no sabía si sus temblorosas piernas habrían sido capaces de sujetarla. Rió, incómoda.

–Veo que lo tienes todo organizado, comandante Fitzroy. Pero, ¿qué me dices de Jasper? ¿O acaso te has olvidado de él?

–Es en él en quien estoy pensando.

–Ah –Sophie se golpeó cómicamente en la frente–. Qué tonta soy. Pensaba que querías que me fuera porque mi rostro, mi ropa y mi acento no encajan aquí, y porque no me asustas, a diferencia de lo que le sucede a todos los demás. Y también que, por mucho que pretendas simular lo contrario, a ti también te ha afectado lo que ha pasado antes.

Una emoción indescifrable cruzó por un instante el rostro de Kit, pero enseguida se esfumó.

–No –su voz sonó amenazadoramente suave–. Quiero que te vayas porque eres peligrosa.

Sophie se sintió repentinamente agotada, derrotada.

–¿Y qué se supone que voy a decirle a Jasper?

Kit se encogió de hombros.

–Ya pensarás en algo. Tu talento para el engaño te facilitará las cosas. Así Jasper podrá encontrar a alguien adecuado, alguien que lo trate con el respeto que merece.

–Alguien que encaje en tu estrecha noción de «adecuado», ¿no? –dijo Sophie, pensando en Sergio. Lo irónico de la situación habría resultado jocoso de no ser porque el asunto se había vuelto demasiado serio y humillante–. Vaya, vaya. ¿Quién habría imaginado que bajo ese sombrío y controlador exterior latía un corazón tan romántico?

–No soy ningún romántico –Kit se volvió hacia ella y apoyó una cadera en el muro mientras le dedicaba una especulativa mirada–. Pero sí siento especial aversión contra las trepas sociales sin escrúpulos. Tal y como están las cosas, estoy dispuesto a aceptar que eres simplemente una chica bonita con problemas para decir «no», pero, si te quedas, me veré obligado a adoptar un punto de vista mucho menos caritativo.

Del interior llegó el repentino sonido de varias voces cantando el *Cumpleaños Feliz*. Sophie volvió la mirada hacia los ventanales y vio que todo el mundo rodeaba a Ralph mientras este se disponía a cortar su tarta de cumpleaños. Viendo el brillo de los vestidos y las joyas que adornaban a casi todas las mujeres presentes, Sophie volvió a constatar que los reunidos para aquella fiesta podrían haber sido los ricos y privilegiados de cualquier época de los pasados cien años, y que ella no pintaba nada allí.

Por una parte habría querido negar las crueles conclusiones a las que había llegado Kit sobre ella, pero sabía que no habría servido de nada. Dentro, pudo ver a Sally Rothwell Hyde cantando con los demás, con su deslumbrante pelo y su carísima dentadura blanca. De pronto sintió que volvía a tener dieciséis años y que se hallaba en el pasillo de la escuela, con sus maletas y su stick de jokey a un lado, esperando a su tía Janet mientras observaba por la cristalera a las demás chicas del internado mientras cantaban el himno de la escuela.

Apretó los dientes con fuerza para evitar que le castañetearan. De pronto se dio cuenta de que estaba helada. Dentro seguían cantando el *Cumpleaños Feliz*. Si se daba prisa, podría entrar y subir las escaleras sin que nadie se fijara en ella.

Alzó levemente la barbilla y se volvió a mirar a Kit.

—De acuerdo. Tú ganas. Me voy —la sonrisa que curvó sus labios no alcanzó sus ojos—. Pero querría pedirte un favor. Pasa tiempo con Jasper. Cuando llegues a conocerlo, descubrirás que te gusta.

Sin esperar respuesta, giró sobre sí misma y entró en la casa.

Estaba subiendo las escaleras cuando un revuelo procedente del salón llegó a sus oídos. Se volvió a mirar justo en el momento en el que Ralph Fitzroy se desplomaba a un lado de la mesa, arrastrando consigo el mantel y la tarta que había sobre este.

Capítulo 8

QUE ALGUIEN haga algo!
 La angustiada voz de Tatiana resonó en el repentino silencio. Antes de que Sophie tuviera tiempo de procesar lo que acababa de suceder, Kit pasó corriendo a su lado y un instante después estaba arrodillado junto a su padre.

—¿Sabe alguien cómo se practica la resucitación cardiopulmonar? —exclamó a la vez que le soltaba la pajarita y desabrochaba el botón superior de su camisa.

Sin recapacitar en la conveniencia de lo que iba a hacer, y mientras los demás invitados miraban a su alrededor, esperanzados, Sophie avanzó instintivamente hacia él.

—Yo sé hacerlo.

Kit ni siquiera la miró cuando se arrodilló frente a él. Se quitó la chaqueta del esmoquin y la colocó bajo la cabeza de su padre.

—¿Respira? —susurró Sophie.

—No.

Tatiana dejó escapar un angustiado gemido mientras Jasper pasaba una mano por sus hombros.

—Llévala a la sala de estar y pide una ambulancia desde allí. Diles que las carreteras están en muy mal estado y que necesitamos un helicóptero. Hazlo ya.

Su voz pareció hacer reaccionar a Jasper, que estaba pálido y conmocionado.

–¿Respiración o corazón?

Sophie tardó un instante en darse cuenta de que Kit le estaba hablando a ella.

–Respiración –contestó.

Kit ya había desabrochado la camisa de su padre y había empezado a comprimirle el pecho. Sus labios se movieron en silencio mientras contaba. La mano de Sophie tembló cuando inclinó la cabeza de Ralph hacia atrás. Tan solo había practicado aquello en una serie televisiva, aleccionada por el asesor médico del estudio, desde luego, pero nunca se había enfrentado a un caso real.

–¿Lista? –preguntó Kit.

Sus miradas se encontraron y Sophie sintió una especie de descarga eléctrica que le dio fuerzas para arrancar. Respiró profundamente, inclinó la cabeza, apoyó su boca sobre la de Ralph y exhaló el aire lentamente.

Los segundos fueron pasando, medidos tan solo por el ritmo de su respiración y el movimiento de las manos de Kit. Quince rápidas compresiones, y dos lentas y largas exhalaciones.

Sophie perdió el sentido del paso del tiempo. En algunos momentos creyó percibir señales de vida, demasiado débiles como para sentir esperanza, demasiado fuerte como para renunciar, de manera que inclinó la cabeza una y otra vez, anhelando que su propio calor y la adrenalina que recorría sus venas insuflara vida en la figura inerte de Ralph.

Finalmente, el pecho de Ralph experimentó una poderosa convulsión y comenzó a respirar por sí mismo. Kit apoyó de inmediato dos dedos en el cuello de su padre para comprobar si había regresado el pulso. Un instante después asintió enfáticamente y miró a Sophie.

–Buena chica.

Un sonido de pasos rompió el embrujo del momento y Sophie volvió la cabeza. Se sorprendió al ver que todos los invitados habían abandonado el salón y que los enfermeros del helicóptero corrían hacia ellos.

Kit se puso en pie y se pasó una mano por el pelo. Sophie notó por primera vez lo pálido que estaba.

–Ha estado inconsciente unos diecisiete minutos. Ha vuelto a respirar. El pulso es débil, pero constante.

Una enfermera que llevaba un desfibrilador contempló un instante la escena.

–Bien hecho –dijo–. Lo que han hecho va a facilitarnos mucho el trabajo. A partir de ahora nos ocupamos nosotros.

Sophie se apartó cuando otro enfermero se arrodilló a su lado y situó una máscara de oxígeno sobre el rostro de Ralph. Cuando se levantó temió que las piernas no fueran a sostenerle sobre los zapatos de tacón, pero Kit apareció de pronto a su lado y la sujetó por el codo.

–¿Estás bien?

Sophie asintió, pero fue incapaz de decir nada debido a la emoción que atenazaba su garganta. Quería que Kit la abrazara para poder sollozar sobre su hombro. No entendía por qué. No recordaba haber sollozado de pequeña, de manera que aquel no era precisamente el momento más adecuado para empezar. Y Kit Fitzroy, que hacía menos de media hora le había ordenado abandonar la casa de su familia, no era precisamente la persona más adecuada con quién empezar a hacerlo. De manera que, alzó la barbilla, tragó con esfuerzo y se apartó de él justo cuando Jasper regresaba al salón. Al ver que los médicos estaban sujetando a su padre en una camilla, se puso lívido.

Sin pensárselo dos veces, Sophie acudió a su lado y pasó un brazo por sus temblorosos hombros.

–Tranquilo –susurró, sintiéndose repentinamente exhausta–. Tu padre respira y ahora está en las mejores manos.

Cuando Jasper se apoyó contra ella, Sophie notó cómo olía a alcohol.

–Gracias a Dios que estabas aquí –dijo él a la vez que se frotaba rápidamente los llorosos ojos–. Yo debería ir al hospital para ocuparme de mamá.

Sophie asintió.

–Me temo que solo hay sitio para un acompañante en el helicóptero –dijo una de las enfermeras mientras alzaban la camilla–. El resto de la familia tendrá que ir en coche.

Una momentánea expresión de pánico cruzó el rostro de Jasper mientras calculaba cuánto había bebido.

–No puedo...

–Yo sí –dijo Kit–. Tatiana puede ir en helicóptero y yo llevo a Jasper –miró a Sophie–. ¿Vas a venir?

Sophie negó con la cabeza.

–No. No. Será mejor que me quede para asegurarme de que todo va bien por aquí.

Kit y ella habían compartido algo durante unos minutos. Había habido una conexión entre ellos, pero ya había desaparecido. Era posible que lo hubiera ayudado a salvar la vida de su padre, pero aquello no alteraba el hecho de que Kit había dejado muy claro que la quería fuera de la vida de Jasper. Y de la suya. Y cuanto antes, mejor.

Unas horas después, ya en el hospital, Kit se pasó una mano por los cansados ojos. Podía desactivar una mina bajo un sol abrasador y bajo el fuego enemigo, pero no lograba averiguar cómo diablos funcionaba la máquina de café frente a la que se hallaba.

Ya estabilizado, Ralph dormía plácidamente. Al enterarse de que lord Hawksworth estaba camino del hospital, la persona a cargo de recepción había avisado al médico de este, que había decidido que acudiera a un hospital privado en Newcastle. Tras asegurarse de que su marido no corría peligro inmediato, Tatiana había aceptado acostarse en la habitación para acompañantes contigua a la de su marido. Sentado en un sillón junto a la cama de su padre, Jasper roncaba suavemente.

Kit estaba acostumbrado a permanecer despierto mientras los demás dormían. El silencio y la quietud de las primeras horas de la mañana resultaban tediosamente familiares para él, pero ya había aprendido que la única manera de luchar contra el insomnio era relajarse y aceptarlo. Pero aquella noche ni siquiera podía contar con ello.

De regreso en la habitación, y al ver el pálido rostro de su padre, su mente se llenó de imágenes de Sophie mientras inclinaba la cabeza una y otra para llenar de oxígeno los pulmones de este. Sus ojos verdes fijos en los de él con una intensidad que borraba el resto del mundo, que evidenciaba su confianza en él.

Teniendo en cuenta todo lo que había pasado entre ellos aquella tarde, aquello había supuesto una sorpresa. Pero lo cierto era que había muchas cosas sorprendentes en Sophie, como, por ejemplo, su habilidad para hacer que un vestido barato pareciera un modelo comprado en una boutique de Bond Street. O su forma de enfrentarse a él. De luchar. El hecho de que sabía dar el beso de la vida los suficientemente bien como para lograr que un muerto respirara de nuevo.

«Y que otro volviera a sentir».

Se acercó a la ventana, molesto por la instantánea excitación que había experimentado al pensar en Sophie. El incidente de la bodega parecía haber tenido lugar varios días atrás, en lugar de varias horas, y al recordarlo sintió una oleada de autodesprecio. Se había repetido una y otra vez que había hecho aquello por el bien de Jasper, que había seducido deliberadamente a la novia de su hermano en beneficio de este. Pero en realidad lo había hecho para demostrarse a sí mismo que tenía razón, para obtener una insignificante venganza sobre su padre y alcanzar una victoria privada sobre la chica que tanto lo había alterado desde el momento en que la había visto. Lo cierto era que apenas había pensado en Jasper.

Se obligó a mirar a su hermano. Sentado en el sillón, dormido con la mejilla apoyada en una mano, parecía muy joven, y absurdamente frágil.

Sintió una punzada de culpabilidad. Era posible que Jasper careciera del temple que poseían los hombres con los que estaba acostumbrado a servir, pero aquello no le daba el derecho a besar a la novia de su hermano solo para demostrar que podía hacerlo. Tampoco le daba derecho a haber disfrutado tanto del beso que solo lograba pensar en volver a repetirlo..

Masculló una maldición.

—¿Se encuentra bien?

Sorprendido, Kit volvió la cabeza y vio que una enfermera estaba comprobando el gota a gota de su padre.

—¿Quiere que le traiga algo? ¿Café?

—No, gracias —Kit tomó las llaves del coche y se

encaminó a la puerta. Tenía que ir a Alnburgh para asegurarse de que Sophie Greenham siguiera allí tanto tiempo como Jasper la necesitara.

Las luces de la furgoneta del catering se alejaron del castillo. Temblando de frío y miedo, Sophie volvió al interior y, tras cerrar la pesada puerta de roble, echó el cierre con dedos helados.

Aún seguía conmocionada por todo lo sucedido, y le habría gustado encontrarse en el tren de regreso a la civilización y a su cálida casa. Su mente no dejaba de insistir en repasar todo lo ocurrido desde el desvanecimiento de Ralph, en recordarle la fuerza y seguridad con que Kit se había hecho cargo de la situación. La había llamado «buena chica», pero también le había dicho otro montón de cosas aquella tarde, de manera que era totalmente ilógico que solo recordara aquellas dos palabras.

Desconsolada, fue a apagar las luces del vestíbulo cuando se fijó en algo que se hallaba caído en las escaleras. Su pulso se aceleró un poco mientras se acercaba a recogerlo.

Era la chaqueta de Kit.

Se agachó a recogerla y permaneció un momento quieta, contemplándola. No tenía ninguna intención de subir sola a deambular por los oscuros pasillos del castillo para ir a su dormitorio por un jersey. Cerró los ojos unos momentos y se echó la chaqueta por los hombros. Se arrebujó en ella y aspiró el aroma a Kit que desprendía, lo que le hizo recordar al instante el beso que habían compartido...

Un beso que no debería haber sucedido, se dijo a la vez que volvía a abrir los ojos. Debía cortar en seco aquel absurdo enamoramiento; no había la menor posibilidad de que prosperara, y precisamente por eso parecía tan poderoso. ¿Acaso no quería siempre lo que sabía que no podía tener?

En la chimenea del cuarto de estar ardían aún algunas ascuas. Echó al hogar algunos troncos con la esperanza de que prendieran.

Entretanto, seguiría con la chaqueta puesta...

Iba a ser una larga y fría noche.

Cuando regresó al castillo, Kit notó enseguida que no había ninguna luz encendida. Entró por la puerta que daba a la cocina, lo que le hizo recordar lo a menudo que había hecho aquello cuando regresaba del internado para las vacaciones y encontraba la casa desierta porque su padre y Tatiana habían acudido a alguna fiesta, o estaban de viaje. Entonces no solía molestarle demasiado encontrar el castillo vacío, pero en aquellos momentos...

Rogó para que Sophie siguiera allí. Tras comprobar en su reloj que eran más de las tres de la madrugada, supuso que estaría acostada.

Subió las escaleras de dos en dos, consciente de que su corazón estaba latiendo con más fuerza de lo habitual. Se detuvo ante la puerta de su habitación y llamó con suavidad. No hubo respuesta, de manera que, sin apenas respirar, entreabrió la puerta. De inmediato se hizo obvio que no había nadie dentro. La tenue luz de la luna caía de lleno sobre la cama vacía.

¿Cómo diablos iba a explicarle a Jasper que Sophie se había ido y que había sido por su culpa?, se preguntó mientras bajaba las escaleras, desesperado por servirse algo de beber. Cuando entró en la sala de es tar se sorprendió al ver que la chimenea seguía encendida. Fue hasta el mueble bar y, cuando estaba a punto de encender la luz, se detuvo en seco.

Sophie estaba tumbada en la alfombra, frente al fuego. Tenía la cabeza apoyada sobre un brazo estirado y se había quitado las horquillas del pelo, de manera que este caía sobre la pálida piel de su muñeca como una cascada pelirroja. Llevaba una chaqueta de hombre, pero, aunque era demasiado grande para ella, no lograba disimular las curvas de su cadera y cintura.

Kit exhaló el aliento, apenas consciente de que había estado conteniéndolo. Se obligó a apartar la mirada para servirse un coñac antes de rodear el sofá tras el que estaba Sophie.

Si el impacto de verla desde atrás le había hecho olvidarse de respirar, verla desde delante resultó aún más impactante. Su rostro estaba ruborizado a causa del calor del fuego, y las llamas creaban exageradas y danzantes sombras bajo sus largas pestañas.

Parecía...

Kit tomó un largo trago de coñac con la esperanza de apartar de su cabeza algunos de los innobles adjetivos en los que estaba pensando, cortesía de los seis meses pasados en la compañía de un regimiento de hombres hambrientos de sexo.

Parecía... muy vulnerable. Eso era, pensó. No le había dado aquella impresión en el tren, mientras dormía, pero en aquellos momentos parecía haberse retirado a un espacio privado en el que se sentía a salvo e intocable.

Kit experimentó algo parecido a una pequeña descarga eléctrica y se dio cuenta de que Sophie había abierto los ojos y lo estaba mirando. Se irguió como una gato hasta sentarse y flexionó el brazo sobre el que se había quedado dormida a la vez que arqueaba la espalda.

—Has vuelto –dijo con voz adormecida.

Kit tomó otro trago de coñac, consciente por primera vez del alivio que había experimentado al ver que seguía allí.

—Creía que te habrías ido.

Fue como si le hubiera echado un cubo de agua helada encima. Cuando Sophie se puso en pie, Kit vio que la chaqueta que llevaba puesta era la suya y sintió una nueva punzada de deseo.

—Lo siento. Me habría ido, pero he supuesto que no habría ningún tren a estas horas de la madrugada –había un pequeño matiz de sarcasmo en su voz, aunque solo era un pálido reflejo de su anterior bravuconada–. Además, no quería irme sin saber cómo estaba Ralph.

—Está estable. Igual que antes.

—Oh –Sophie miró a Kit con expresión esperanzada–. Eso es bueno, ¿no?

—No lo sé. Puede que sí.

Sophie asintió lentamente y Kit supo que había comprendido.

—¿Cómo está Tatiana? ¿Y Jasper?

—Ambos dormían cuando me he marchado. A Tatiana le han dado una pastilla para dormir. Jasper no la ha necesitado –añadió Kit con ironía.

Sophie rio.

—Seguro que seguirá inconsciente hasta el mediodía. Espero que las enfermeras tengan un megáfono y un cubo de agua fría.

Kit no sonrió mientras terminaba su coñac. Sophie lo observó con cautela, apenas capaz de respirar.

—Estaba muy alterado. Sé que había bebido bastante, pero, a pesar de todo...

Sophie se sentó en el brazo de un sillón tapizado de terciopelo.

–Así es Jasper. No puede evitarlo. Su incapacidad para ocultar sus sentimientos es una de las cosas que más me gustan de él.

–También es una de las cosas que más me irritan de él –dijo Kit, tenso–. No ha parado de llorar como un bebé durante todo el trayecto al hospital, y de repetir una y otra vez que aún le quedaban tantas cosas por decir...

Sophie reprendió mentalmente a su amigo. Una cosa era hablar con claridad a su familia, y otra muy distinta emborracharse y soltar indirectas para despertar su curiosidad y hacer que le preguntaran a ella.

–Estaba muy disgustado. Eso es todo –dijo rápidamente, sin poder evitar sonar a la defensiva–. No hay nada malo en mostrar las emociones. De hecho, hay personas que consideran que hacerlo es algo normal. A fin de cuentas, acababa de ver que su padre se desmoronaba ante él y dejaba de respirar...

–Esto es solo el principio –interrumpió Kit–. Si no es capaz de enfrentarse a esto...

–¿Qué quieres decir con que solo es el principio?

–¿Quién sabe cuánto va a durar esto? Los médicos dicen que mi padre está estable, y Tatiana y Jasper parecen creer que eso significa que va a recuperarse.

–¿Y tú no lo crees?

–Ralph ha estado mucho rato sin oxígeno –replicó Kit–. Me temo que hay muy pocas probabilidades de que salga del coma. Puede que en los próximos días Jasper tenga que enfrentarse a la muerte de nuestro padre.

–Comprendo –dijo Sophie débilmente, suponiendo que Kit iba a decirle a continuación que quería que se fuera de allí antes de que Jasper regresara.

–Si tengo razón –continuó Kit–, creo que sería mejor que no tuviera que enfrentarse además a la marcha de la chica por la que está loco.

Sophie parpadeó, confundida.

–Pero... no comprendo. Tú mismo me has dicho que me fuera...

Kit, que estaba contemplando el fuego mientras hablaba, se volvió hacia Sophie. La luz de las llamas confirió una calidad artificial a su fría y plateada mirada.

–Las cosas han cambiado –dijo con una irónica sonrisa–. Ahora te pido que te quedes. Has interpretado el papel de enamorada de Jasper durante un par de días, y me temo que tendrás que seguir interpretándolo unos días más.

Capítulo 9

HABÍAN pasado tres días desde que Ralph había sufrido el infarto, tres días desde que Kit había pedido a Sophie que se quedara en Alnburgh, y ya se había establecido un tipo de rutina. Todas las mañanas, Kit llevaba a Jasper y a Tatiana al hospital de Newcastle para que hicieran compañía a Ralph, aunque este seguía inconsciente. Se quedaba el tiempo suficiente para hablar con alguno de los médicos sobre la evolución de su padre y luego volvía a Alnburgh, donde se dedicaba a evitar a Sophie y a sumergirse en todo el papeleo relacionado con el castillo: facturas sin pagar, quejas de arrendatarios, presupuestos de constructores y peritos para los trabajos urgentes que había que realizar en el castillo.

Kit estaba seguro de que era una tarea inútil. Recordaba muy bien las palabras de su padre: «Tengo intención de durar mucho más de siete años». Pero, al parecer, no iba a durar más de siete días, y su inexplicable negativa a reconocer la existencia de los tremendos impuestos británicos sobre las herencias significaba que Alnburgh estaba sentenciado. Se vendería todo en lotes y el castillo sería transformado en un hotel, o algo parecido.

Ocuparse de todo aquello resultaba muy irónico para Kit, pues, en sus treinta y cuatro años de existencia, no había llegado a desarrollar ninguna clase de lazo con el resto de la familia.

En aquellos momentos estaba en el despacho, con los brazos apoyados sobre el escritorio y la cabeza gacha, negándose a ceder a la avalancha de rabia, amargura y frustración que amenazaban con adueñarse de él.

«No tiene nada de malo mostrar emociones; algunas personas incluso lo consideran normal».

Las palabras de Sophie resonaron en su cabeza y se irguió a la vez que dejaba escapar un prolongado suspiro. Aquello estaba sucediendo demasiado a menudo en los últimos días. No paraba de recordar las conversaciones que había mantenido con ella, de pensar en las cosas que había dicho, de preguntarse qué pensaría sobre otros asuntos.

Le resultaba incómodo reconocer que en muchos sentidos tenía razón. Había querido desestimarla como una actriz casquivana y atractiva, aunque no especialmente perspicaz, y no entendía por qué deseaba seguir hablando con ella. Aunque también tenía cierta lógica que fuera así, pues Jasper estaba todo el día borracho o con resaca y Tatiana... bueno, Tatiana era Tatiana. Sophie era la única persona cercana que no había perdido la perspectiva, y se trataba de alguien ajeno a la familia... como él.

Sophie abrió los ojos y vio que un rayo de luz entraba en la habitación por un resquicio de las cortinas. Estaba totalmente congelada y acurrucada y, cuando estiró las piernas, sintió una conocida punzada de dolor en el vientre. Dejó escapar un gemido.

Su mente volvió al pasado. ¿Realmente había transcurrido un mes desde aquella noche de diciembre en París? Jean Claude se había presentado en el apartamento a primera hora de la mañana, apestando a vino, sudor y cigarrillos, casi ardiendo de deseo tras una tarde trabajando en su cuadro *Desnudo con lirios*. Doblada de dolor a causa del periodo, Sophie solo había bajado a abrirle porque sabía que, de lo contrario, Jean Claude habría montado un número en medio de la calle. Pero, tal vez, aquello habría sido preferible a la desagradable escena que siguió. Jean Claude no había querido aceptar un no por respuesta y Sophie solo había sido capaz de librarse de él gracias a la cantidad de alcohol que había ingerido. Se había quedado dormido en la cama, roncando a todo volumen, y ella había pasado el resto de la noche sentada en una silla, incapaz de sentir otra cosa que el dolor que atenazaba su vientre y espalda.

De regreso al presente, se irguió con esfuerzo en la cama. Desde que tenía trece años sufría unos periodos muy dolorosos. Primero experimentaba los calambres, y el sangrado no tardaba en empezar, lo que significaba que más le valía buscar una farmacia cuanto antes, ya que no había acudido preparada a Alnburgh.

Salió de la cama, encorvada a causa del dolor, y tomó su ropa. Estaba haciendo un invierno realmente duro, y la temperatura del castillo apenas debía superar los cero grados, de manera que decidió conservar la camiseta térmica de rugby que había tomado prestada del armario de Jasper.

Cuando bajó al vestíbulo se sorprendió al ver la hora en el antiguo reloj de pared. Ya debía hacer rato que Jasper se había ido al hospital. Experimentó una punzada de angustia al preguntarse si habría tenido resaca aquella mañana. Sergio lo había estado presionando para que le permitiera acudir a su lado en aquellos duros momentos, y Jasper empezaba a encontrar cada vez más difícil atender a sus divididas lealtades. Aunque Sophie no lo culpaba por intentarlo. Tal como se había comportado Kit con ella, no quería ni pensar en cómo sería capaz de tratar a una excéntrica reina del drama como Sergio.

Seguro que no lo besaría...

–Buenos días. Más o menos.

Hablando del diablo... El sarcástico tono de Kit no sorprendió a Sophie. La boca se le secó al instante y su corazón latió más rápido.

–Buenos días –Sophie trató de sonar distante y distraída, pero, como aún no había pronunciado una palabra aquella mañana, sonó enfadada. Kit vestía un jersey de cachemira azul marino y, a la fría y gris luz de aquella dura mañana, parecía especialmente moreno y atractivo.

–¿Vas al entrenamiento del equipo de rugby? –preguntó con un ceja alzada.

Sophie se sintió momentáneamente confusa, hasta que recordó que llevaba puesta la camiseta térmica de rugby que Jasper solía utilizar cuando estudiaba.

Simuló una displicente sonrisa.

–Hoy he pensado saltármelo y echar un cigarro tras el cobertizo de las bicicletas. Para serte sincera, no creo que sea precisamente mi deporte.

–Oh, no lo sé –murmuró Kit–. Creo que serías una buena talonadora.

–Muy gracioso –Sophie se obligó a permanecer erguida a pesar de la intensa punzada de dolor que sintió en el vientre–. Voy a la tienda del pueblo. Necesito comprar algunas cosas.

–¿Cosas? –repitió Kit.

–Me temo que he pillado un resfriado. Necesito pañuelos, aspirinas... ese tipo de cosas.

–Estoy seguro de que la señora Daniels podría ayudarte con todo eso. ¿Quieres que le pregunte?

–No, gracias –espetó Sophie. Cada vez le resultaba más difícil ignorar el dolor. Se detuvo al pie de las escaleras y se aferró a la barandilla al sentir nuevas náuseas–. Si no te importa, iré yo misma. No sabía que estuviera bajo arresto domiciliario.

–No lo estás.

Sophie rio con ironía.

–Entonces, ¿por qué me tratas como a una criminal?

Kit tardó unos momentos en responder.

–Supongo que se debe a que me cuesta creer que hayas sentido un repentino deseo de salir de compras cuando fuera estamos a cinco grados bajo cero y solo estás vestida a medias.

–No tengo tiempo para esto –murmuró Sophie a la vez que pasaba junto a él, desesperada por escapar de su escrutinio y por salir al aire libre, aunque fuera un aire siberiano–. Estoy vestida de manera perfectamente adecuada.

–Supongo que eso depende de para qué, porque es evidente que no llevas sujetador.

Sophie bajó la mirada y dejó escapar un gemido al ver que el cuello de la camiseta estaba lo suficientemente abierto como para dejar expuesto el inicio de sus pechos.

–Eso es porque acabo de salir de la cama –dijo mientras se cerraba rápidamente el cuello.

–Y estás a punto de lanzarte sobre algún otro aprovechando que Jasper no está aquí, ¿no? –murmuró Kit.

Aquello fue la gota que colmó el vaso.

–¡No! –espetó Sophie a la vez que apretaba los puños–. No voy a ir al pueblo porque quiera hacerlo, sino porque estoy a punto de tener un periodo realmente doloroso y no he venido preparada para ello. Así que, si no te importa, deja que me vaya antes de que las cosas se compliquen más.

En los momentos de silencio que siguieron a sus palabras, Sophie vio un destello de sorpresa en la mirada de Kit. Pero enseguida volvió a encerrarse en sí mismo y a recuperar el control.

–En ese caso no vas a ir a ningún sitio –dijo con una sonrisa ligeramente irónica–. Yo me ocupo. Estaré de vuelta en cuanto pueda.

Una vez en el coche, y mientras esperaba a que el limpiaparabrisas apartara el hielo, Kit apoyó el rostro en sus manos. Siempre se había considerado un hombre racional, justo, un hombre que se dejaba guiar por el sentido común, más que por los sentimientos, de manera que no entendía cómo era posible que se estuviera comportando como una especie de carcelero matón.

Había algo en aquella chica que le hacía perder el control. Algo en su sonrisa, en sus ojos, en sus continuos y vanos intentos de parecer altiva, le hacían desear sentirla más...

Para empezar, su cuerpo. Su cuerpo entero, sin ropa...

¿Pero qué le pasaba?, se preguntó mientras arrancaba el coche y se alejaba a más velocidad de la recomendable. Por increíble que le pareciera, Sophie era la novia de su hermano pequeño, y el único motivo por el que seguía allí era porque él se lo había ordenado. Aquellos dos motivos deberían haber bastado para que se comportara civilizadamente con ella, de manera que más le valía dejar de portarse como un dictador fascista y empezar a tratarla como a un ser humano decente.

Después podría echar un vistazo a su listín telefónico y encontrar a alguna mujer dispuesta a ofrecerle el alivio sexual que al parecer tanto necesitaba antes de regresar con su unidad a volcar sus energías en la absorbente tarea de permanecer vivo.

Sophie decidió esperar a Kit en la biblioteca. No lograba entender por qué le había dicho la verdad. Se suponía que era actriz, de manera que, ¿por qué no conseguía nunca comportarse de forma misteriosa, desenvuelta, o elegante?

Sobre todo con Kit Fitzroy, que debía estar acostumbrado al tipo de mujeres que se casaban con oficiales del ejército, educadas, sacrificadas, y siempre perfectamente vestidas y peinadas. En resumen, mujeres con clase.

Suspiró y echó un vistazo a su alrededor. La biblioteca parecía el lugar más acogedor del castillo, probablemente gracias a la cantidad de libros apilados en sus estanterías. Caminó junto a estas casi reverencialmente, a la vez que deslizaba una mano por el canto de los libros. Casi todos eran libros antiguos, con ilegibles títulos dorados, pero en la última sección había literatura más moderna, de Dick Francis, Agatha Christie, Georgette Heyer... Dejó escapar un gritito de placer al descubrir entre los títulos de aquella última autora la novela *Devil's Cub*, y sintió un nuevo respeto por Tatiana. Al parecer, sí tenían algo en común después de todo.

Una nueva punzada en el vientre le hizo recordar el estado en que se encontraba, de manera que tomó el libro del estante y fue a sentarse en uno de los cómodos sofás de la biblioteca. A los catorce años se enamoró perdidamente del personaje de Vidal, y supo con la ferviente seguridad de una adolescente que nunca encontraría en la vida real a un hombre que estuviera a su altura.

Sonrió débilmente. A los catorce años todo se veía en blanco o negro. A los veinticinco, todo resultaba mucho más complicado. De adolescente nunca había considerado la posibilidad de que su Vidal pudiera rechazarla después de haberlo encontrado...

Sus pensamientos se interrumpieron cuando de entre las hojas del libro cayó un papel en su regazo. Al desdoblarlo vio que se trataba de una carta. La fecha que aparecía en lo alto de la página remitía a treinta años atrás, y la letra era evidentemente masculina y difícil de leer, pero no tuvo dificultad para comprender la primera línea.

Querida Mía...

Sophie era consciente de que no estaba bien leer las cartas de otras personas, pero quiso suponer que había alguna clase de límite temporal para aquella regla. Además, cualquier carta que empezara de forma tan romántica y se encontrara oculta en un libro de Georgette Heyer estaba rogando ser leída. Con un delicioso sentimiento de culpa, se arrellanó en el sillón y siguió leyendo.

Es tarde y hace mucho calor. Estoy sentado en la terraza del ático, con el resto de la botella de gi-

nebra que traje de Inglaterra; me gustaría termi-
narla ahora mismo, pero no puedo soportar la idea
de que Marie la encuentre vacía y la tire por la
mañana. Es la botella que compramos en Londres,
la que protegiste bajo tu abrigo cuando volvimos
corriendo al hotel bajo la lluvia. ¿Cómo voy a tirar
algo que ha estado tan cerca de tu cuerpo?

Sophie trató de imaginar a Ralph escribiendo algo
tan íntimo, o haciendo algo tan romántico como correr
bajo la lluvia hasta un hotel para hacer el amor a su
amada.

Gracias por haberme enviado la fotografía de K
en tu última carta. Crece tan deprisa... ¿Qué fue
del bebé que sostuve en mis brazos en mi última vi-
sita a Alnburgh? Ahora ya es un muchacho, una
persona por propio derecho, con un carácter
fuerte... ¡y una increíble determinación! Decirle
adiós fue mucho más duro en esta ocasión. Nunca
pensé que pudiera haber algo tan doloroso como
tener que dejarte, pero al menos tengo tus cartas y
mis recuerdos para seguir adelante. Dejar a mi
hijo fue como arrancarme un trozo de mí mismo.

El corazón de Sophie latió más rápido. ¿Aquella K
se referiría a Kit? Treinta años atrás debía tener tres o
cuatro años. Siguió leyendo, casi sin aliento.

Supongo que he aprendido a compartirte con
Ralph porque sé que no le perteneces en ningún
sentido real, pero el hecho de que K vaya a crecer
creyendo que Ralph es su padre hace que me re-
vele contra la injusticia de todo.

¿Por qué no pude encontrarte yo primero?

Sophie se quedó boquiabierta. Incrédula, volvió a leer aquellas líneas. Su cerebro no quería aceptar la enormidad de lo que estaba leyendo.

¿Ralph Fitzroy no era el padre de Kit?

El sonido de la puerta al abrirse a sus espaldas le produjo un sobresalto. Volvió a guardar precipitadamente la carta en el libro y dejó este a un lado.

–Qué... rápido has vuelto –balbuceó al ver a Kit, que llevaba una bolsa en la mano.

–Me había parecido que había cierta urgencia – Kit dejó la bolsa en un extremo del sofá y sacó una caja de tampones que entregó a Sophie con delicadeza. Ella bajó la mirada, avergonzada.

–Gracias –murmuró mientras se volvía por su bolso.

Kit la miró con cierta cautela mientras se quitaba la chaqueta.

–De nada. Es lo menos que podía hacer por haber sido tan... controlador. Lo siento.

–No tiene importancia –dijo Sophie rápidamente. Después de lo que acababa de leer, lo último que necesitaba en aquellos momentos era que Kit se pusiera amable.

Kit la miró con evidente sorpresa.

–Suponía que sería más difícil hacer las paces contigo –dijo mientras sacaba de la bolsa una enorme tableta de chocolate–. He pensado que tal vez necesitarías esto y, tal vez, también esto –añadió a la vez que sacaba una botella de la bolsa.

–¿Ginebra? Sophie rio, aunque su corazón dio un vuelco al pensar en la carta e imaginar a la madre de Kit y a su desconocido amante bebiendo ginebra en la cama mientras fuera diluviaba.

–La señora Watts, la dueña de la tienda del pueblo –dijo Kit mientras dejaba la botella en una mesa–, se ha fijado en lo que estaba comprando y me ha dicho que la ginebra era buena para los dolores del periodo.

–Oh, lo siento. Supongo que habrá sido un tanto embarazoso para ti.

–En absoluto, aunque no sé hasta qué punto será de fiar la información de la señora Watts.

–Lo de la ginebra es una novedad para mí, pero si alguien me sugiriera beber sangre de vampiro o practicar yoga desnuda en lo alto de una columna para aliviar los dolores, lo intentaría.

–¿Tan doloroso es tu periodo? –preguntó Kit mientras abría el mueble bar.

–No siempre, pero en ocasiones es terrible... aunque no tanto si se compara con otras cosas –añadió Sophie rápidamente al recordar que Kit estaba acostumbrado a trabajar en zonas de guerra–. Cuando toca un mes malo, resulta... difícil.

–También hay ibuprofeno en la bolsa –Kit sirvió ginebra en los dos vasos–. ¿Qué dice el médico al respecto?

–No he ido a ninguno –Sophie ni siquiera tenía médico de cabecera. De niña nunca había permanecido mucho tiempo en el mismo lugar, y su madre siempre creyó en remedios alternativos–. He mirado en Internet, y creo que podría tratarse de algo llamado endometriosis. O es eso, o es uno de los veinticinco cánceres terminales que existen, cosa poco probable ya que lo he tenido durante los últimos doce años, o apendicitis, o envenenamiento por arsénico. Después de eso decidí dejar de mirar.

Kit se acercó y le alcanzó un vaso con ginebra y hielo.

–Deberías ir a un médico. Entretanto, prueba un poco de esta medicina.

Sophie no pudo evitar ruborizarse al ver su sonrisa.

–No tengo muchas normas irrompibles, pero una de ellas es no beber sola a media mañana. ¿No vas a beber tú también? A menos que tengas algo que hacer, por supuesto.

–En realidad no tengo nada que hacer. Al menos, nada que no pueda esperar –Kit se acercó a la chimenea y alimentó el fuego con un par de troncos–. Estoy tratando de poner en orden los papeles de las propiedades de mi padre. Son un auténtico caos. Mi padre no es precisamente organizado. Lleva décadas ocupándose de esos asuntos con muy poca profesionalidad.

–Así que Jasper ha heredado de Ralph su tendencia a enterrar la cabeza en el suelo, ¿no?

–Eso me temo –dijo Kit mientras se sentaba en el otro extremo del sofá–. Al igual que su tendencia a beber demasiado y a basarse en su encanto para librarse de los aspectos más desagradables de la vida –se interrumpió para dar un largo trago a su bebida y luego movió la cabeza–. Lo siento, no debería estar hablándote así de Jasper. Pero al menos parece haberse librado del gen mujeriego de Ralph.

–Sí –dijo Sophie, preguntándose qué pensaría Kit si supiera la verdad–. Pero tienes razón. Ralph y él se parecen mucho en otros aspectos.

Dio un sorbo a su bebida, consciente de que estaba entrando en terreno peligroso. Por un lado le habría gustado interrogar a Kit sobre la carta y la información que contenía, pero, por otro, sabía que nunca se atrevería a asediar sus defensas con algo tan personal.

–Sin embargo, yo no me parezco nada a él.

Fue como si Kit hubiera leído sus pensamientos. Sin saber qué decir, Sophie tomó otro sorbo de ginebra.

–Lo siento –murmuró–. No es asunto mío. No pretendía...

–No te preocupes. No es ningún secreto que mi padre y yo no nos llevamos bien. Por eso no siento la necesidad de pasar cada minuto a su lado.

La habitación estaba en completo silencio. El único sonido era el del chisporroteo de los troncos en el hogar y el del tintineo de los hielos del vaso que Sophie sostenía con mano temblorosa.

–¿Por qué? –preguntó con voz ligeramente ahogada–. ¿Por qué no te llevas bien con él?

Kit se encogió de hombros.

–Siempre ha sido así. No recuerdo haber tenido mucho que ver con él antes de que mi madre se fuera, y después tampoco, aunque lo lógico habría sido que nos hubiéramos sentido más cercanos. Tal vez me culpaba de la marcha de mi madre –Kit alzó su vaso y miró a través de él desapasionadamente–. O tal vez no, y simplemente la tomó conmigo, pero lo que antes había sido indiferencia se transformó en abierta hostilidad. Me envió a un internado en cuanto tuvo oportunidad.

–Oh, pobrecito... –el recuerdo del breve periodo que pasó en un internado hizo que Sophie se sintiera horrorizada.

–Para mí supuso un alivio. Era el único niño del dormitorio que temía la llegada de las vacaciones. Ralph solía hacerme acudir a la sala de estar el día de mi llegada y repasaba minuciosamente mis notas en busca de algo que criticar con su habitual sarcasmo.

Sophie se sintió conmovida al escuchar aquello. El

libro, con su terrible secreto oculto entre sus páginas, asomaba ligeramente entre los cojines del sofá, a escasos centímetros de su cadera.

–¿Por qué hacía eso?

–No lo sé. Sería agradable poder pensar que, simplemente, no le gustaban los niños, o que no sabía relacionarse con ellos, pero la desmedida alegría que experimentó cuando nació Jasper contradijo esa posibilidad. En cualquier caso, lo cierto es que eso no me dejó marcado de por vida y hace tiempo que renuncié a tratar de entenderlo.

–Pero sigues volviendo aquí –murmuró Sophie–. Yo no sé si lo habría hecho.

–Vuelvo a causa de Alnburgh –dijo Kit con sencillez–. Puede que parezca una tontería, pero siento que el castillo forma parte de mi familia tanto como la gente que vive en él, y Ralph se ha ocupado de este de forma similar a la que se ha ocupado de sus hijos.

–¿Qué quieres decir?

–Todo o nada; es capaz de gastar cinco mil libras para poner nuevas cortinas en la sala de estar mientras el tejado se deteriora.

Sus miradas se encontraron. Kit dedicó a Sophie su ya familiar breve y fría sonrisa, pero ella percibió un sombrío matiz en sus ojos. Experimentó una incontenible compasión por él. «Yo sé a qué se debe», habría querido decirle. «Sé por qué tu padre se ha comportado siempre de forma tan vil contigo, y no es culpa tuya».

El inesperado sonido del teléfono que había en la biblioteca le produjo un sobresalto. Kit se puso en pie para ir a contestar.

–Alnburgh.

Sophie apoyó las manos en sus ardientes mejillas.

Su corazón parecía estar galopando. Escuchó la voz de Kit como si llegara de muy lejos, aunque pudo deducir que estaba hablando con Jasper.

—Eso está muy bien —dijo Kit en tono apagado. Tras una pausa, añadió—: Pregúntaselo tú mismo.

Sophie fue incapaz de mirarlo a los ojos cuando le alcanzó el teléfono.

—Tengo buenas noticias, Soph —Jasper parecía realmente contento—. Papá ha recuperado la consciencia. Aún está muy aturdido, pero habla, e incluso ha logrado sonreír a la bonita enfermera que lo atiende.

—¡Es maravilloso, Jasper! —dado lo que acababa de averiguar sobre Ralph Fitzroy, Sophie tuvo que esforzarse para hablar con toda la calidez posible.

—Sí. El asunto es que ni mamá ni yo no queremos irnos mientras esté así, y me preguntaba si no te importaría mucho que no fuéramos a comer. ¿Estarás bien por tu cuenta?

—Por supuesto. No te preocupes por mí. Estaré perfectamente.

—Hay otro problema —añadió Jasper en tono de disculpa—. Mamá ha dado el día libre a la señora Daniels...

Sophie rio.

—Lo creas o no, algunos hemos evolucionado hasta el punto de no necesitar servicio. Y ahora, acude junto a Ralph y dale recuerdos de mi parte.

La sonrisa se desvaneció de su rostro en cuanto colgó.

—No van a venir —dijo, tratando de mostrarse despreocupada—. Jasper solo quería saber si podríamos arreglárnoslas sin la señora Daniels, que tiene el día libre, porque sabe que no soy especialmente conocida por mis habilidades culinarias —rio nerviosamente—.

¿Dónde está el restaurante indio más cercano que sirva comida para llevar?

–En Hawksworth –dijo Kit–. Pero olvida lo de traer la comida. No sé tú, pero yo necesito salir de aquí. Vámonos.

Capítulo 10

«NO ES UNA cita, no es una cita, no es una cita». Sophie se miró en el espejo mientras se peinaba y se preguntaba qué ponerse. No tenía demasiado entre lo que elegir, y enseguida llegó a la conclusión de que lo único adecuado era el vestido de seda.

Experimentó una oleada de indudable nerviosismo y tuvo que sentarse en el borde de la cama. Estaba comportándose de una manera ridícula. Tan solo iba a salir a comer con Kit porque Jasper no iba a volver, la señora Daniels no estaba, ni él ni ella sabían cocinar, y ambos llevaban demasiado tiempo encerrados en el castillo. No se trataba de una de aquellas citas que podían acabar en la cama... por fantástico que sintiera que podía ser acostarse con Kit Fitzroy.

«Basta», se dijo, enfadada consigo misma. Aquello no tenía nada que ver con el sexo. Hablar como lo habían hecho en la biblioteca había servido para aparcar sus diferencias, nada más. Kit se sentía lógicamente afectado por todo lo que estaba sucediendo y se había desahogado hablando

Las manos le temblaban tanto que necesitó tres intentos para aplicarse adecuadamente el rímel. Después, tan solo tenía que ponerse el vestido. Tembló mientras deslizaba la gruesa seda roja por su cuerpo.

–No es una cita –murmuró una vez más, adoptando una severa expresión mientras se miraba en el espejo. Pero sus ojos seguían brillando de excitación.

Kit dejó en la mesa de la biblioteca la carpeta con la correspondencia de Inland Revenue que había estado repasando y miró la hora en su reloj. Eran las siete de la tarde. Tan solo habían pasado tres minutos desde la última vez que había mirado la hora.

Se levantó y estiró su dolorida espalda, agradeciendo no tener un trabajo de oficinista. Se sentía entumecido, cansado e inquieto; frustrado por llevar todo el día en el interior rodeado de papeles. Eso era todo. No tenía nada que ver con el persistente deseo que tantas dificultades le había dado para concentrarse, ni con el hecho de que su mente no dejara de regresar al momento anterior a que sonara el teléfono.

El momento en que había estado a punto de volver a besar a Sophie. Pero en aquella ocasión no lo habría hecho para tratar de desenmascararla, sino solo porque lo deseaba. Porque lo necesitaba.

Dejó escapar un prolongado suspiro y se pasó las manos por el pelo.

¿Por qué diablos había sugerido que comieran fuera?

Estaba cuidando de Sophie por Jasper, eso era todo. Solo pretendía compensarla un poco por cómo habían ido las cosas y por haberla aburrido contándole su vida. Sobre todo por eso. No se trataba de ninguna cita.

Apagó las luces de la biblioteca y salió al vestíbulo. Acababa de cerrar la puerta a sus espaldas cuando un sonido de pasos le hizo volverse hacia la escalera. Al ver a Sophie sintió que se quedaba sin aliento y tuvo que apretar los puños para no soltar una maldición.

Porque Sophie estaba preciosa. Innegable y obviamente preciosa, y le iba a resultar imposible sentarse en un restaurante frente a ella sin ser consciente cada minuto de su belleza. Se había puesto un vestido de seda que moldeaba su cuerpo como una segunda piel, aunque tenía el cuello lo suficientemente alto como para resultar extrañamente recatado.

Cuando Sophie se detuvo y lo miró con expresión insegura, Kit comprendió que estaba esperando su reacción.

Carraspeó y se frotó la barbilla.

–Tienes un aspecto... magnífico –dijo, casi con brusquedad. Había estado a punto de decir que estaba preciosa, pero aquello habría resultado demasiado íntimo.

–Sé que estoy demasiado arreglada –murmuró Sophie a la vez que se volvía a medias, dispuesta a subir de nuevo–. No tenía otra cosa a mano, pero puedo ponerme los vaqueros y...

–No –la palabra surgió con más energía de la que pretendía Kit, y resonó en las paredes de piedra–. Así estás bien, y yo estoy muerto de hambre. ¿Nos vamos?

Llevó a Sophie a un restaurante en Hawksworth. Semioculto en una placita cercana a la del mercado, tenía los techos bajos, el suelo de piedra y una gran chimenea en los dos comedores con que contaba.

–Tenías razón –dijo Sophie animadamente mientras miraba el menú sin fijarse realmente en lo que veía–. Es agradable salir del castillo. Y también es agradable sentir calor.

Al reconocer a Kit, el maître los había llevado a una de las mejores mesas del restaurante, cercana a una de las chimeneas. A pesar de que ya había empezado a calentarse, Sophie no lograba dejar de temblar.

–Así que Alnburgh no ha estado a la altura de lo que esperabas –comentó Kit mientras ojeaba la lista de vinos.

–Digamos que soy una gran aficionada a la calefacción central. Cuando era pequeña solía pensar que me daba igual dónde viviera mientras hiciera calor.

Sophie lamentó de inmediato haber dicho aquello. Lo último que quería era hablar de su infancia. Más le valía no beber de más, o de lo contrario estaría sacando esqueletos del armario, y a Jasper, para cuando llegaran a los postres.

–¿Y dónde vives? –preguntó Kit.

–En Crouch End –Sophie se sentía ridículamente tímida cada vez que Kit la miraba–. Comparto un piso con una chica que se llama Jess. Al menos, lo compartía, porque me fui dos meses a rodar en París una película sobre la Resistencia y cuando volví, su novio se había trasladado al piso. Supongo que ha llegado el momento de buscar alguna otra cosa.

–¿Te vas a ir a vivir con Jasper?

Sophie negó la cabeza y tuvo que reprimir una sonrisa mientras imaginaba la reacción de Sergio si lo hiciera.

–Quiero mucho a Jasper, pero no...

Se interrumpió cuando una joven camarera se acercó a la mesa a tomar nota de lo que querían. Sophie tan solo recordaba un plato del menú, el lenguado con verduras, y fue lo que pidió. En cuanto la camarera se fue, el maître se acercó a servirles el vino.

Cuando volvieron a quedarse solos, Kit alzó su vaso y dijo:

–Sigue.

Sophie se encogió de hombros y decidió hacerse la olvidadiza. Probablemente, Jasper era el peor tema de conversación que podía elegir.

–Probablemente me dedique a buscar piso en cuanto regrese a Londres, a menos que decida esperar a saber si van a darme un papel en la película de vampiros, porque eso implicaría pasarse cuatro semanas rodando en Rumanía... –alzó su vaso de vino y tomó un gran sorbo para permanecer callada. El vaso era más grande de lo que pensaba y parte del vino se deslizó por su barbilla.

–¿Es un papel importante? –preguntó Kit, que parecía totalmente relajado.

¿Y por qué no iba a estarlo?, se preguntó Sophie, desesperada. El no tenía un absurdo enamoramiento que ocultar, ni otras cosas...

–No. Intervengo en varias escenas, pero apenas digo nada, lo que resulta perfecto. Lo único negativo es el vestido que tengo que ponerme. Mi agente no deja de enviarme guiones con papeles más importantes, pero yo no quiero ir por ese camino. Ya soy lo suficientemente neurótica –consciente de que volvía a hablar más de la cuenta, tomó una de las aceitunas que les habían servido de aperitivo–. Me encanta lo que hago –continuó, más despacio–. Es divertido y no hay presión. No estoy preparada para nada especial, y empecé a actuar por casualidad, pero así puedo viajar, hacer cosas interesantes y, de paso, aprender otras.

La camarera se acercó a dejar sus platos en la mesa y enseguida se fue.

–¿Por ejemplo? –preguntó Kit.

Sophie bajó la mirada, consciente de que tenía el estómago hecho un nudo y no iba a poder comer. De todos modos, tomó su tenedor.

–Veamos... Por ejemplo, tiro al arco. Uno nunca sabe cuándo va a tener que enfrentarse a un ejército invasor con tan solo arcos y flechas... especialmente en Alnburgh. Ordeñar una vaca. Bailes regionales. Respiración artificial...

Kit no ocultó su sorpresa al escuchar aquellos argumentos.

–¿Aprendiste esa técnica actuando?

–Trabajé en una serie de televisión sobre médicos –Sophie adoptó un tono jocosamente altanero al añadir–: Me sorprende que no la recuerdes; fue la cima de mi carrera, al menos hasta que los guionistas decidieron matarme en lugar de dejar que me casara con el médico especialista.

La sonrisa de Kit fue repentina y devastadora. De pronto pareció mucho menos intimidante y muy, muy sexy.

–¿Y eso supuso una decepción?

–En realidad no. Ganaba buen dinero, pero suponía mucho compromiso.

–¿Casarte con el médico o seguir con la serie?

La grave voz de Kit pareció resonar en el interior de Sophie, especialmente en la región de su pelvis.

–Las dos cosas.

Regresaron al castillo en silencio. No había luna y la niebla hacía que la vista del castillo resultara extrañamente romántica. Sophie llevaba las manos enlazadas en su regazo y se mantenía erguida y rígida, como si estuviera luchando contra las oleadas de vehemente deseo que rompían en su interior. Iluminado por la luz del salpicadero, el rostro de Kit parecía especialmente tenso y serio. Sophie gimió interiormente mientras se preguntaba si se habría aburrido como una ostra.

–Gracias por una tarde encantadora –dijo cuando ya se hallaban de regreso en el castillo–. Parece un poco mal haberlo pasado tan bien mientras Jasper y Tatiana están en el hospital. Espero que Ralph esté bien.

–Yo también, sobre todo teniendo en cuenta el caos que va a haber con las finanzas de Alnburgh si muere –dijo Kit con ironía mientras cerraba la puerta a sus espaldas–. Lo siento –añadió–. No pretendía que sonara así.

–Lo sé –Sophie se detuvo ante él y alzó instintivamente la mano para acariciar su mejilla.

Kit se tensó y, por un momento, Sophie temió haber metido la pata de nuevo. Pero entonces él la miró y, en el breve instante que transcurrió antes de que sus bocas se encontraran, Sophie percibió en su mirada el mismo deseo y desesperación que ella sentía. Dejó escapar un gemido de alivio cuando los labios de Kit tocaron los suyos que se entreabrieron casi por propia voluntad cuando Kit tomó su rostro entre las manos.

Fue como si estuviera haciendo algo que le dolía. El beso fue intenso y a la vez delicado, y la expresión de su rostro cuando se apartó, resignada, casi de derrota. Angustiada, Sophie deslizó la mano tras su cuello y atrajo su cabeza hacia sí.

–¿Soph? ¿Eres tú, querida?

–Jasper –gimoteó Sophie.

Kit se apartó de ella como si hubiera recibido un golpe. Escucharon pasos acercándose al vestíbulo. Bajo la luz del techo, su rostro parecía labrado en hielo.

Impotente, Sophie vio cómo se apartaba de ella.

Luego alisó su falda, avanzó por el vestíbulo y rogó para que su voz no la delatara.

–Sí, soy yo. No esperábamos que volvieras tan...

Se interrumpió cuando Jasper apareció en el umbral. Tenía el rostro ligeramente hinchado y los ojos enrojecidos a causa del llanto.

–Oh, querido... –murmuró Sophie mientras avanzaba rápidamente hacia él.

Jasper alzó las manos en un gesto de impotencia.

–Ha muerto.

En un instante, Sophie estaba junto a él. Lo abrazó y deslizó una mano por su pelo murmurando palabras de consuelo mientras él apoyaba el rostro en su hombro y rompía a sollozar. Sophie vio que Kit se alejaba. Habría querido que se volviera, para poder mirarlo y hacerle comprender con la mirada.

Pero no lo hizo.

Capítulo 11

Y ASÍ, cuando aún no había transcurrido una semana desde la celebración del cumpleaños de Ralph, tuvieron que hacerse los preparativos para su funeral.

Kit regresó a Londres la mañana siguiente de la muerte de su padre. Sophie no le vio irse y, aunque Thomas, el mayordomo, murmuró algo sobre una cita con el banco, no pudo evitar preguntarse con tristeza si se habría ido tan temprano para evitar verla.

El mal tiempo continuó, con nieve incluida. Las cañerías de un baño en desuso estallaron y el agua empapó el techo de uno de los rincones del vestíbulo. Thomas, que desde la muerte de Ralph Fitzroy parecía haber envejecido diez años, deambulaba por el castillo con impotencia, sustituyendo cubos.

Después de su encuentro en el vestíbulo, Sophie no volvió a ver a Jasper llorando, pero sin la ocupación diaria de acudir junto a la cama de Ralph, sin una esperanza a la que aferrarse, se fue desmoronando poco a poco. Le corroía el arrepentimiento por no haber tenido el valor de sincerarse con su padre sobre su sexualidad, y por saber que ya era demasiado tarde.

Los nervios de Sophie tampoco mejoraron con las llamadas realizadas a horas intempestivas por un inseguro y solitario Sergio. Procuraba evitar que Jasper se pusiera, pues aquel no era el momento más adecuado para que la verdad saliera a la luz, pero la farsa que estaban representando empezaba a parecer absurda, y la principal dificultad en la relación de Jasper con Sergio no era su carácter homosexual, sino el hecho de que Sergio fuera una tremenda y egoísta prima donna. En las pocas ocasiones en que habían hablado, Jasper había acabado emborrachándose. Aquel era otro asunto que preocupaba a Sophie. Cada vez resultaba más difícil ignorar que Jasper estaba bebiendo demasiado.

Pero no había nadie con quien hablar. Tatiana apenas salía de su habitación, y Sophie sentía que hablar con la señora Daniels o con Thomas supondría romper algún importante tabú social. Con quien realmente quería hablar era con Kit, pero, ¿qué le habría dicho si hubiera estado allí? A menos que estuviera dispuesta a revelar la verdad sobre su relación con Jasper, cualquier preocupación que expresara sobre el bienestar de este solo serviría para que Kit pensara aún peor de ella. ¿Quién podía culpar a Jasper por beber si su novia había estado a punto de meterse en la cama con su hermano mientras él hacía compañía a su moribundo padre?

Según fueron pasando los días fue echando más y más de menos a Kit. Incluso se encontró contando los días que faltaban para el funeral, pues sabía que entonces lo vería.

El día anterior al funeral, Sophie se encontraba en lo alto de una escalera en el vestíbulo, limpiando las pistolas que se habían mojado debido a las goteras. Estaba contemplando el cañón de una, preguntándose si habría sido utilizada para algún duelo en el pasado, cuando Kit llegó al castillo. Parecía exhausto, y tuvo que reprimir el impulso de correr hacia él para abrazarlo.

–¿Habías considerado el suicidio antes, o es el hecho de estar aquí lo que te ha empujado a intentarlo dos veces en la última semana? –preguntó Kit con ironía mientras tomaba el montón de cartas acumuladas durante aquellos días en la mesa del vestíbulo.

Sophie intentó reír, pero su risa surgió como una especie de graznido.

–Supongo que sí, porque antes me sentía perfectamente adaptada. ¿Qué tal ha ido tu viaje?

–Frustrante –contestó Kit sin dejar de mirar las cartas. Sophie apartó la mirada y siguió limpiando la pistola que sostenía con movimientos enérgicos.

–Supongo que volverás a Londres cuando termine el funeral, ¿no? –dijo Kit distraídamente.

–Oh –Sophie se sintió repentinamente desorientada y un poco aturdida en lo alto de la escalera–. Sí, supongo que sí. En realidad no había pensado en ello. ¿Tú vas a pasar aquí una temporada?

–No. Voy a volver.

–¿A Londres?

Para no tener que mirar a Kit, Sophie volvió a poner la pistola en su sitio, pero las manos le temblaban y se deslizó de sus dedos. Horrorizada, dejó escapar un grito, pero, antes de que llegara al suelo, Kit logró atraparla a la velocidad del rayo..

–Ten cuidado. Existe la posibilidad de que alguna de las pistolas del escudo esté cargada –dijo Kit mientras le devolvía la pistola–. No. No vuelvo a Londres. Vuelvo a mi unidad.

Sophie sintió que se le encogía dolorosamente el corazón.

–¿Tan pronto?

–Aquí no tengo nada que hacer –sus miradas se encontraron y Kit sonrió con amargura–. Al menos allí hace mucho más calor –tomó una de las cartas de la mesa y la alzó–. De hecho, solo he venido por esta carta. Tengo una cita con el abogado de Ralph en Hawksworth, así que...

–Espera... –Sophie saltó de la escalera, que era más alta de lo que había pensado, y acabó tambaleándose ante Kit, que tuvo que alargar una mano para sostenerla. La retiró de inmediato.

Sophie sintió que le ardían las mejillas.

–La otra noche... –empezó a decir, incapaz de alzar la mirada–... solo quería que supieras que no fue un error. Sabía lo que estaba haciendo, y...

–¿Y se supone que eso mejora las cosas? –preguntó Kit con frialdad.

–Trato de explicártelo –dijo Sophie, desesperada–. No quiero que pienses que Jasper y yo... no somos...

Los labios de Kit se curvaron en una sonrisa de desprecio.

–No te estoy culpando por lo que pasó; yo fui tan responsable como tú. Pero no creo que ninguno de los dos podamos simular que no estuvo mal –pasó junto a Sophie en dirección a la puerta–. Como tú, no tengo demasiadas reglas irrompibles, pero hasta hace poco no era consciente de que una de ellas era no tocar a la mujer de tu hermano. Bajo ninguna circunstancia.

–Pero...

–Y, sobre todo, no por el hecho de que estés aburrida y disponible.

La crueldad de las palabras de Kit hizo que Sophie se sintiera incapaz de responder. La puerta crujió cuando salió, dejando a su paso una ráfaga de viento helado.

Kit puso en marcha los limpiaparabrisas, que apenas pudieron con toda la nieve que estaba cayendo. Su viaje a Londres apenas había servido para aclarar la situación financiera y legal de Alnburgh, pero al menos le había dado cierta perspectiva sobre la situación con Sophie.

Pero al volver a verla todo se había ido al garete.

No sabía si era su habilidad como actriz, su forma de mirarlo, o el hecho de que nada más verla en lo alto de la escalera había deseado tomarla allí mismo, contra la puerta, lo que le hacía desear creerla.

Detuvo el coche en la plaza del mercado y apagó el motor. Permaneció un momento sentado, mirando sin ver por la ventanilla. Desde que su madre lo abandonó cuando tenía seis años, había vivido sin amor. No confiaba en el amor, y había llegado a la conclusión de que no lo necesitaba. En lugar de ello había basado su vida en principios. Valores. Códigos morales. Eran estos los que impulsaban sus acciones, no los sentimientos. Y era a ellos a los que debía aferrarse.

Salió del coche y cerró la puerta con más fuerza de la necesaria antes de encaminarse hacia las oficinas de Baines y Stanton.

Tras su reunión, Kit entró en el pub de la plaza. Tomó su primer whisky de un trago y pidió otro con el que fue a sentarse a una mesa en un rincón.

En la pared de enfrente había un grabado del castillo Alnburgh. Parecía exactamente el mismo de hacía cien años, pensó con desánimo. Nada había cambiado, excepto el hecho de que ya no tenía nada que ver con él... porque Ralph Fitzroy no era su padre.

Resultaba gracioso, pensó con el ceño fruncido varios whiskys después. Era un experto en localizar y desactivar bombas antes de que hicieran daño a alguien, y sin embargo, había sido totalmente ajeno a la bomba sin detonar que había en el centro de su propia vida.

Aquello lo explicaba todo. Explicaba por qué se había comportado Ralph de forma tan miserable con él mientras crecía, por qué se había negado siempre ha hablar del futuro de las propiedades de la familia. Explicaba...

Frunció de nuevo el ceño, tratando de asimilar el hecho de que su madre lo hubiera abandonado con un hombre que no era su padre. Aquello también explicaba algunas cosas... pero lo cambiaba todo.

Todo.

Se levantó, con el pecho repentinamente oprimido, sin aliento. Terminó su whisky de un trago y salió del bar.

Envuelta en una toalla, aún húmeda tras el baño que acababa de tomar, Sophie contempló con consternación las posibilidades que le ofrecía su vestuario para acudir al funeral. Irónicamente, su única opción era el vestido negro que había comprado para la fiesta de cumpleaños de Ralph. Si acortaba la falda y lo llevaba con su chaqueta de sport negra, podría valer...

Se secó rápidamente y se puso un grueso jersey gris de Jasper para bajar por unas tijeras. Era tarde. Tatiana se había retirado a su dormitorio hacía varias horas, Thomas ya estaba en la casa del guarda y Jasper se había ido a la cama hacía una hora.

Al encontrar todas las luces de abajo encendidas, dedujo que Kit aún no había llegado. Ya eran las doce de la noche, y le extrañó que no estuviera de vuelta. Había comentado algo sobre una cita con el abogado de Ralph, pero eso había sido hacía muchas horas.

De inmediato surgieron en su mente visiones de carreteras heladas y metales retorcidos que le produjeron una intensa angustia. Pero era ridículo que se preocupara así, se dijo mientras encendía la luz de las escaleras que llevaban a la cocina. Lo más probable era que hubiera encontrado alguna antigua amiga y estuviera en su casa. La angustia que le produjo aquella posibilidad, mucho más realista que la primera, fue aún mayor.

Acababa de encontrar unas tijeras en la cocina cuando un ruido procedente del pasillo la sobresaltó. Era algo parecido al roce de un metal contra otro, como si alguien estuviera abriendo una vieja y herrumbrosa cerradura...

De pronto, la puerta del fondo del pasillo se abrió.

La silueta de Kit apareció recortada contra la luz de la entrada. Se balanceaba ligeramente.

–¡Kit! –Sophie dejó caer las tijeras y corrió hacia él, preocupada–. ¿Qué ha pasado, Kit? ¿Estás bien?

–Estoy bien –contestó él con aspereza. A la luz de la cocina, su rostro estaba pálido y sus labios casi blancos, pero sus ojos eran dos brillantes pozos de oscuridad.

–¿Dónde está el coche?

–En el pueblo. Aparcado frente al despacho del abogado. He venido andando.

–¿Por qué?

–Por que he bebido más de lo permitido para conducir.

Pero la bebida no le había servido para olvidar. En todo caso, los kilómetros que había recorrido hasta el castillo solo habían servido para agudizar sus sentidos y dar claridad a sus pensamientos, especialmente al que insistía en recordarle que los muros y torres del castillo contenían en su interior a Sophie. Su brillante pelo. Su sonrisa. Su irreverencia y humor. Su dulce y complaciente cuerpo...

–¿Qué ha pasado?

Sophie estaba de pie ante él, temblando ligeramente. O, tal vez, tiritando de frío. Frunció el ceño mientras la miraba. Parecía vestir un largo jersey gris y nada más, excepto unos calcetines gruesos que hacían que sus largas y esbeltas piernas resultaran aún más deliciosas...

–¿Kit? –insistió Sophie al ver que no le contestaba–. ¿Qué te ha dicho el abogado?

–Que Ralph no era mi padre.

Kit escuchó su propia voz al decir aquello. Era una voz dura, áspera y, tal vez un tanto amarga. Pero él no quería sentirse amargado.

–Oh, Kit...

–Nada de esto es mío –dijo él a la vez que miraba a su alrededor como si estuviera viéndolo todo por primera vez–. Supongo que todo pertenece a Jasper. El castillo, los terrenos, el título...

Los ojos de Sophie se humedecieron y reflejaron su compasión, su comprensión.

–Yo no –su voz surgió cargada de emoción cuando dio un paso hacia él–. Quiero que sepas que no pertenezco a Jasper. No pertenezco a nadie.

–Y yo ya no tengo un hermano.

Se miraron unos momentos sin decir nada. Entonces, Kit tomó a Sophie de la mano y la atrajo hacia sí, cediendo a la implacable avalancha de deseo que había asediado sus defensas desde que se había sentado frente a él en el tren.

Subieron las escaleras juntos, deteniéndose en el descansillo para buscar anhelantes sus bocas. El rostro de Kit parecía helado bajo las manos de Sophie, que lo besó como si pudiera transmitirle el calor de su deseo. Su boca sabía a whisky y, cuando deslizó las manos bajo su jersey, Sophie dejó escapar un gritito a causa del contraste entre el frío que experimentó en sus pechos y el ardiente calor que recorría sus venas.

–Oh, Sophie...

–Vamos.

Sophie tiró de él, pero, al llegar a lo alto de la escalera, desorientada por el deseo, giró a la derecha en lugar de a la izquierda. Al darse cuenta de su error se detuvo, pero, antes de que pudiera decir nada, Kit tomó su rostro entre las manos y no paró de besarla hasta que le dio igual dónde estuvieran, al menos mientras pudiera sentirlo dentro pronto.

Sus caderas lo buscaron tenazmente, hasta que pudo sentir la firmeza de su erección bajo los pantalones.

–Mi cuarto está en la otra dirección... –murmuró.

–Hay muchos más cuartos –respondió Kit, que, sin apartar los labios de ella, alargó la mano hacia el pomo de la puerta más cercana.

Unos instantes después avanzó con Sophie en brazos hasta la cama. La dejó de rodillas sobre esta y permaneció de pie ante ella.

A pesar de que la habitación estaba helada, Sophie tembló de deseo. Se quedó sin aliento mientras contemplaba el pálido rostro de Kit, el alivio de su expresión, la intensidad de su negra mirada.

Alzó las manos para desabrocharle los botones de la camisa. Él cerró los ojos y echó la cabeza hacia atrás, y Sophie vio cómo se tensaban los músculos de su mandíbula mientras se esforzaba por mantener el control.

Pero aquella era una batalla que no le iba a dejar ganar.

Deslizó con cuidado las manos bajo su camisa abierta y sintió cómo se estremecía de deseo. Su piel aún estaba fría. Una intensa ternura se adueñó de ella, confiriendo a su deseo una intensidad que casi la asustó. Se sentía como si estuviera bailando, descalza y libre, pero al borde de un precipicio. Terminó de quitarle la camisa y luego se liberó rápidamente de su jersey. Despacio, lo rodeó con los brazos y presionó su cuerpo cálido y desnudo contra él a la vez que le besaba la boca, los pómulos, los ojos, la mandíbula. Cuando Kit la tumbó sobre la cama, sintió los fuertes latidos de su corazón contra sus pechos.

Kit terminó de quitarse rápidamente los pantalones y la realidad se transformó en una bruma de ensueño en la que Sophie solo era consciente de sus pieles unidas, del aliento de Kit en su oído, de sus ardientes labios... Mantuvo los ojos fijos en los de él, sumergiéndose en su profundidad mientras él iba descubriendo su cuerpo con las manos bajo la sábana.

Con cada caricia de sus manos, con cada roce de sus dedos, se estaba descubriendo a sí misma. El sexo era algo con lo que se sentía cómoda. Sabía lo que estaba haciendo y disfrutaba de ello. Era divertido.

Pero aquello era tan distinto a lo que había sentido hasta entonces... Aquello no era divertido. Era esencial. Cuando Kit la penetró, profunda y lentamente,

Sophie no supo si la intensa y poderosa sensación que se adueñó de ella fue más parecida a morir, o a volver a nacer.

Su grito de deseo quedó suspendido en el gélido aire de la habitación.

Sophie no había experimentado nunca algo tan perfecto. Permanecieron muy quietos unos instantes, adaptándose a la nueva dicha de estar unidos y, cuando Sophie miró a Kit a los ojos, deseó que aquello durara para siempre.

Pero era imposible. Su cuerpo ya estaba pidiendo más, y sus caderas empezaron a moverse por voluntad propia para adaptarse al ritmo de los movimientos de Kit. Cuando este deslizó un pulgar por sus labios, ella lo tomó entre sus dientes mientras él utilizaba la otra mano para acariciarle el clítoris a la vez que la penetraba.

La cama en la que estaban era demasiado fuerte como para crujir mientras sus cuerpos se movían. Sophie no quería dejar de mirar a Kit. Quería conservar para siempre la imagen de su rostro perfecto mientras se sumergía en el mar de sensaciones más intensas que había experimentado nunca. Se sentía tan unida a él que apenas sabía dónde empezaba el cuerpo de uno y dónde acababa el del otro.

Cuando su dulce grito de liberación hizo añicos la quietud reinante en el dormitorio, sintió que todo lo que había creído y pensado hasta entonces se transformaba en cenizas y polvo.

Kit dormía.

No se sabía si era por el whisky, por la larga caminata hasta el castillo, o por el increíble orgasmo que había experimentado, pero, por primera vez en muchos años, durmió como los ángeles.

Despertó cuando los primeros rayos de sol entraron por los altos ventanales del dormitorio. Sophie dormía entre sus brazos, con la espalda pegada contra su pecho y su delicioso y cálido trasero contra sus muslos.

O, más específicamente, contra su erección.

Pero no tardó en experimentar una sensación de remordimiento que disolvió la sensación de plenitud con que había despertado y le hizo mirar de frente a la realidad. Cerró los ojos, pues no quería ver aquella realidad, ni a Sophie, cuya brillante belleza adquiría una calidad etérea mientras dormía. Como medio para alejar la rabia, el dolor y la conmoción que había supuesto su descubrimiento, la noche anterior había sido perfecta. Pero solo había sido una noche, y no podía volver a repetirse.

Sophie se movió entre sus brazos y volvió a presionar su cuerpo contra él. Kit reprimió un gemido mientras su mente se veía abrumada por los recuerdos de la noche anterior. Sabía que no iba a olvidarlos en mucho tiempo, lo que podía suponer un gran inconveniente en las noches que se avecinaban, cuando estuviera solo en su estrecho camastro, separado del resto de sus hombres por una simple tela.

Salió cuidadosamente de la cama y se vistió rápidamente. La luz del sol daba cierta ilusión de calor, pero lo cierto era que la habitación estaba helada. Apretando los dientes para que no le castañetearan, deslizó los brazos bajo el cuerpo de Sophie y le tomó en brazos. Ella suspiró, pero en lugar de despertar, se acurrucó plácidamente contra su pecho. Kit tuvo que reprimir una sonrisa al recordar la velocidad con que se quedó dormida en el tren la noche que la conoció.

Pero cuando volvió a mirarla mientras la llevaba por el pasillo hacia su dormitorio dejó de sonreír. Sophie no se parecía a ninguna de las mujeres que había conocido hasta entonces. Había surgido de la nada, desafiante, evasiva, contradictoria, y, de algún modo, había logrado introducirse bajo sus defensas.

¿Cómo lo había hecho?

Empujó con un hombro la puerta del dormitorio de Sophie y fue hasta la cama, donde la dejó cuidadosamente. Mientras la arropaba, ella abrió los ojos y sus labios se curvaron en una adormecida sonrisa a la vez que alzaba una mano para acariciarle la mejilla.

—Hace frío sin ti —murmuró—. Vuelve a la cama.

—No puedo —dijo Kit a la vez que la tomaba con delicadeza de la mano para evitar que siguiera acariciándolo—. Ya ha amanecido.

Sophie se tumbó de espaldas y suspiró.

—Te refieres a que todo ha acabado.

—Así tiene que ser. No podemos cambiar lo que hicimos anoche, pero tampoco podemos repetirlo. Solo tenemos que superar este día sin dar a Jasper ningún motivo para sospechar.

Sophie cerró un momento los ojos.

—De acuerdo —susurró.

Kit no esperaba aquella resignación, y su sentimiento de culpabilidad se intensificó. ¿Por qué le estaba haciendo sentir como si aquello fuera culpa suya? La noche anterior ambos se habían comportado de un modo irresponsable, pero tan solo había sido la conclusión lógica de todo lo que había sucedido entre ellos desde el momento en que se habían conocido. De alguna manera había resultado inevitable, aunque también prohibido.

Se volvió para encaminarse hacia la puerta, pero antes de salir preguntó con voz cansada:

–¿Qué esperabas, Sophie?

Ella le dedicó una sonrisa de infinita tristeza.

–Nada –murmuró–. Nada.

Cuando Kit salió de la habitación, las lágrimas empezaron a rodar imparables por sus mejillas. Kit se había acostado con ella porque por fin había logrado encontrar una cláusula de escape en su libro de normas éticas. Ya que Jasper no era su hermano, no tenía ninguna obligación ética hacia él.

Pero, ¿y ella? La noche anterior creía haberle dejado claro sin necesidad de deletrearlo que no estaba traicionando a Jasper por acostarse con él.

Al parecer, Kit no la había entendido.

Pero ella no había esperado promesas. No había esperado declaraciones de amor eterno. Solo habría querido que Kit confiara en ella.

Capítulo 12

EL ROSADO amanecer había dado paso a un despejado y precioso día de invierno para el funeral de Ralph. Las plomizas nubes que habían poblado el cielo durante aquella última semana habían dado paso a un cielo límpido y totalmente azul.

Fuera de la iglesia de San Juan Bautista se formaron grupos de personas que, para mantener los pies calientes, no paraban de golpear el suelo mientras hablaban. Algunos vestían elegantemente de negro, pero la mayoría vestía de diario. Sophie supuso que se trataba de gente del pueblo que había acudido al funeral más atraída por el espectáculo social que suponía que por la pena.

—He olvidado traer cacahuetes para los monos —murmuró Jasper con desacostumbrada ironía.

—Es lógico que la gente sienta curiosidad —lo reconvino Tatiana, la viva imagen de la sobria elegancia con su ceñido traje negro de falda y chaqueta y los ojos ocultos por un sombrero que llevaba un pequeño velo negro—. Quieren saber si sentimos las cosas de forma diferente a ellos. Pero no es así, por supuesto. La diferencia reside en que nosotros no mostramos nuestros sentimientos.

Sophie se mordió el labio. Ella era una de esas personas, con su barato vestido negro, al que finalmente había tenido que hacer el dobladillo deprisa y corriendo con cinta de pegar. A pesar de que Kit prácticamente la había obligado a montarse en la limusina con ellos, ella no formaba parte del «nosotros» que acababa de mencionar Tatiana. Ni siquiera era la novia de Jasper.

Cuando salieron del coche y Jasper ofreció el brazo a su madre para acompañarla al interior de la iglesia, Sophie trató de quedarse atrás para sentarse junto a Thomas y la señora Daniels, pero una firme mano la sujetó por el brazo.

–Oh, no. Tú vienes conmigo –murmuró Kit en un tono que no admitía réplica.

No la soltó mientras avanzaban por el pasillo de la abarrotada iglesia, tras Tatiana y Jasper. Debatiéndose entre el instinto de rebelarse y su amor por él, Sophie notó que la gente volvía la cabeza para mirarla con curiosidad, preguntándose quién sería y qué derecho tendría a estar allí. Sintió una terrible angustia al darse cuenta de que pensarían que estaba con Kit.

Si al menos fuera así...

–Yo soy la resurrección y la vida...

Junto a ella, Kit sostenía con mano firme el libro con los himnos del servicio religioso. Sophie no necesitó mirarlo para saber que estaba mirando de frente y que la expresión de sus ojos sería dura y seca. Era como si hubiera desarrollado un poder sobrenatural que le hacía instintivamente consciente de todo lo relacionado con él.

¿Sería aquel un efecto del amor?

Sonrió débilmente para sí. ¿Sería aquello una venganza divina, su castigo por haber jugado liberalmente con los afectos de Jean Claude y muchos otros? ¿Por haber desdeñado el amor y haberse creído por encima de aquel sentimiento?

El organista de la iglesia empezó a tocar del himno

Prometo a Mi País..., cuya conocida letra hablaba de entregar tu vida a tu nación. Kit se preguntó qué diablos habría sabido Ralph de aquello. Que él supiera, Ralph tan solo se había preocupado de sus propias necesidades, de sus propios deseos. Había vivido para el placer. Había muerto siendo el centro de atención en su propio cumpleaños, no a solas y a miles de kilómetros de su casa, en la cuneta de alguna polvorienta carretera.

Ralph no habría sido capaz de sacrificar su felicidad por el bien de su hijo.

Cuando el himno terminó y todos se sentaron, Kit captó una vaharada del perfume de Sophie, del calor que emanaba de su cuerpo en la helada iglesia. Experimentó un deseo instantáneo y apretó los puños. Había asistido a demasiados funerales en desolados aeródromos como para no ser muy consciente de la brevedad de la vida. Las reglas y los principios no ayudaban cuando uno estaba muerto. Una noche como la que acababa de pasar con Sophie debería ser motivo de celebración.

En el púlpito, el cura comenzó con su sermón.

—Nos hemos reunido hoy aquí para celebrar la vida de Ralph Fitzroy, que para los aquí reunidos no era tan solo el conde de Hawksworth, sino también un marido, un padre, un amigo...

«Era solo sexo». Aquello era lo que dijo Sophie por teléfono la primera vez que la vio. Solo sexo. Debía olvidarlo. Especialmente en aquellos momentos, en medio del funeral.

—Debemos recordar las muchas formas en que Ralph Fitzroy afectó a nuestras vidas... —continuó el cura.

Kit se frotó los tensos músculos de su frente. En su

caso, recordar cómo le había afectado Ralph no era precisamente una buena idea. Notó que muchos de los que lo rodeaban sacaban un pañuelo para secarse los ojos o se tomaban del brazo con el vecino, mientras él permanecía encerrado en la celda su propia amargura. Solo.

Entonces, con gran delicadeza, Sophie apoyó una mano en la suya, enlazó sus dedos con los de él y le acarició la palma con el pulgar en un gesto que no tuvo nada que ver con el sexo, sino con el consuelo y la comprensión.

Y de pronto ya no estuvo solo.

–Ha sido una ceremonia encantadora –murmuraba la gente al salir, mientras de fondo sonaba el tema *In My Life*, de los Beatles. Aquello había sido idea de Jasper.

–¿Estás bien? –preguntó Sophie a la vez que tomaba a su amigo del brazo.

–Más o menos. Necesito una bebida.

–¿Qué pasa ahora?

–Ahora es el entierro –Jasper se estremeció–. Hay un panteón familiar en Alnburgh. Es muy pequeño, así que podrás librarte de la escena. Iremos mamá, el vicario y yo... y supongo que Kit también vendrá. Para cuando acabemos, todo el mundo habrá llegado al castillo para beber algo. ¿Te importa quedarte aquí para indicar a la gente el camino?

Sophie se puso de puntillas y besó su helada mejilla.

–Claro que no me importa. Ve y despídete de tu padre.

Al volverse vio que Kit estaba tras ella, esperando

a que le dejara entrar en el coche con Tatiana y Jasper.

—Lo siento –dijo a la vez que se apartaba–. ¿Vas a ir al entierro?

—Sí. Para salvar las apariencias. Jasper y yo tendremos que hablar en algún momento, pero no creo que hoy sea el día más adecuado –Kit miró a Sophie con reticencia–. Supongo que también tendremos que hablar tú y yo.

Un helado golpe de viento hizo que un mechón de pelo cayera sobre la frente de Sophie. Al mover la cabeza para apartarlo, un movimiento en la distancia captó su atención. Alguien estaba saltando el pequeño muro que separaba los terrenos de la iglesia de la carretera.

«Oh, no... Oh, por favor, no... No ahora...»

Sophie sintió que la sangre abandonaba su rostro. Era una figura conocida, aunque incongruente en aquel contexto. De su mano colgaba una botella.

—Puede que hoy tampoco sea el mejor día para eso –dijo mientras se cruzaba de brazos–. Y ahora deberías irte; creo que te están esperando.

Había sido una respuesta evasiva, pensó Kit sombríamente mientras entraba en el coche y cerraba la puerta. No era la que esperaba.

Cuando el coche se alejaba, volvió la cabeza y vio que Sophie caminaba rápidamente hacia un hombre que no iba vestido de luto y tampoco de forma adecuada para el frío reinante. Vestía vaqueros, chaqueta sport y una camisa cuyos bordes asomaban por debajo. Había cierto aire arrogante en su actitud, en sus movimientos, como si estuviera haciendo algo temerario, pero le diera igual. Cuando el coche cruzaba las puertas del cementerio, vio por el espejo retrovisor que Sophie se había acercado y movía la cabeza. Parecía que le estaba rogando algo. Luego lo abrazó.

Kit miró de frente mientras notaba los fuertes latidos de su corazón. Cuando Sophie lo había tomado de la mano en la iglesia había creído que algo había cambiado. O tal vez nada había cambiado, pero aquel gesto le había hecho ver lo que no había querido admitir: que, probablemente, lo que quería con ella no era mero sexo, y la esperanza de que, en algún momento, cuando Sophie hubiera aclarado las cosas con Jasper, pudiera desear lo mismo.

Pero, al parecer, se había equivocado.

–Por favor, Sergio. Ya no falta mucho para que acabe el funeral. Un par de horas o tres a lo sumo.

Sergio se apartó con impaciencia de ella.

–Tres horas –dijo con desdén–. Haces que no parezca nada, pero cada hora es como un mes para mí. Ya llevo una semana esperando, y hoy me he pasado todo el día en el tren. Necesito a Jasper, Sophie. Y él me necesita.

–Lo sé, lo sé –Sophie trató de armarse de paciencia. De lo contrario, habría echado mano al egoísta y elegante cuello de Sergio para ahogarlo.

¿A qué se habría referido Kit cuando había dicho que necesitaban hablar? ¿Y por qué había tenido que elegir Sergio precisamente aquel momento para hacer su ridícula y melodramática aparición?

–No lo sabes –protestó Sergio teatralmente–. Nadie lo sabe.

–Sé que Jasper está desesperado sin ti, pero también sé que su madre lo necesita en estos momentos.

Además, Jasper necesita superar esto antes de poder estar adecuadamente contigo.

–¿Tú crees?

Sintiendo una cercana victoria, Sophie tomó la botella que sostenía Sergio y lo condujo de vuelta por donde había llegado.

–Claro que lo creo. Y también creo que estás muy cansado. Has pasado una semana terrible y encima acabas de hacer un largo viaje en tren. El pub del pueblo también es un hostal. ¿Por qué no vamos a ver si hay alguna habitación libre y yo me ocupo de enviar a Jasper a verte lo antes posible? De momento me parece lo más prudente.

Sergio dirigió una nostálgica mirada hacia el castillo de Alnburgh, y Sophie temió que fuera a rebelarse.

–Vamos –dijo rápidamente–. Te acompaño para echarte una mano. Luego iré a decirle a Jasper dónde estás.

Sergio le dedicó una conmovedora mirada.

–Gracias, Sophie. Creo que tienes razón. Me fio de ti..

El vestíbulo del castillo estaba lleno de gente vestida de negro que, en general, hablaba demasiado alto. Después de la surrealista ceremonia que acababa de tener lugar en el panteón familiar, Kit estaba desesperado por beber algo fuerte, pero no lograba dar dos pasos sin que lo interrumpieran con preguntas sobre su padre y felicitaciones por su medalla. Entablar una conversación resultaba imposible habiendo tantas cosas que no podía decir. A nadie excepto a Sophie.

Tenía que encontrarla.

–Kit.

La voz resultó conocida, pero inesperada. Al volverse, Kit vio que se trataba de Alexia. Estaba muy morena y preciosa bajo su sombrero negro, aunque su expresión parecía preocupada.

–Lo siento, cariño –murmuró mientras se ponía de puntillas para besarlo en ambas mejillas–. La muerte de tu padre ha supuesto una terrible conmoción. Debéis estar destrozados.

–Algo así. No esperaba verte aquí –Kit fue consciente de que su tono de voz no había resultado especialmente agradable, y se reprendió mentalmente por ello. No era culpa de Alexia que hubiera visto a Sophie abrazando a otro hombre, ni que después hubiera desaparecido.

–Olimpia y yo estábamos en St. Moritz el pasado fin de semana, pero cuando su madre nos dijo lo que había pasado quise venir de inmediato. En realidad lo hice por ti. Sé que no tuve la suerte de llegar a conocer bien a tu padre, pero... quería asegurarme de que estabas bien. Aún me preocupo por ti, ya lo sabes...

–Gracias.

Alexia inclinó un poco la cabeza y el ala de su sombrero ocultó en parte su rostro.

–Debes estar pasando unos momentos horribles, Kit. No estés solo.

Kit sintió una oleada de desesperación. Parecía que estaban celebrando el Día Internacional de la Ironía. Por primera vez en su vida no quería estar solo, pero, al parecer, la única persona con la que quería estar no parecía compartir sus sentimientos.

–Lo tendré en cuenta –contestó, disponiéndose a escapar en cuanto pudiera. Pero no le iba a resultar tan fácil.

–Hola, Kit. Siento mucho lo de tu padre.

Si hubiera tenido a mano una de las pistolas que con tanto esmero había limpiado Sophie, Kit se habría pegado un tiro. Pero, dadas las circunstancias, no le quedó más remedio que someterse al abrazo sobrecargado de perfume de Olympia Rothwell Hyde y esbozar una sonrisa.

—Olympia.

—Mamá dijo que estuviste genial en la fiesta, cuando tu padre sufrió el ataque. Fuiste un auténtico héroe.

—No fue para tanto —replicó Kit con frialdad mientras miraba a su alrededor.

Olympia se inclinó hacia delante y bajó la voz hasta convertirla en un excitado suspiro.

—Tengo que preguntártelo, cariño... Esa pelirroja junto a la que estabas sentado en la iglesia se parece mucho a una chica llamada Summer Greenham que conocí en el colegio, pero no puede ser...

Kit se puso inmediatamente alerta.

—Sophie. Se llama Sophie Greenham...

—¡Entonces es ella! —exclamó Olympia, que miró a Alexia con una mezcla de incredulidad y triunfo—. ¿Quién puede culparla por haberse desembarazado de ese nombre tan hippy? También debería haberse cambiado el apellido, que, según parece, procedía del campamento de lesbianas en que vivía. Pero nada de eso explica qué hace aquí. ¿Trabaja en el castillo? Porque, de ser así, yo tendría cuidado con la plata familiar...

—Es la novia de Jasper —dijo Kit. Tal vez, si lo repetía las suficientes veces, acabaría aceptándolo.

—¡No me digas! ¿En serio? ¡Cielo santo!

Kit frunció el ceño.

—¿Qué quieres decir?

Olympia estaba demasiado inmersa en su papel

de cotilla como para darse cuenta de la tensión que de pronto pareció crepitar en el ambiente. Alexia se movió incómoda sobre sus zapatos de diseño.

–Llegó a nuestro colegio desde algún mugriento camping. Por lo visto, una tía suya se apiadó de ella y quiso civilizarla antes de que fuera demasiado tarde. Pero no sirvió de nada, porque acabaron echándola por robar –Olympia tomó un sorbo de champán antes de seguir cotilleando en tono confidencial–. Fue justo antes del baile de fin de curso. La madre de una de nuestras compañeras había enviado dinero para que se comprara un vestido, pero el dinero desapareció del dormitorio y, casualmente, la vulgar señorita Greenham, que apenas tenía nada decente que ponerse, apareció de pronto con un vestido muy bonito.

–Y, por supuesto, tú sumaste dos más dos –dijo Kit en tono gélido.

Olympia pareció sorprendida y ligeramente indignada.

–Y deduje que eran cuatro. Su tía admitió que no le había dado ningún dinero, y la única explicación que dio Summer fue que se lo había regalado su madre. Su madre, que vivía en un autobús, que no había sido vista durante más de un año y por tanto era imposible de localizar y que no tenía algo tan «moderno» como un teléfono.

Kit rio sin humor.

–Y que, por tanto, tampoco pudo apoyar la versión de su hija.

–Oh, vamos, Kit –replicó Olympia en tono desdeñoso–. A veces no es necesaria la evidencia, porque la verdad es tan obvia que todo el mundo puede verla. Además, si es la novia de Jasper, ¿por qué acaba de ser vista en el pub reservando una habitación con un tipo que no se sabe de dónde ha salido? Alexia y yo hemos ido a beber algo para entrar en calor después del funeral y la hemos visto –su tono desdeñoso se transformó en otro de triunfo–. Si no quieres creerme, tiene la habitación tres.

Si Sophie hubiera sabido que iba a regresar caminando al castillo, habría llevado otro calzado. Tenía los pies helados y temía que el roce acabara produciéndole ampollas. Lo único que la mantuvo en marcha fue el pensamiento de encontrar a Kit para averiguar de qué quería hablar con ella.

También tenía que ver a Jasper para decirle que Sergio estaba allí. Seguro que acudiría a verlo en cuanto se enterara.

Cuando llegó al castillo tuvo que sortear los coches que abarrotaban la entrada. Mientras subía las escaleras, su corazón comenzó a latir más rápido. Una vez en el vestíbulo se quitó el abrigo y alisó su falda con manos temblorosas, constatando distraídamente que la cinta de pegar no se había soltado.

–¿Va todo bien, señorita Greenham?

Thomàs, que pasaba en aquel momento por el vestíbulo con una bandeja llena de copas de champán, la miró con cierta preocupación.

–Oh, sí, gracias. Lo único que sucede es que acabo de venir andando del pueblo. ¿Sabe dónde está Jasper?

–Ha subido a su habitación nada más llegar y creo que aún no ha bajado.

–De acuerdo. Gracias. Voy a ver cómo se encuentra –Sophie dudó un momento antes de continuar, y sintió que se ruborizaba–. ¿Y sabe dónde puedo encontrar a Kit?

–Creo que anda por aquí –Thomas miró a su alrededor–. Hace un momento lo he visto... Ah, sí, ahí está, hablando con la joven dama que lleva ese gran sombrero.

Sophie volvió la mirada hacia donde había indicado Thomas. Kit estaba de espaldas a ella, y no pudo ver bien su rostro. Sintió un revoloteo de mariposas en el estómago.

Entonces vio con quién estaba hablando.

Capítulo 13

DURANTE su infancia, Sophie no había parado de ir de un lado a otro con su madre, viviendo en lugares diminutos, sin espacio para las posesiones personales, algo que la había marcado. Una de las cosas a las que se había acostumbrado había sido a viajar ligera y a no deshacer casi nunca el equipaje.

Tras ver a Jasper, apenas le llevó un rato recoger sus cosas. Necesitó más tiempo para recuperar un poco la compostura, pero al cabo de un rato se sintió los suficientemente fuerte como para despedirse de su dormitorio y encaminarse hacia las escaleras que llevaban al vestíbulo de las armas. Tal vez animadas por el champán, las personas reunidas en el castillo habían empezado a hablar más alto, y sus voces se mezclaban con el sonido de risas. Instintivamente, Sophie trató de reconocer en el barullo reinante la voz de Kit, mientras pensaba que nunca lo había oído reír.

Pero tal vez estuviera riéndose en aquellos momentos con Olympia.

Decidida a no mirar a su alrededor para no perder el valor, se encaminó rápidamente hacia la puerta.

El frío aire del exterior fue como una bofetada e hizo que sus ojos se llenaran de lágrimas. Sorbió por la nariz y se frotó impacientemente el rostro con la manga de su viejo abrigo.

–Así que te vas.

Sophie giró sobre sus talones. Kit estaba de pie en lo alto de las escaleras, con la puerta abierta a sus espaldas. Había algo siniestro en su quietud, en la rigidez de su expresión.

Los últimos rescoldos de esperanza se apagaron en el corazón de Sophie.

–Sí –contestó, y logró esbozar una leve sonrisa–. Te he visto hablando con Olympia. El mundo es un pañuelo. Supongo que te lo habrá contado todo.

–Sí, aunque no ha supuesto ninguna diferencia. De manera que te vas... así como así. ¿No ibas a despedirte?

Sophie bajó la mirada.

–Escribiré a Tatiana –su voz pareció surgir de muy lejos–. En estos momentos está rodeada de amigos y no quiero interrumpir.

–Estaba pensando en Jasper. ¿Qué pasa con él?

–Estará bien. No me necesita –murmuró Sophie.

En aquella ocasión, Kit no trató de disimular su enfado.

–¿Quién es él? Debe tratarse de alguien muy especial para que hayas acabado con él en la cama apenas terminado el funeral. ¿Es el mismo con el que te escuché hablando en el tren, o algún otro?

Tras un momento de confusión, Sophie dedujo que debía haberla visto con Sergio, y que, al instante, había sacado sus propias y erróneas conclusiones. Pero hacía tiempo que sabía que las explicaciones lógicas no bastaban para transformar los prejuicios de la gente.

–Es otro.

–¿Lo amas? –el enfado de Kit se desvaneció, dando paso a un intenso cansancio.

Sophie negó con la cabeza y tuvo que hacer esfuerzos para contener los sollozos que se acumulaban en su pecho.

–No.

–¿Entonces, por qué? ¿Por qué te vas con él?

–Porque él lucharía por mí –Sophie respiró profundamente, alzó la cabeza y, con toda la calma que pudo, dijo–: Porque confía en mí.

A continuación dio la vuelta y se alejó caminando.

Kit volvió a entrar y pasó entre la gente que se hallaba en el vestíbulo sin detenerse. Entró en la biblioteca, cerró la puerta y apoyó la espalda contra esta, respirando agitadamente.

Confianza. Aquello era lo último que esperaba que dijera Sophie.

Se pasó la mano por el pelo mientras pensaba rápidamente. Había aprendido desde pequeño que uno podía fiarse de muy poca gente, y desde entonces prácticamente se había enorgullecido de su cinismo. Pero aquella desconfianza le había hecho permitir que la única mujer con la que quería estar se alejara de él para caer en brazos de otro hombre. Un hombre que llevaba ropa de diseño y que confiaba en ella. Alguien que lucharía por ella.

Era posible que la confianza no fuera su fuerte, pero sí lo era luchar.

Abrió la puerta con decisión y casi tropieza con la persona que se hallaba al otro lado.

–¿Alexia? ¿Qué...?

–Quería hablar contigo –Alexia se recuperó del susto rápidamente y siguió a Kit, que ya avanzaba hacia el vestíbulo–. Necesito decirte algo.

–Este no es un buen momento –dijo Kit sin dejar de caminar.

–Lo sé. Disculpa, pero se trata de algo en lo que no he logrado dejar de pensar todos estos años –Alexia se interpuso en el camino de Kit cuando estaba a punto de salir–. Es respecto a lo que sucedió en el internado. No fue Summer, sino Olympia la que robó el dinero. Ella lo organizó todo. Es cierto que Summer... digo, Sophie, apareció con un vestido nuevo, y no sé de dónde sacó el dinero para pagárselo, pero no lo consiguió robándolo del dormitorio. Fue Olympia quien la acusó.

–Lo sé –dijo Kit con un suspiro de cansancio–. Eso no lo había dudado.

–Oh –Alexia se había quitado el sombrero y, sin este, parecía extrañamente desprotegida y alicaída–. Sé que sucedió hace mucho y que solo fue una fea travesura, pero no me ha gustado escuchar a Olympia contándolo de nuevo. Ya somos adultos. Solo quería asegurarme de que supieras la verdad.

–La verdad es ligeramente irrelevante. Lo que importa es lo que estás dispuesto a creer –Kit dudó un momento antes de añadir–: El otro asunto... lo de que la habéis visto reservando una habitación en el hostal del pub con un hombre, ¿también ha sido una invención de Olympia?

–No, eso era cierto –Alexia miró a Kit con ojos casi suplicantes–. ¿De verdad estás bien? ¿Puedo ayudarte de algún modo?

Kit comprendió que el dolor de Alexia debía parecerse al suyo. Cuando contestó, lo hizo con especial delicadeza.

–No, no estoy bien. Pero tú ya me has ayudado –dijo,

y a continuación abrió la puerta y salió rápidamente del castillo.

El pub King's Arm se hallaba en el momento de calma que solía producirse entre la hora del almuerzo y la tarde. El dueño estaba sentado tras la barra, leyendo el periódico, pero se puso en pie en cuanto vio a Kit.

–Mayor Fitzroy... digo, lord Fitzroy...

–Busco a alguien –interrumpió Kit, impaciente–. Alguien que se aloja aquí. Creo que está en la habitación número tres. Yo mismo subo a comprobarlo.

Sin dar tiempo a que el patrón reaccionara, fue hasta la escalera y subió los peldaños de dos en dos. La habitación número tres estaba al final del pasillo. Había una botella de vodka vacía en el exterior. Kit llamó a la puerta enérgicamente.

–¡Sophie! –al no recibir respuesta de inmediato volvió a repetir el nombre en alto.

Estaba a punto de golpear de nuevo la puerta cuando esta se abrió unos centímetros. Un rostro de tez morena sin afeitar y de ojos hinchados se asomó por la rendija.

–Sophie no está aquí.

Kit masculló una maldición y empujó la puerta con un hombro. El hombre apenas opuso resistencia y la puerta se abrió fácilmente. Kit lo observó el tiempo justo para darse cuenta de que tan solo llevaba una pequeña toalla blanca en torno a la cintura. Luego pasó al dormitorio.

En un instante vio la ropa dispersa por el suelo, ropa negra amontonada sobre la alfombra, y la amplia cama que dominaba el centro de la habitación, deshecha. Por un momento, temió desmayarse.

—¡Kit! —Jasper se irguió en la cama de repente y se cubrió con la sábana.

Parpadeante, Kit trató de reconciliar lo que estaba viendo con lo que esperaba encontrarse.

—¿Jasper?

—No quería que lo averiguaras así —Jasper hizo una pausa y bajó un momento la cabeza, pero enseguida volvió a alzarla y miró a Kit a los ojos mientras el hombre de la toalla acudía a su lado—. Pero probablemente ya era hora de que te enteraras. No puedo seguir ocultando quién soy realmente solo porque no encaje con el molde de los Fitzroy. Amo a Sergio. Ya sé lo que vas a decir, pero...

Kit dejó escapar una breve risa de incredulidad a la vez que experimentaba un intenso alivio.

—Es la mejor noticia que he recibido en mucho tiempo. En serio. No sabes lo contento que estoy —se volvió y estrechó efusivamente la mano de un desconcertado Sergio. Luego se acercó a Jasper y lo abrazó efusiva y brevemente.

—Y ahora, por favor, si Sophie no está aquí, ¿dónde está?

La sonrisa se esfumó del rostro de Jasper.

—Se ha ido. Va a tomar el tren de vuelta a Londres. ¿Ha sucedido algo entre vosotros? Porque...

Kit masculló una maldición y luego se volvió hacia la puerta.

—Sí, ha sucedido algo entre nosotros. Pero yo he sido demasiado estúpido como para comprender exactamente de qué se trataba.

La buena noticia fue que Sophie no necesitó esperar mucho a que llegara un tren. La mala era que no iba directamente a Londres, sino que efectuaba numerosas paradas en el trayecto y la línea terminaba en Newcastle.

Afortunadamente, el tren tenía calefacción y estaba prácticamente vacío. Sophie ocupó un asiento en un rincón y cerró los ojos para no tener que ver cómo se alejaba Alnburgh, transformado por los rayos del sol poniente en un antiguo castillo de cuento.

Ya estaba acostumbrada a aquello, se dijo una y otra vez. Irse de los sitios era lo que mejor se le daba. ¿Acaso no le había asustado siempre la idea de la permanencia? Se le daba bien reinventarse a sí misma, los nuevos comienzos.

Pero hasta entonces no había sabido realmente quién era. Sophie Greenham era una construcción, una especie de rompecabezas compuesto de películas, libros y otras personas, fragmentos de hechos aglutinados junto a medias verdades y vergonzosas mentiras que había aprendido a lograr que resultaran creíbles.

Pero bajo la fría e incisiva mirada de Kit, todo el rompecabezas se había desmontado y había vuelto a ser ella misma. Una persona a la que realmente no conocía, que sentía cosas que no solía sentir y necesitaba cosas que no llegaba a comprender.

Cuando se habían alejado unos kilómetros de Alnburgh, su móvil recuperó la señal y empezaron a saltar todos los mensajes recibidos durante aquellos días. No pudo evitar sentirse decepcionada al comprobar que ninguno era de Kit. Pero había varios de su agente. Al parecer, la gente de la película de vampiros quería volver a verla. Según le decía, al menos su atuendo los había impresionado.

—Billetes.

Sophie se sobresaltó ligeramente al escuchar la voz

del revisor. Sacó el monedero de su bolso mientras parpadeaba con rapidez para alejar las lágrimas.

–Un billete de ida a Londres, por favor.

El revisor pulsó unos botones en su aparato.

–Tiene que hacer transbordo en Newcastle –dijo sin mirarla–. El tren para Londres sale de la vía dos, que está un poco lejos, así que tendrá que darse prisa.

–Gracias –murmuró Sophie, desalentada ante la perspectiva. De pronto, un pensamiento surgió en su mente de la nada–. En realidad quiero dos billetes.

–¿Va usted acompañada? –el revisor frunció el ceño y la miró con extrañeza.

–No. Estoy sola –contestó Sophie–. Digamos que tengo una deuda pendiente.

La estación de Alnburgh estaba vacía. Kit permaneció un momento en el andén, mirando desesperadamente a su alrededor, como si aún tuviera esperanzas de encontrar a Sophie allí.

Pero no estaba allí. Se había ido con gran dignidad... y para siempre.

–¿Ha perdido el tren?

Kit se volvió y vio a un hombre con un mono azul que sostenía una pala.

–Algo así. ¿Cuándo sale el próximo tren para Londres?

–El único tren directo sale a las once y siete de la mañana. Si necesita llegar antes, tendrá que ir a Newcastle.

Kit asintió lentamente, desesperanzado, y se volvió para alejarse, pero de pronto se detuvo y se volvió de nuevo hacia el hombre.

–¿Ha dicho que el único tren directo ha salido esta

mañana? Supongo que eso significa que el que acaba de salir...

—Era el tren a Newcastle. Correcto.

—Gracias.

Kit echó a correr y no se detuvo hasta alcanzar la verja de entrada a los terrenos del castillo. Obviamente, los invitados aún no se habían ido, porque el patio delantero estaba abarrotado de coches. Se detuvo en seco y tuvo que apoyarse en el más cercano para recuperar el resuello . Le iba a ser imposible salir con su coche de allí antes de que sacaran los demás.

Sophie se había ido y no podía ir tras ella.

—¿Señor?

Kit se hizo distraídamente consciente de que se abría la puerta del coche contra el que estaba apoyado. Hasta ese momento no se había fijado en cuál era el coche en que se había apoyado, ni en que había alguien dentro. Se trataba del coche de la funeraria, y el hombre que salió del vehículo era el hombre que trabajaba en esta.

—Iba a preguntarle si se encontraba bien, pero está claro que sería una pregunta tonta —dijo, abandonando la rígida formalidad de su ocupación—. Sería más correcto preguntarle si puedo hacer algo por usted.

—Sí —contestó Kit de inmediato—. Puede hacer algo por mí.

Sophie estaba en el andén de la estación de Newcastle, mirando a su alrededor con expresión confundida mientras una ruidosa multitud deambulaba junto a ella. Entre toda aquella ajetreada gente se sintió repentinamente diminuta, invisible.

Hacía diez días que había tomado el tren en King

Cross, pero, en aquellos momentos, la chica de la actitud despreocupada, los zapatos de tacón y un corsé por vestido, apenas se atrevía a alejarse del tren que la había traído de Alnburgh.

Pero el revisor había dicho que tenía que darse prisa si quería tomar a tiempo el tren para Londres. Sujetó con fuerza su malparada bolsa de viaje y se obligó a avanzar.

Andén dos. ¿Dónde estaba el andén dos? Buscó en los cárteles indicadores con la mirada, pero la única palabra que parecía tener sentido era «Alnburgh». Nunca había sentido añoranza por su hogar, probablemente porque nunca había tenido uno adecuado, pero la sensación debía ser parecida a la angustia que estaba experimentando en aquellos momentos al ver aquella palabra.

Apartó la mirada. Ella no pertenecía a aquel lugar. La chica surgida de la nada con el nombre y el pasado falsos no pertenecía a aquel lugar, ni a una familia con mil años de historia.

Entonces, ¿cuál era su lugar?

Experimentó un creciente pánico. De pie en medio de la estación, se sintió de pronto como si estuviera cayendo, desapareciendo, y no tenía nada a qué aferrarse. Se volvió, buscando desesperadamente algo familiar...

Y entonces lo vio.

Kit avanzaba entre la multitud de viajeros, con la cabeza y los hombros por encima de casi todos los demás, con el rostro tenso, lívido y tan bello que, por unos momentos, Sophie apenas pudo respirar.

—¡Kit!

Fue un susurro. Un gemido tan suave que la propia Sophie apenas lo escuchó. Pero en aquel momento Kit volvió la cabeza y la miró. Redujo la marcha y, por unos instantes, la expresión de su rostro reveló algo que Sophie nunca había visto en él: inseguridad, miedo. Lo mismo que estaba sintiendo ella... al menos hasta que lo había visto. Pero aquella expresión dio paso a un feroz ceño fruncido mientras recorría a grandes zancadas la distancia que los separaba. Cuando se detuvo ante ella, la tomó entre sus brazos y la besó con auténtico fervor. Había lágrimas deslizándose por el rostro de Sophie cuando se apartó.

–Mi tren... –murmuró, preparándose para la posibilidad de que Kit hubiera acudido a despedirse.

Sin dejar de mirarla, Kit negó lentamente con la cabeza.

–No lo tomes.

–¿Por qué no?

–Porque entonces yo también tendría que tomarlo –contestó Kit, serio–, y tendría que sentarme frente a ti durante dos horas y media, mirándote, aspirando tu aroma y deseando quitarle la ropa para hacerte el amor –sonrió y Sophie sintió que su corazón latía más deprisa–. Ya tuve que hacerlo en una ocasión, y sé lo duro que es. Y ya que he tenido que secuestrar un coche fúnebre y cometer varias infracciones de tráfico para encontrarte, no quiero dejar que te vayas. Al menos hasta que haya dicho lo que quiero decir... empezando por pedirte disculpas.

–Kit, no tienes por qué...

–He estado practicando todo el camino desde Alnburgh –interrumpió Kit mientras frotaba con delicadeza las lágrimas de las mejillas de Sophie–, así que te agradeceré que me escuches sin interrumpirme. He visto a Jasper.

–¡Oh! ¿Y?

Kit frunció el ceño.

–Me horroriza... –Sophie abrió la boca para protestar, pero él la silenció con un beso–... que haya podido pensar durante tanto tiempo que no lo aprobaría. ¿Acaso soy tan miserable?

Sophie dejó escapar una risita.

–Estás preguntando a la persona equivocada.

Kit dejó caer las manos a los lados y la miró con expresión desolada.

–Lo siento tanto, Sophie... He pasado mi vida desconfiando de todo el mundo, algo que se había convertido en una costumbre hasta que me he enterado de lo que te hizo Olympia en el colegio y he querido retorcerle el cuello. En ese momento he comprendido que confiaba por completo en ti.

–Pero lo de Sergio... creía que...

Kit volvió a abrazar a Sophie, que pudo sentir los latidos de su corazón.

–Estaba demasiado celoso como para pensar con claridad. Lo único que quería era destrozarlo. Sé que es una tontería, pero no puedo evitarlo. Te quiero para mí solo.

Sophie lo miró a los ojos, maravillada.

–¿De verdad?

Como respuesta, Kit la besó con tal ternura que Sophie se sintió como si le estuviera acariciando el alma.

–Nunca funcionará –murmuró contra su boca–. No soy lo suficientemente buena para ti.

–Creo que ya hemos dejado claro que eres demasiado buena para mí –replicó Kit antes de besarla en la comisura de los labios, en la barbilla...

Sophie cerró los ojos, extasiada.

–Socialmente, me refiero. No soy nadie. Sería un

desastre para tu carrera, entre las esposas de los demás oficiales...

Kit alzó el rostro y su mirada pareció iluminarse debido a una de luz interior.

—Las eclipsarás —dijo con suavidad—. Querrán odiarte por ser tan guapa, pero no podrán. Y ahora, ¿tienes más objeciones?

—No.

—En ese caso —dijo Kit a la vez que la tomaba de la mano—, vamos a buscar el hotel más cercano.

—Pero creía que debías reincorporarte...

—Tengo tres semanas de permiso por la muerte de mi padre, y no pienso desaprovechar ni un segundo.

Epílogo

ERA UN pequeño artículo en la sección de propiedades de uno de los periódicos del domingo. Sophie dio un gritito mientras comía un cruasán con mermelada de fresa en la deshecha cama que se había convertido en su mundo durante casi tres semanas.

—¡Escucha esto!

Inesperado giro en el caso de la herencia de los Fitzroy.

Tras la muerte de Ralph Fitzroy, octavo conde de Hawksworth y dueño de la finca de Alnburgh, ha salido a la luz que el heredero esperado no va a ser quien reciba la herencia. Fuentes cercanas a la familia han confirmado que el heredero será Jasper Fitzroy, el hijo del segundo matrimonio del conde, y no su hermano mayor, el comandante Kit Fitzroy. Este recibió recientemente la medalla George por la valentía demostrada en el cumplimiento de su deber. Sin embargo, es posible que el valor le fallara a la hora de ocuparse de la herencia. Según los habitantes de Alnburgh, las propiedades han estado muy desatendidas en los últimos años y el próximo dueño tendrá que enfrentarse a una pesada carga financiera. A pesar de que se ru-

morea que Kit Fitzroy posee una considerable for-
tuna personal, puede que esta sea una misión de
rescate de la que no quiera ocuparse...

Sophie dejó a un lado el periódico y miró a Kit con
una traviesa sonrisa en los labios.

–Así que una «considerable fortuna...» –murmuró
mientras le besaba un hombro–. Me gusta cómo suena
eso.

Aún adormecido, Kit arqueó una ceja.

–Lo sabía –dijo con un suspiro–. No eres más que
una cazafortunas...

–Tienes razón. Pare ser sincera, lo único que me
interesa es tu dinero y tu maravillosa casa en Chelsea
–abarcó con un gesto del brazo el dormitorio y sus
vistas a un precioso jardín exterior–. Por eso decidí
soportar tu aburrida personalidad y tu aspecto, que
tampoco es nada del otro mundo. Por no mencionar tu
decepcionante actuación en la cama...

Sophie dejó escapar un gritito cuando Kit deslizó
una mano entre sus muslos.

–Disculpa... ¿qué estabas diciendo?

–Estaba... diciendo... –Sophie dejó escapar un nuevo
gritito, más cercano al ronroneo–... que solo me interesa tu dinero –Kit vio cómo se oscurecía su mirada
cuando sus caricias se fueron volviendo más y más ín-
timas–. Siempre he querido ser el juguete de un hombre rico...

Kit se irguió apoyándose en un codo para poder
verla mejor. Sin maquillaje, con su maravilloso pelo
extendido sobre la almohada, le pareció lo más bello
del mundo.

–¿Y no quieres ser la esposa de un hombre rico?

–preguntó mientras se inclinaba para besarla en el cuello.

–Oh, no. Si estamos hablando de matrimonio, buscaría un título además de una fortuna –la voz de Sophie se volvió más ronca cuando Kit le mordisqueó el lóbulo de la oreja–. Y unas considerables propiedades que lo acompañaran.

Kit sonrió.

–De acuerdo. Es bueno saberlo. Ya que carezco de títulos y propiedades, probablemente no tenga ningún sentido preguntártelo...

–Bueno, puede que aún haya espacio para la negociación –replicó Sophie de inmediato–. Y yo diría que en estos momentos estás en una situación ideal para negociar...

–Sophie Greenham –dijo Kit con solemnidad–, te amo porque eres lista, preciosa, sincera, leal...

–Los halagos te llevarán muy lejos –Sophie cerró los ojos mientras los dedos de Kit seguían acariciándola íntimamente entre los muslos–. Y puede que con tus atenciones consigas el resto...

Kit sintió que su pecho se contraía mientras la miraba.

–Te amo porque crees que es mejor invertir en lencería que en ropa, y porque eres valiente, graciosa y muy sexy... y me preguntaba si querrías casarte conmigo.

La sonrisa que distendió el rostro de Sophie fue de pura e incrédula felicidad. Fue como ver salir el sol.

–Sí –susurró–. Sí, por favor...

Creo que es justo que te advierta que he sido desheredado por mi familia...

Sophie tomó el rostro de Kit entre sus manos y lo miró con ojos brillantes.

–Podemos tener nuestra propia familia.

Kit frunció el ceño y apartó un mechón de pelo de la mejilla de Sophie. De pronto, la emoción hizo que le costara hablar.

–No tengo título, ni castillo, ni tierras que ofrecerte...

Ella rio y lo abrazó.

–Te aseguro que no quiero que nada sea distinto...

BIANCA™

INDIA
GREY

EN LA CAMA CON UN EXTRAÑO

Prólogo

Londres, marzo

Era solo un pequeño artículo en uno de los periódicos del domingo. Mientras comía un panecillo con mermelada de frambuesa sentada sobre las sábanas arrugadas de la cama en la que llevaba viviendo las tres últimas semanas, Sophie dio un grito.

—¡Escucha esto! «Inesperado cambio en la herencia de los Fitzroy. Después del reciente fallecimiento de Ralph Fitzroy, octavo conde de Hawksworth y dueño del castillo de Alnburgh, se ha revelado que el heredero no va a ser su primogénito, el comandante Kit Fitzroy. Fuentes cercanas a la familia han confirmado que la finca, que incluye el castillo de Northumberland así como las propiedades inmobiliarias que el conde poseía en Chelsea, va a pasar a manos de Jasper Fitzroy, el hijo más joven de este, de su segundo matrimonio».

Sophie se metió el último bocado de panecillo en la boca y continuó leyendo:

—«El comandante Fitzroy, miembro de las fuerzas armadas, ha recibido recientemente la Cruz de San Jorge como premio a su valentía. No obstante, es probable que le faltase valor a la hora de ocuparse de Alnburgh. Según los vecinos, durante los últimos años se ha descuidado mucho el mantenimiento de la finca, lo que deja a su siguiente dueño con una enorme carga financiera. A pesar de que se rumorea que Kit Fitzroy tiene un importante patrimonio personal, tal vez no quiera emplearlo en esta misión de rescate en concreto».

Dejó a un lado el periódico y, mientras se chupaba la mermelada de los dedos, miró a Kit de reojo.

–¿Un importante patrimonio personal? –dijo mientras se metía debajo de las sábanas y le daba un beso en el hombro–. Me gusta cómo suena.

Kit, todavía somnoliento, arqueó una ceja.

–Lo sabía –comentó suspirando y mirándola a los ojos–. No eres más que otra cínica y superficial cazafortunas.

–Tienes razón –le dijo Sophie, asintiendo muy seria y apretando los labios para evitar sonreír–. Si te soy sincera, es cierto que solo me interesa tu dinero, y la impresionante casa que posees en Chelsea. Por eso decidí soportar tu aburrida personalidad y tu mediocre imagen. Por no mencionar tu decepcionante faceta como amante...

Y luego dio un grito ahogado al notar que él le metía la mano entre los muslos.

–Perdona, ¿decías algo?

–Decía... que solo me interesa tu... dinero –le contestó ella mientras notaba cómo Kit iba subiendo la mano–. Siempre he querido ser el juguete de un hombre rico.

Él se apoyó en un codo para verla mejor. Tenía la melena extendida sobre la almohada, de un tono pelirrojo más suave que cuando la había visto por primera vez en el tren, e iba sin maquillar. Estaba más guapa que nunca.

–¿No querrás decir la esposa de un hombre rico? –le preguntó, inclinándose a darle un beso en el escote.

–Ah, no. Si hablamos de matrimonio, querría un título además de dinero –contestó Sophie con voz ronca–. Y una finca inmensa...

Él sonrió, se tomó su tiempo, aspiró el olor de su piel.

–Me alegra saberlo. Dado que ni tengo títulos ni fincas, no me molestaré en pedirte que te cases conmigo.

Notó que se ponía tensa y que daba un pequeño grito de sorpresa.

–Bueno, tal vez pudiésemos negociarlo –le dijo Sophie casi sin aliento–. Y yo diría que en estos momentos estás en una buena posición para hacerlo...

–Sophie Greenham –respondió Kit muy serio–. Te amo porque eres bella, lista, sincera y leal...

–Con halagos llegarás muy lejos –comentó ella suspirando y cerrando los ojos al notar su mano en el sexo–. Y con eso probablemente consigas el resto...

A Kit se le encogió el pecho al mirarla.

–Te quiero porque piensas que es mejor invertir en lencería que en ropa, y porque eres valiente, divertida y sexy, y me preguntaba si querrías casarte conmigo.

Sophie abrió los ojos y lo miró. Su sonrisa fue de felicidad. Fue como ver un amanecer.

—Sí —susurró, mirándolo con los ojos brillantes—. Sí, por favor.

—Creo que es justo que sepas que he sido desheredado por mi familia...

Ella tomó su rostro con ambas manos.

—Formaremos nuestra propia familia.

Kit frunció el ceño y le apartó un mechón de pelo de la mejilla, de repente, tenía un nudo en la garganta y casi no podía hablar.

—No puedo ofrecerte ni título, ni castillo, ni tierras.

Ella se echó a reír y lo abrazó.

—Créeme, no podría ser de ninguna otra manera...

Capítulo 1

Cinco meses después.
Base militar británica, campo de operaciones.
Jueves, 6.15h.

El sol se estaba elevando, tiñendo el cielo de rosa y la arena de dorado. Kit se frotó los ojos llenos de arena, agotados, observó el desierto y se preguntó si seguiría vivo al atardecer.

Había dormido una hora, como mucho dos, y había soñado con Sophie. Al despertarse en la oscuridad, su cuerpo estaba tenso de deseo frustrado, su mente había empezado a dar vueltas, y todavía había sido capaz de recordar el olor de su piel.

Casi habría preferido sufrir insomnio.

Cinco meses. Veintidós semanas. Ciento cincuenta y cuatro días. Debía haber dejado de tener ansias de ella, pero, muy al contrario, el anhelo era cada día más intenso, más imposible de ignorar. No la había llamado por teléfono, ni siquiera aunque las ganas de oír su voz le hubiesen quemado por dentro, ya que sabía que eso solo habría servido para avivar más el fuego. Y que nada de lo que pudiese decirle, estando a seis mil kilómetros de distancia, sería suficiente.

Solo un día más.

En veinticuatro horas estaría saliendo de allí. Volviendo a casa. Entre los hombres de su unidad reinaba una especie de emoción contenida, una mezcla de alivio y euforia que llevaba toda la semana creciendo.

Era un sentimiento que Kit no compartía.

Llevaba mucho tiempo trabajando en la desactivación de explosivos. Siempre había pensado que era un trabajo más; un trabajo sucio, incómodo, retador, agotador, adictivo y necesario. Pero eso había sido cuando había pensado en vez de sentir. Cuando sus emociones habían estado sanas y salvas, enterradas en algún lugar tan profundo que ni siquiera sabía que existían.

En esos momentos, todo era diferente. No era quien había pensado que era gracias a las mentiras que el hombre al que había llamado «padre» le había contado durante toda su vida, pero, además, amar a Sophie había hecho que se abriese y revelase partes de él que no había sabido que existían. Así que en esos momentos aquel trabajo le parecía todavía más sucio, tenía más cosas en juego y las posibilidades eran menos. Muchas menos.

Un día más. ¿Le duraría la suerte un día más?

—Comandante Fitzroy. Café, señor. Estamos casi preparados para salir de aquí.

Kit se giró. Sapper Lewis acababa de salir de la tienda que servía de comedor y avanzaba hacia él, derramando el café por el camino. Era un muchacho de diecinueve años lleno de vida que hacía sentirse a Kit como un viejo. Tomó la taza e hizo una mueca después de beber.

–Gracias, Lewis. Hay hombres que tienen curvilíneas secretarias que les llevan el café por la mañana. Yo te tengo a ti, que me traes algo que sabe a agua sucia.

Lewis sonrió.

–Me echará de menos cuando volvamos a casa.

–Sinceramente, lo dudo –le contestó Kit dando otro sorbo antes de tirar el resto del líquido al suelo y alejarse.

Vio ponerse serio a Lewis por primera vez.

–Por suerte, serás mucho mejor soldado de infantería que barman –le dijo por encima del hombro–. Tenlo en mente cuando volvamos a casa.

–¡Sí, señor! –le respondió Lewis, corriendo detrás de él–. Y quería decirle que ha sido estupendo trabajar con usted, señor. He aprendido un montón. Antes de este viaje no estaba seguro de querer quedarme en el ejército, pero al verlo trabajar he decidido que quiero dedicarme a desactivar explosivos.

Kit dejó de andar. Se frotó la mandíbula y se giró.

–¿Tienes novia, Sapper?

Lewis cambió el peso de su cuerpo de un pie a otro, su gesto era una mezcla de orgullo y vergüenza. Tragó saliva.

–Sí. Kelly. Vamos a tener un bebé dentro de dos meses. Y voy a pedirle que se case conmigo.

Kit frunció el ceño y miró hacia el horizonte.

–¿La quieres?

—Sí, señor —respondió el chico cuadrándose—. No hace mucho que salimos juntos, pero... sí. La quiero.

—Entonces, te voy a dar un consejo. Mejor aprende a preparar un café decente y busca un empleo en Starbucks, porque el amor y la desactivación de explosivos no son compatibles —le advirtió, devolviéndole la taza—. Ahora, vamos a salir de aquí y vamos a hacer lo que tenemos que hacer para poder volver a casa.

—Lo siento, llego tarde.

Sonriendo de oreja a oreja, sin mostrar ni el más mínimo arrepentimiento, e intentando no tirarle a nadie la cerveza con las bolsas, Sophie se dejó caer en el sillón que había enfrente del de Jasper, frente a una pequeña mesa de metal.

Él miró las bolsas y arqueó las cejas.

—Veo que te has parado a hacer algunas compras... —comentó, al ver que una de las bolsas era de una tienda erótica que había en Covent Garden—. Kit se va a llevar toda una sorpresa al volver a casa.

Ella metió las bolsas debajo de la mesa, dejó el ramo de flores que acababa de comprar a su lado e intentó no sonreír como una tonta.

—Me acabo de gastar una indecente cantidad de dinero —admitió, tomando la carta y colocándose las gafas de sol en la cabeza para leerla.

Jasper había elegido una mesa a la sombra, debajo de un toldo de color rojizo, que hacía que pareciese que su tez pálida tenía algo más de color. Era tan distinto de Kit que era increíble que ambos hubiesen creído que eran hermanos durante tanto tiempo.

–En algún objeto indecente, a juzgar por la tienda en la que lo has comprado –replicó Jasper, intentando mirar dentro de la bolsa.

–Es solo un camisón –le dijo ella, con la esperanza de que no sacase la pequeña prenda de seda plateada delante del restaurante más concurrido de Covent Garden–. Lo he visto y como acaban de pagarme la película de vampiros, y Kit vuelve a casa mañana... Aunque la verdad es que era demasiado caro.

–No seas tonta. Los días de comprar ropa de segunda mano y de buscar la comida más barata del supermercado se han terminado, querida –dijo Jasper, buscando al camarero con la mirada–. Solo faltan unas horas para que Kit vuelva a casa y te conviertas en su prometida a tiempo completo. ¿Tienes planeada alguna fiesta salvaje?

–Eso lo reservo para cuando él llegue, en unas... –Sophie se miró el reloj– veintiocho horas. Veamos... allí son cinco horas más, así que en estos momentos debe de estar terminando su último turno.

Jasper debió de darse cuenta de que estaba nerviosa, porque le tocó la mano.

–No lo pienses –le dijo con firmeza–. Lo has hecho estupendamente. Yo me hubiese vuelto loco de la preocupación si hubiese sido Sergio quien hubiese estado allí, lidiando con la muerte todos los días. Eres muy valiente.

–Nada que ver con Kit –respondió ella, con la garganta seca de repente.

Intentó imaginárselo en esos momentos, sudoroso, sucio, agotado. Llevaba cinco meses al frente de un batallón, pensando en sus hombres antes de pensar en sí mismo. Sophie quería que volviese a casa para cuidarlo.

Entre otras cosas.

—¿Soph?

—¿Qué? Ah, lo siento —dijo al darse cuenta de que el camarero estaba esperando a que pidiese.

Se decidió por una ensalada y el camarero se marchó balanceando las caderas entre las mesas.

—Kit está acostumbrado —comentó Jasper en tono ausente, con la vista clavada en él—. Lleva años haciéndolo. Por cierto, ¿cómo está?

—Parece que está bien, ya sabes —mintió Sophie—, pero quiero que me hables de ti. ¿Ya estáis Sergio y tú preparados para mudaros?

Jasper apoyó la espalda en su sillón y se pasó las manos por el rostro.

—Hemos empezado a empaquetar cosas y, créeme, nunca había estado tan preparado para algo. Después de todo lo ocurrido durante los últimos seis meses: la muerte de papá, la sorpresa de que fuese yo quien heredase Alnburgh y no Kit... Estoy deseando subirme al avión y dejar todo atrás. Tengo planeado pasarme tres meses tumbado en el bordillo de la piscina, bebiendo cócteles mientras Sergio trabaja.

—Si no te conociese, pensaría que querías darme envidia.

—Pues sí, eso quería —respondió Jasper sonriendo—. ¿Lo he conseguido?

–No –respondió ella, mientras el camarero le dejaba delante un gin-tonic–. Lo de la piscina y los cócteles suena muy bien, pero, sinceramente, por primera vez en mi vida solo quiero estar aquí. Bueno, aquí, no. Quiero decir en casa, con Kit.

Jasper la miró con los ojos entrecerrados.

–¿No te habrán abducidos los marcianos? Aunque debería de haber una explicación más lógica para semejante cambio. Has pasado de ser una chica a la que le asustaba tanto el compromiso que ni siquiera tenía contrato de teléfono, a ser una mujer que solo desea... lavar y tender la ropa, o algo parecido. No sé que ha podido ser...

–El amor –le dijo Sophie sonriendo–. Y, tal vez, que me he pasado toda la vida yendo de un lado a otro y por eso ahora quiero quedarme quieta. Quiero un hogar.

–Bueno, pues la casa de Kit en Chelsea será un buen comienzo –comentó Jasper, extendiendo paté en una tostada–. En cualquier caso, es mejor que Alnburgh. Te has librado de milagro.

–Es verdad. Entonces, ¿os mudaréis allí cuando volváis de Los Ángeles?

Jasper hizo una mueca.

–Claro que no. No me imagino a Sergio buscando foie gras por el pueblo y preguntando si tienen el último número de la revista *Empire*.

Sophie dio un trago a su copa y sonrió. Jasper tenía razón; Sergio había ido a Alnburgh para el funeral de Ralph y había estado completamente fuera de lugar.

–Entonces, ¿qué vais a hacer con la finca?

Aquel lugar le interesaba mucho más desde que sabía que no iba a tener que ir a vivir entre sus fríos muros de piedra.

–No lo sé –le contestó él suspirando–. La situación jurídica es incomprensible y la económica, todavía peor. Es todo un caos. Aún no he perdonado a papá por haber lanzado semejante bomba en su testamento. El hecho de que Kit no fuese su hijo natural es solo un detalle técnico, ya que creció en Alnburgh y se ha hecho cargo de la finca casi él solo durante los últimos quince años. Imagino que si a mí me ha molestado cómo se han hecho las cosas, a él le ha debido de sentar todavía peor. ¿Te ha mencionado algo en sus cartas?

Sophie negó con la cabeza sin mirarlo a los ojos.

–No, no me ha dicho nada.

Lo cierto era que casi no le había contado nada. Antes de marcharse, le había dicho que las llamadas de teléfono eran frustrantes y que era mejor evitarlas, así que Sophie no había esperado que la llamase, aunque no había podido evitar sentirse decepcionada al ver que no lo había hecho. Ella le había escrito varias veces por semana, cartas largas, llenas de noticias y de anécdotas tontas y le había dicho lo mucho que lo echaba de menos. Las respuestas de Kit, por su parte, habían sido escasas, breves e impersonales, y la habían hecho sentirse todavía más sola que si no le hubiese escrito.

–Solo espero que no me odie demasiado –añadió Jasper con tristeza–. Alnburgh lo era todo para él.

–No seas tonto. No es culpa tuya que la madre de Kit se fuese con otro cuando este era solo un niño, ¿no? Y, de todos modos, eso es ya parte del pasado y, como diría mi madre, todo lo que ocurre tiene un motivo. Si Kit fuese el heredero, yo no podría casarme con él. Necesitaría una esposa con cara de caballo y su propia herencia, y tendrían que tener un hijo en un plazo máximo de tres años. Yo no puedo darle nada de eso.

–Bueno, te acercas más que Sergio. Al menos, podrías darle un heredero.

–No estés tan seguro.

A Sophie le temblaron la voz y la sonrisa y se llevó una mano a la boca. Al otro lado de la mesa, Jasper la miró horrorizado.

–¿Soph? ¿Qué ocurre?

Ella tomó su copa y le dio un trago. La ginebra estaba fría, amarga, rica. Le dio la sensación de que le aclaraba la cabeza, aunque no debió de ser más que una ilusión.

–Nada. Ya he ido al médico a contarle que mi periodo es un infierno mensual, eso es todo.

Jasper abrió mucho los ojos.

–¿Seguro que no es nada, Soph?

–No, nada serio. Lo que yo pensaba, una endometriosis. La buena noticia es que no voy a morirme de eso, pero la mala es que no tiene cura y que es posible que tenga problemas para quedarme embarazada.

–Oh, cielo. No tenía ni idea de que tener hijos fuese tan importante para ti.

–Ni yo, hasta que conocí a Kit –admitió ella, volviendo a bajarse las gafas de sol, como si necesitase esconderse detrás de algo–. Y hasta que me han confirmado que va a ser difícil que los tenga. Aunque el médico me ha dicho que no es imposible, solo que tal vez tarde más tiempo en quedarme embarazada y que cuanto antes lo intente, mejor.

Él alargó la mano para tomar la suya.

–¿Y cuándo vas a empezar a intentarlo?

Sophie volvió a mirar su teléfono y luego lo miró a él con una sonrisa en los labios.

–Dentro de veintisiete horas y media.

Su mano tembló ligeramente al acercarse con cuidado al reloj. Sentado en una silla de plástico de la sala de espera de la Unidad de Cuidados Intensivos, observándolo con ojos cansados, Kit pensó que no sobreviviría ni un minuto más.

No era una sensación nueva.

La tenía desde esa tarde, hora inglesa, cuando por fin había aterrizado el helicóptero médico de emergencia para llevarse al soldado Lewis a casa. Sedado y en estado de inconsciencia, con balas en la cabeza y en el pecho.

Kit enterró la cabeza entre las manos. Volvió a sentirse aturdido.

–¿Café, comandante Fitzroy?

Él se incorporó de nuevo. La enfermera que tenía delante llevaba un delantal de plástico azul y le sonreía con dulzura, ajena a la angustia que le acababa de causar su pregunta. Kit apartó la vista y apretó los dientes.

–No, gracias.

–¿Quiere algo para el dolor?

Kit se giró con los ojos entrecerrados. ¿Sabía la enfermera que él era el causante de que Lewis estuviese en la habitación de al lado, conectado a varias máquinas mientras su madre le agarraba la mano y lloraba en silencio y su novia, de la que él había hablado con tanto orgullo, mantenía los aterrados ojos apartados de la escena?

–Sé que le han visto la cara en el hospital de campaña, pero la medicación que le han dado ya ha debido de dejar de hacerle efecto –le dijo ella, mirándolo de manera compasiva–. Tal vez las heridas sean solo superficiales, pero también pueden ser muy dolorosas.

–Parecen más graves de lo que son –respondió él–, pero con un whisky sería suficiente para curarlas.

La enfermera sonrió.

–Me temo que eso no puedo dárselo aquí, pero puede marcharse a casa si quiere –le contestó, dirigiéndose hacia la puerta de la habitación de Lewis y deteniéndose con la mano en el pomo–. Ya está aquí su familia. Usted ha cuidado del chico durante cinco meses, comandante. Es hora de que cuide de usted mismo.

Kit pudo ver un instante la figura inerte que yacía en la cama antes de que la puerta volviese a cerrarse. Expiró con fuerza, se sentía culpable.

A casa.

Con Sophie.

Solo de pensar en ella estuvo a punto de perder el poco autocontrol que le quedaba. Volvió a mirarse el reloj y se dio cuenta de que, aunque llevaba horas mirándoselo, no tenía ni idea de qué hora era.

Casi las seis de la tarde y estaba a casi cuatrocientos cincuenta kilómetros de casa. Se puso en pie, de repente, necesitaba estar con ella. Necesitaba sentir su abrazo, perderse en su dulzura y olvidar...

Detrás de él se abrió una puerta que lo devolvió al presente. Kit se giró y vio a la novia de Lewis salir de la habitación. Tenía los hombros caídos y el vientre henchido desproporcionado en comparación con el resto de su cuerpo. Se dejó caer contra la pared, parecía muy joven.

–No nos dicen nada. Solo quiero saber si va a ponerse bien –dijo en tono desafiante, pero con miedo en la voz–. ¿Va a ponerse bien?

–Según el médico, ya ha pasado lo peor –le respondió Kit–. Si un soldado sobrevive al transporte aéreo, la probabilidad de que sobreviva es del noventa y siete por ciento.

La chica frunció el ceño.

–No me refiero a si va a sobrevivir, sino a si va a ponerse bien. Quiero decir, si va a volver a la normalidad. Porque si no es así, no creo que pueda soportarlo... –dijo, pero la voz se le quebró y volvió la cara–. Ni siquiera nos conocemos tanto. No llevábamos mucho tiempo juntos cuando ocurrió esto –añadió, señalándose el vientre–. No lo planeamos, pero, como dice mi madre, fue culpa mía. Y tengo que aceptarlo. Pero ¿y esto? Si se queda... no sé... herido, tendré que aceptarlo también, ¿no? Pero ¿de quién es la culpa?

«Mía», quiso decirle Kit. «Toda mía».

¿Y qué derecho tenía él a olvidarlo?

Sophie abrió los ojos.

Se quedó inmóvil, mirando hacia la oscuridad de aquella noche de verano, en alerta, escuchando a ver si volvía a oír el sonido que la había despertado.

Tal vez no hubiese sido ni siquiera un sonido. Tal vez hubiese sido solo una sensación. ¿O un sueño? O un instinto...

Se sentó con el vello del cuello erizado y un zumbido en los oídos, pero en el exterior solo se oían los sonidos de todas las noches: el tráfico de King's Road, una sirena a lo lejos, un coche aparcando en la esquina.

Y entonces oyó algo más cerca, dentro de la casa. Un ruido sordo, como si hubiesen dejado caer algo, seguido por los pasos de una persona subiendo lentamente las escaleras.

Sophie se quedó helada.

Luego juró entre dientes, apartó las sábanas y fue hacia los pies de la cama, buscando desesperadamente un arma y deseando tener a mano un bate de béisbol o algo parecido. El corazón se le iba a salir del pecho. No tenía nada a mano con lo que rechazar el ataque de un intruso, y entonces se dio cuenta de que podía haberse metido debajo de la cama...

Vio una figura en la puerta. Ya era demasiado tarde para esconderse.

–No se mueva –espetó–. Tengo un arma.

El intruso dejó escapar algo parecido a un suspiro y dio un paso al frente.

–En el lugar del que vengo no llamamos a eso arma. Lo llamamos mando a distancia.

Era una voz ronca de cansancio, muy sexy y, sobre todo, conocida.

–¡Kit!

Fue una mezcla entre grito de júbilo y sollozo. En una décima de segundo, Sophie se había bajado de la cama y había corrido a sus brazos, abrazándolo con las piernas por la cintura, besándolo. Empezaron a formarse preguntas en su mente, pero volvieron a disolverse con la necesidad de sentirlo y tocarlo y seguir besándolo...

Kit la tumbó en la cama sin romper el hambriento beso.

Sophie enterró las manos en su pelo y se sintió fuerte. Kit olía a tierra y a antiséptico, pero por debajo de esos olores había otro que la volvía loca: su propio olor a cedro, que tanto había echado de menos.

–Pensé... –le dijo– que no volvías a casa... hasta mañana.

Él volvió a besarla.

–Pues ya estoy aquí –le contestó.

En esos momentos, los dos juntos en la cama, aquello era lo único que importaba.

Ella vio que le brillaban los ojos y eso la excitó todavía más. Se puso de rodillas y se quitó la camiseta, y Kit gimió en voz baja al ver que su cuerpo desnudo se acercaba a él.

—¿Estás bien? —le preguntó Sophie mientras le desabrochaba la camisa con dedos temblorosos.

—Sí —rugió Kit mientras se apartaba para sacarse la camisa de los pantalones y quitársela por la cabeza.

En ese momento le iluminó el rostro la luz que entraba por la calle a través de las cortinas y Sophie dio un grito ahogado.

—No, estás herido. Kit, tu cara...

Se puso en pie y alargó las manos hacia él para tomarle el rostro y acariciárselo con ternura.

Él se apartó.

—No es nada.

La abrazó por la cintura y volvió a besarla. Y Sophie sintió su pecho desnudo contra los de ella y eso borró toda su preocupación, solo pudo pensar en tenerlo dentro y en olvidar los últimos ciento cincuenta y cuatro días.

Notó sus manos calientes en la espalda, acariciándola con seguridad mientras ella intentaba desabrocharle el cinturón con manos temblorosas, impaciente por deshacerse de las últimas barreras que los separaban. Dio un pequeño grito triunfal cuando lo consiguió. Kit se quitó los pantalones a patadas y ambos volvieron a caer sobre la cama.

Nada salió como Sophie había planeado. No hubo champán, ni camisón de seda, ni seducción, ni conversación, solo piel, manos y un deseo tan grande que le daba la sensación de que la iba a partir por la mitad.

Ya tendrían tiempo para hablar. Después. Al día siguiente.

Aquel era el mejor modo de salvar los espacios, de decirle lo que quería que supiera, de llegar a él. Como la primera vez que habían hecho el amor, la noche que Kit se había enterado de que Ralph Fitzroy no era su padre. No había podido decirle nada porque había sido una situación demasiado importante, demasiado compleja, pero que había quedado en nada durante unos minutos frente a la llama de su pasión.

El cuerpo de Kit estaba tenso, sus hombros parecían de hormigón. Ambos estaban temblando, pero cuando la penetró, Sophie notó cómo empezaba a relajarse y se sintió bien. Lo abrazó por el cuello, apoyó la frente en la de él, notó su aliento, su piel, y estuvo a punto de llegar inmediatamente al clímax. Todo su cuerpo tembló, ardió, pero se contuvo, apretó los músculos alrededor de él.

Kit gimió y se sentó sin separarse de ella, que lo abrazó con las piernas por la cintura y notó cómo la invadía el placer. Se dejó llevar, arqueó la espalda para aumentar todavía más la presión y gimió.

Él esperó a que hubiese terminado antes de volver a empezar a moverse. Sophie enterró los dedos en su pelo y balanceó la pelvis hasta notar que se ponía tenso.

Volvieron a caer juntos en la cama. Sophie lo abrazó, miró hacia la oscuridad y sonrió.

Capítulo 2

K IT DESPERTÓ de repente, presa del pánico.

Tardó un par de segundos en darse cuenta de que era de día y de que estaba tumbado entre unas sábanas limpias y suaves. Sophie estaba a su lado, abrazada a él.

No estaba andando por un camino polvoriento ni tenía delante un puente con una bomba debajo, por lo que debía de haber tenido una pesadilla. Eso significaba que había dormido, todo un milagro después de ciento cincuenta y cuatro largas noches de insomnio.

Cambió de postura con cuidado para poder ver el rostro dormido de Sophie y estiró las piernas. Se le encogió el corazón. Era preciosa. El sol del verano había salpicado sus mejillas de pecas y le había dado un tono más cremoso. O tal vez hubiese sido lo ocurrido la noche anterior. Su erección matutina aumentó al recordarlo y bajó la vista a la boca de Sophie.

Tenía esbozada una ligera sonrisa.

Profundamente dormida, parecía tranquila y contenida, como si estuviese viajando por lugares ma-

ravillosos a los que él jamás podría seguirla, llenos
de gente a la que no conocía. En sus sueños no había carreteras desiertas.

La luz que entraba por entre las cortinas hacía
que brillase su hombro desnudo y creaba un halo alrededor de su pelo. Kit tomó un sedoso mechón y
se lo enredó en el dedo, recordando una de las últimas veces en las que, tumbado a su lado, le había
pedido que se casase con él.

Qué loco. Qué egoísta y qué estúpido.

Podría haberle ocurrido cualquier cosa. Pensó en
la novia de Lewis y se le encogió el estómago. ¿Y
si hubiese sido él en vez de Lewis? Antes de marcharse solo había estado tres semanas con Sophie.
Tres semanas. ¿Cómo habría podido esperar que si-
guiese a su lado toda una vida cuando casi no la conocía?

Dejó caer el mechón de pelo sobre su hombro,
pero dejó la mano donde la tenía y cerró el puño
con fuerza.

Con mucha fuerza.

Pero no pudo evitar sentirse aturdido ni que su
cabeza volviese a llevarlo a la polvorienta carretera,
al horrible silencio, al modo en que habían tem-
blado sus manos al cortar el cable.

Y a los disparos.

Se sentó y juró entre dientes. Se pasó una mano
por el rostro y se hizo daño al tocar una de las heridas que tenía en la mejilla.

Estaba en casa, con Sophie. ¿Por qué se sentía

como si todavía estuviese en la guerra, y más lejos de ella que nunca?

Sophie se detuvo en la puerta de la cocina.

Kit estaba sentado a la mesa, con un café y el montón de cartas que habían llegado en su ausencia. Llevaba puestos unos pantalones vaqueros, pero no llevaba camisa y tenía el torso muy moreno. A Sophie se le encogió el estómago.

–Hola.

Había salido de la cama de un salto, se había lavado los dientes a toda velocidad y se había puesto crema hidratante con color en las mejillas antes de bajar corriendo las escaleras. Y lo único que se le ocurría decir era «hola». Y en un susurro.

Kit levantó la vista, la luz de la mañana iluminaba su rostro magullado. Parecía agotado, pero estaba muy guapo.

–Hola.

–Así que eres real –añadió Sophie, atravesando la cocina para llenar la tetera–. Pensé que lo había soñado. No sería la primera vez.

Se interrumpió antes de parecer una novia loca, obsesiva. Y luego le preguntó en tono de broma:

–¿Te han dejado venir un día antes por buen comportamiento?

–Por desgracia, no –respondió él, dejando la carta que había estado leyendo y pasándose una mano por el pelo, todavía húmedo de la ducha–.

Uno de mis hombres resultó gravemente herido ayer.
Y me vine a casa con él.

–Oh, Kit, cómo lo siento –comentó Sophie sinceramente apenada–. ¿Cómo está?

–Mal –respondió en tono neutro, volviendo a bajar la vista.

Sophie le acarició la mejilla.

–¿Qué ocurrió? –le preguntó–. ¿Fue una explosión?

Él no respondió inmediatamente.

–Sí...

Kit frunció el ceño y, por un instante, Sophie
pensó que iba a decir algo más, pero lo vio mirarla
y sonreír con frialdad.

Ella tomó la silla que había a su lado y se sentó.

–¿Cómo de grave está?

–Es difícil de saber. Parece que va a sobrevivir,
pero es demasiado pronto para saber cómo va a
quedar –le contestó él, luego hizo una mueca–. Solo
tiene diecinueve años.

–Es solo un niño –murmuró ella.

La tetera pitó y Sophie tomó su mano. Quería
que se abriese a ella.

–Has hecho bien quedándote con él, seguro que
lo ha ayudado, al chico y a su familia, saber que alguien lo estaba cuidando...

Kit se puso de pie bruscamente y Sophie tuvo
que soltarle la mano.

–¿Café?

–Sí, por favor –respondió dolida, pero intentando
que no se le notase–. Lo siento, pero solo hay solu-

ble. Iba a ir a hacer la compra hoy, para cuando volvieras.

Pensó en todos los planes que había hecho para cuando Kit regresase a casa, la comida, el camisón de seda...

Pero la realidad estaba siendo algo distinta.

–¿Qué has estado comiendo? –preguntó él–. Quería prepararte el desayuno, pero los armarios están vacíos.

–Suelo comer cualquier cosa –contestó ella, levantándose–. Mira, hay pan... y crema de chocolate.

Kit se sintió culpable, aunque intentase ocultarlo, era evidente que Sophie estaba dolida. Había intentado llegar a él, hablarle como un ser humano normal, y él se había comportado como si hubiese hecho algo malo.

Sophie lo tenía sobrevalorado. En muchos aspectos.

La miró. Estaba poniendo pan a tostar, estaba despeinada y solo llevaba puesta una de sus camisas viejas, que debía de haber sacado de uno de sus cajones. Se le encogió el pecho de remordimiento y de deseo. No era lo suficientemente valiente como para romper todas sus ilusiones acerca de él, pero al menos intentaría compensarla por ser un cerdo insensible.

Le quitó el frasco de la mano y lo abrió. Miró en su interior y luego la miró a ella con una ceja arqueada.

–¿De verdad te comes esto?

Ella se encogió de hombros y sacó un cuchillo del cajón de los cubiertos.

–¿Qué otra cosa harías tú con ello?

–Me sorprende –empezó Kit muy serio, quitándole el cuchillo de la mano– que me hagas esa pregunta...

La miró de manera especulativa y empezó a desabrocharle los botones de la camisa. Notó cómo se estremecía y dejaba escapar una exclamación de sorpresa, pero la agarró por la cintura para sentarla en la encimera y vio que sus ojos verdes brillaban de excitación.

Muy despacio, Kit metió la punta del cuchillo en el frasco y la llenó de crema de chocolate, lo hizo girar y luego la miró a ella y le apartó la camisa para dejar un pecho al descubierto.

Tuvo que hacer un gran esfuerzo para que su expresión no delatase el deseo que estaba sintiendo. Le tembló un poco la mano al tomar con ella el pecho. A sus espaldas, el pan saltó del tostador y Sophie se sobresaltó. Kit le extendió el chocolate por la piel.

Separó los labios para probarla y pensó que el contraste entre el chocolate y su piel color vainilla era precioso, pero su mente se quedó en blanco cuando tomó el pezón cubierto de chocolate con la boca y notó cómo Sophie se ponía tensa.

Le limpió la crema con la lengua, pero el chocolate estaba demasiado dulce y tapaba el sabor de su piel, así que, sin levantar la cabeza, abrió el grifo que había detrás de Sophie, tomó agua con la mano y se la echó por el pecho, haciendo que ella abriese los ojos sorprendida al notar el agua fría corriendo por su piel.

–¡Kit, eres un...!

Él la besó antes de que pudiese terminar. La agarró del trasero y la acercó más a él, para apretarla contra su erección.

La amaba. Le encantaba que fuese tan franca, tan generosa. Le encantaba que pareciese comprenderlo tan bien, y que desease darle siempre lo que necesitaba. Kit no necesitaba palabras para expresar aquello, podía demostrarle lo que sentía.

Sophie lo estaba abrazando por el cuello y él la estaba levantando para llevarla hasta la mesa, donde podría hacerla suya con más facilidad cuando llamaron a la puerta.

Se detuvo, retrocedió y juró entre dientes.

–No contestes.

Era tentador, tan tentador, que Kit tuvo que hacer un esfuerzo para responderle:

–Tengo que ir. Es el desayuno. Lo he pedido cuando tú todavía estabas dormida, y dado que me han hecho un favor accediendo a traerlo a casa...

Sola en la cocina, Sophie se cerró la camisa y se bajó de la encimera. Las piernas le temblaron al ponerlas en el suelo. Oyó cómo hablaba Kit con alguien en la puerta y tomó el tarro de crema de chocolate, metió el dedo, cerró los ojos y se lo llevó a la boca.

–¿Aquí?

Oyó que las voces se acercaban y se sobresaltó, abrió los ojos y vio a una persona que le resultaba conocida, tal vez fuese un amigo de Jasper.

–Hola, tú debes de ser Sophie.

Sonriendo, el hombre dejó una caja de madera

llena de recipientes de aluminio en la mesa y le tendió la mano. Sophie le dio la suya y se sintió culpable al no conseguir saber de qué lo conocía.

Kit entró con una botella de champán en la mano.

–Gracias.

–De nada, es lo mínimo que podía hacer, después de que hayas estado cinco meses jugándote la vida. Me alegro de ver que has vuelto de una pieza, o casi.

–¿Qué tal va el restaurante? –preguntó Kit.

–Bien, gracias, aunque no puedo pasar en él tanto tiempo como me gustaría, gracias a la tele. Acabo de volver de grabar una serie nueva en Estados Unidos.

Y Sophie se dio cuenta horrorizada de por qué el rostro de aquel hombre le resultaba tan familiar. Era uno de los cocineros más conocidos del país.

Avergonzada, dejó el tarro de crema de chocolate en la encimera e intentó esconderse detrás de un enorme jarrón de flores que había comprado en Covent Garden. Por suerte, el famoso cocinero estaba ocupado charlando con Kit, aunque sí se giró hacia ella para despedirse antes de marcharse.

–Me alegro de haberte conocido, Sophie. Dile a Kit que te traiga al restaurante algún día.

Ella asintió, pero pensó que no iría jamás por allí, teniendo en cuenta cómo la había visto aquel hombre. En cuanto se hubo marchado, tomó una cuchara y empezó a comer chocolate.

–Tenías que haberme avisado –protestó cuando Kit volvió.

–Lo siento, pero estaba un poco distraído.

–¿Es amigo tuyo?

–Depende de lo que consideres que es un amigo. Lo conozco bastante bien porque su restaurante está en la esquina y he ido muchas veces a lo largo de los años.

Sophie tomó otra cucharada de chocolate. Nadie iba solo a un restaurante. Se imaginó el tipo de mujer con el que lo habría visto el cocinero, y lo diferentes que debían de haber sido de ella.

–Deja eso –le dijo Kit–. He encargado bagels con salmón ahumado, pastelitos de arándanos, cruasanes rellenos de pasta de almendras, café de verdad... Ah, y esto, por supuesto –añadió levantando la botella de champán–. ¿Quieres tomarlo aquí o en la cama?

Sophie se derritió al oír aquello y sonrió.

–¿Qué prefieres tú?

Sophie anduvo despacio hacia casa de Kit, deslizando el dedo por las verjas de las elegantes casas por las que pasaba, con una bolsa llena de productos del supermercado ecológico que había en King's Road. Tenía la sensación de que tenía que recuperar algo de terreno, después del incidente del chocolate de esa mañana.

Eso le hizo pensar en el placentero dolor que tenía entre las piernas al andar, y no pudo evitar que su mente se echase a volar hacia la casa con la puerta negra que había en la esquina. Desde allí, parecía otra casa cara más, pero ella se estremeció al pensar que Kit estaba dentro.

Lo había dejado leyendo más cartas y se había sentido aliviada al tener una excusa para salir un rato. Habían desayunado y habían hecho el amor muy despacio, luego habían estado tumbados hasta por la tarde. Y habían vuelto a hacer el amor.

Había sido maravilloso. Más que maravilloso, completamente mágico. Entonces ¿por qué tenía la sensación de que habían utilizado el sexo como sustituto de la conversación?

Quería decirle tantas cosas, y había tantas otras que quería oír de él. Pensó en las píldoras que había tirado a la basura y se sintió culpable por no habérselo contado.

Se metió la mano en el bolsillo diciéndose que, antes de que Kit se marchase, también habían pasado muchos días en la cama, casi sin hablar. Así que aquello no era señal de que las cosas fuesen mal sino, tal vez, todo lo contrario.

Metió la llave en la cerradura y abrió la puerta.

La casa estaba en silencio, pero la atmósfera era distinta con Kit allí. Estaba cargada de una electricidad que la excitaba y la ponía nerviosa al mismo tiempo. Entró en la cocina y pensó en lo que le había dicho a Jasper, acerca de que quería un hogar.

Puso agua a calentar.

Aquel había sido su hogar durante los últimos cinco meses, pero con la vuelta de Kit, se sentía de repente como una invitada. Hasta las flores que había comprado con tanta ilusión le parecían fuera de lugar, tanto como su pan de molde barato en la panera de diseño de Kit, y su café instantáneo en las elegantes tazas.

Desanimada, puso el café de comercio justo, recién molido, en la cafetera, con la esperanza de, al menos, haber hecho eso bien. Tomó una bandeja, puso dos tazas en ella, una jarrita con leche, y después se preguntó si no se estaría esforzándose demasiado. Tras un momento de indecisión, quitó las tazas de la bandeja, sirvió el café y se fue directamente con ellas en la mano a buscar a Kit.

Estaba en el piso de arriba, en la habitación que utilizaba de despacho. Sophie dudó delante de la puerta, llamó.

—¿Sí?

—Te he preparado café.

—Gracias —dijo él en tono divertido—. ¿Y tengo que salir a recogerlo o vas a entrar tú?

—No quiero molestarte —murmuró Sophie, abriendo la puerta y entrando.

El escritorio estaba cubierto de montones de cartas y la papelera, llena de sobres. Sophie lo miró y sintió deseó y amor y también vergüenza.

—Umm... tienes razón —admitió Kit, pasando la mano por su pierna desnuda, por debajo del vestido de flores que Sophie llevaba puesto—. Me distraes.

Ella intentó contener el deseo. Se dio la vuelta y se apoyó en el escritorio para mirarlo por encima de la taza, decidida a comunicarse con él de una forma que, por una vez, no terminase en orgasmo.

—¿Algo interesante en todos esos papeles?

Él tomó también su café y se encogió de hombros.

–No mucho. Facturas e información sobre acciones. Y algo más de información sobre la finca de Alnburgh –dijo, dándole un trago a su café. Dudó un instante y luego tomó una de las cartas–. Y esto.

Sophie leyó las primeras líneas y frunció el ceño.

–¿Qué es?

–Una carta del bufete de abogados de Ralph en Hawksworth. Han recibido esta carta con instrucciones para mandármela a mí.

Sacó un papel doblado de un montón y lo dejó encima del escritorio, al lado de Sophie. Algo en la brusquedad de sus movimientos le hizo saber que era importante, a pesar de que su expresión seguía siendo inescrutable.

Sophie tomó el papel azul claro, grueso, con cautela y lo desdobló. La letra era uniforme y ondulada, era la letra de una persona acostumbrada a escribir cartas, en vez de enviar mensajes de texto o correos electrónicos. Empezó a leerla:

Mi querido Kit:

Sé que esta carta te sorprenderá y que, después de tanto tiempo, no será precisamente una sorpresa agradable. No obstante, debo dejar a un lado este temor y enfrentarme a algo a lo que debía haber hecho frente hace mucho tiempo.

A Sophie empezó a latirle el corazón con mucha fuerza. Miró a Kit con la boca abierta para decirle algo, pero él tenía la cabeza girada y estaba leyendo otra cosa, así que ella siguió leyendo.

Lo primero que quiero decirte es que lo siento, aunque no sea suficiente y aunque sea demasiado tarde, pero también quiero decirte muchas cosas más. Hay cosas que me gustaría explicarte por motivos egoístas, con la esperanza de que puedas entenderme, e incluso perdonarme, y otras cosas que tengo que contarte por tu propio interés. Cosas que van a afectarte ahora y que continuarán afectando a tu familia en un futuro.

Al leer aquello, Sophie notó cómo la adrenalina corría por su sangre. Continuó leyendo más deprisa, impaciente por darle un significado.

Lo último que querría es presionarte para que me respondas, así que, teniendo en cuenta que tienes mi dirección en esta carta y mi sincera invitación para que vengas a verme cuando quieras, te dejo que tomes tú la decisión.
No obstante, quiero que sepas lo mucho que significaría verte para mí.
Tu esperanzada madre,
Juliet Fitzroy

Sophie dejó la carta muy despacio, la cabeza le daba vueltas.
—Entonces ¿tu madre quiere que vayas a verla?
Kit tiró otro papel a la papelera.

–Eso parece, señor Holmes.

–¿Vas a ir? –le preguntó Sophie, doblando de nuevo la carta con dedos temblorosos–. Imlil –añadió extrañada, y luego continuó leyendo–: Blimey, ¿Marruecos?

–Exacto –le confirmó él, tirando otra carta a la papelera–. No está precisamente a la vuelta de la esquina, y no sé qué puede contarme que haga que merezca la pena el viaje.

Sophie se golpeó los labios con un dedo, pensativa. Marruecos. Calor y arena y... Lo cierto era que no sabía mucho de Marruecos, salvo que sonaba bien y que le gustaba como alternativa a Chelsea, y al agobiante ambiente que reinaba allí entre ellos, en aquella casa tan tranquila y elegante.

–Siempre he querido ir a Marruecos –comentó en tono soñador–. ¿Cómo terminó tu madre viviendo allí? ¿Y por qué ha decidido ponerse en contacto contigo después de tanto tiempo?

–Supongo que porque sabe que su secreto se ha desvelado con la muerte de Ralph –respondió Kit mientras escribía algo en la parte inferior de una carta del banco–. Tal vez quiera presentarme a mi padre de verdad, eso, si es que sabe quién es. Al parecer, podría haber miles de posibles candidatos.

Sophie se sintió aturdida de repente, al recordar una carta que había encontrado en un libro en la biblioteca de Alnburgh. Había sabido que no debía leerla, pero no había podido resistirse. En esos momentos, deseaba haber sido más fuerte, para no saber más de lo que deseaba acerca de la paternidad de Kit.

Se incorporó y fue hacia la estantería que había al otro lado de la habitación, dándole deliberadamente la espalda.

–No lo creo –le dijo, tomando aire y cerrando los ojos–. Seguro que lo sabe.

Se hizo una pausa. Delante de ella, en la estantería, entre libros de historia militar y de política de oriente medio, había una fotografía en la que aparecía un Kit a la que ella no conocía, entre un grupo de hombres vestidos con chaquetas de camuflaje delante de un tanque.

–¿Y tú cómo lo sabes?

Sophie se giró.

–¿Recuerdas aquel día en Alnburgh, cuando estaba... enferma? Me llevaste a la biblioteca mientras tú ibas a la tienda del pueblo.

–Lo recuerdo. ¿Y?

–Y eché un vistazo a los libros mientras te esperaba –le contó, acercándose–. Encontré unos libros de Georgette Heyer, mi autora favorita, así que lo saqué y lo abrí, y de él cayó una carta –dijo, mientras se miraba las manos–. Una carta de amor. Dedicada a «Mi querida Juliet».

Kit no la estaba mirando. Miraba hacia delante, por la ventana. Como no dijo nada, Sophie continuó con voz ronca, vacilante.

–Al principio di por hecho que era de Ralph y me sorprendió. Era muy romántica, tierna y apasionada y no me lo imaginaba escribiendo algo así.

–¿Y de quién era?

–No lo sé. No me dio tiempo a terminar de leerla

antes de que tú llegases –admitió, sin poder evitar alargar la mano para tocarle la mejilla–. Luego me olvidé del tema durante un tiempo. Y volví a mirarla después, pero no estaba firmada.

Kit se puso en pie y se alejó de ella un par de pasos.

–¿Y cómo sabes que no era de Ralph?

–Porque hablaba de ti –le respondió ella–. La carta debía de haber sido escrita cuando tú eras pequeño, y hablaba de lo duro que era dejarte allí, pensando que Ralph era tu padre.

–¿Y por qué no me lo habías contado antes? –preguntó Kit con frialdad.

Sophie tragó saliva.

–Porque por aquel entonces no era asunto mío. Supe de inmediato que no debía haberla leído y, seamos realistas, no nos conocíamos lo suficientemente bien como para dejar caer aquella información en medio de una conversación. Y después... no tuve la oportunidad.

Hizo una pausa y se humedeció los labios con nerviosismo mientras reunía el valor necesario para contarle lo que había estado pensando esa mañana.

–No sé, Kit, a veces pienso que ahora tampoco nos conocemos mucho mejor.

Se le hizo un nudo en el estómago mientras esperaba a que él respondiese. Kit seguía dándole la espalda, suspiró.

–Lo siento –le dijo, dándose la vuelta–, pero no lo entiendo, eso es todo. ¿Por qué no dejó a Ralph y se fue con él, fuese quien fuese, y me llevó a mí también?

Sophie se encogió de hombros.

–Tal vez sea eso lo que quiere explicarte –le dijo, acercándose y poniéndose de puntillas para darle un beso en los labios–. Vamos. Vamos a Marruecos a averiguarlo.

Capítulo 3

ASÍ PUES, con la clarividencia que la caracterizaba, Sophie tomó la decisión de que tenían que ir a ver a Juliet. Kit solo tuvo que organizar el viaje.

Si no hubiese sido por ella, habría tirado la carta a la papelera. Hacía mucho tiempo que había cerrado su corazón a la mujer que lo había abandonado cuando tenía seis años. Le había prometido que volvería y no lo había hecho. Después de aquello, Kit se había vuelto desconfiado y la única persona a la que había permitido acercarse a su corazón había sido Sophie.

–¿En primera? –murmuró Sophie en el aeropuerto de Londres–. Qué detalle que te hayas acordado de que solo viajo en primera.

Le brillaban los ojos y Kit supo que estaba recordando cómo se habían conocido, cuando Sophie se había sentado enfrente de él, sin tener billete, en un compartimento de primera en el tren que iba de Londres a Northumberland. Él se había pasado las cuatro horas de viaje intentando no mirarla, e intentando no pensar en tocarla.

La historia iba a repetirse en ese viaje. Se habían pasado la mañana en la cama y, a pesar de que Sophie solo había tenido una hora para hacer la maleta y prepararse, estaba preciosa con unos pantalones de lino anchos y una camiseta gris escotada.

–Me temo que, en esta ocasión, no –le contestó muy serio mientras una azafata con aspecto de Barbie se acercaba a ellos sonriendo de oreja a oreja–. ¿Comandante Fitzroy? Su avión les está esperando. Síganme, por favor.

Sophie salió a la pista y se quedó boquiabierta al ver el pequeño jet privado.

–Dios santo... –murmuró.

Y Kit no pudo evitar inclinarse y darle un beso en los labios.

–Comandante Fitzroy –lo saludó el piloto.

Kit levantó la cabeza despacio y le tendió la mano.

–Me alegro de verte Kit –añadió el otro hombre sonriendo–. Me gustaría poder decirte que tienes buen aspecto, pero...

Kit asintió y se llevó una mano a los cortes que tenía en la cara.

–Tu sinceridad supera con creces a tu encanto natural, McAllister –le dijo en tono seco.

El piloto se puso más serio.

–¿Acabas de volver de viaje?

–Hace dos días –le informó Kit, en tono neutro.

–Pues no te envidio –le dijo el otro hombre con mucho más sentimiento–. Las misiones son un infierno y volver a casa, casi peor.

Kit propició un cambio de conversación girándose hacia Sophie.

–Nick, te presento a Sophie Greenham. Sophie, Nick McAllister, un viejo amigo.

–Está exagerando –comentó Nick McAllister sonriendo mientras le daba la mano a Sophie–. Yo estaba muy por debajo del comandante Fitzroy como para poder ser su amigo. Estuvimos una temporada juntos en el ejército, hasta que yo decidí dejarlo para casarme y dedicarme a algo más tranquilo.

–¿Y lo echas de menos? –le preguntó Sophie, a la que le había caído bien Nick.

–Ni lo más mínimo, pero yo no tengo madera de héroe, como Kit. Dejarlo fue lo mejor que he hecho en mi vida, sobre todo, porque mi mujer me dijo que solo se casaría conmigo si lo hacía. Pronto nacerá nuestro segundo hijo.

Kit empezó a andar hacia el avión.

–En ese caso, será mejor que nos marchemos, no sea que dé a luz antes de que lleguemos a Marrakech.

Sophie no había visto nunca nada tan lujoso como la cabina de aquel avión, decorado en tonos crema y caramelo. Y la azafata los recibió con champán y fresas.

–Kit Fitzroy, eres un fanfarrón –le dijo Sophie, intentando no sonreír de oreja a oreja mientras la azafata desaparecía de nuevo detrás de las cortinas–. No me impresiona tu avión. Piensa en el impacto ecológico... ¿Cómo puedes vivir con ello?

–Años de práctica –le respondió él, dando un trago a la copa de champán, y poniéndose serio un instante–, he oído que la recesión está afectando al negocio y he decidido anteponer los ingresos de Nick al impacto ecológico.

–Hablas como un verdadero héroe –replicó ella, mirando a su alrededor–. Nick parece muy contento con la decisión que tomó. ¿Tú jamás considerarías...?

–¿Dejar mi carrera para casarme? –inquirió él en tono burlón–. ¿En esta época?

Sophie también dio un trago a su copa.

–Calla –le dijo, riendo–. Ya sabes a lo que me refiero.

Él volvió a ponerse serio y sus ojos plateados brillaron.

–Sí. Y sí –contestó sonriendo–. No quiero volver. La cuestión es si tú sigues queriendo casarte conmigo.

Y mientras sobrevolaban el mar infinito, a Sophie se le encogió el corazón. Aquella era exactamente el tipo de conversación que le había parecido imposible tener en Chelsea. Allí era distinto, podía ser ella misma.

–Por supuesto que sí. Quiero decir, si es lo que tú quieres.

Él dejó su copa y la miró a los ojos.

–Ven aquí –le dijo en voz baja.

Y ella se sentó de lado en su regazo.

–No necesito un trozo de papel ni nada por el estilo –comentó Sophie en voz baja–. Sé que cinco meses son mucho tiempo y que han pasado muchas cosas en él. Tal vez hayas tenido tiempo para pensar y hayas decidido que no es buena idea.

Kit respiró hondo, cerró los ojos y echó la cabeza hacia atrás. Aquello era justo lo que había decidido la mañana anterior, al despertarse a su lado y darse cuenta de que eran casi dos extraños. Sabía que lo que le había ocurrido a Lewis le podía haber pasado a él, y que ya no era solo con su vida con la que estaba jugando a la ruleta rusa.

Pero en ese momento, teniéndola tan cerca, aquella decisión le pareció irrelevante. Su instinto le decía que tenía que ser suya.

—No —le respondió, acariciándole la mano—. Y tengo que comprarte un anillo lo antes posible para que no vuelvas a pensar eso.

—¿Un anillo? Ah, ¡qué emoción! ¿Cuándo?

Él sonrió.

—Mañana, si no te importa que lo compremos en el zoco y sea barato, o en cuanto volvamos a casa...

Ella lo hizo callar con un beso.

—Me da igual, no me refería al anillo, sino a cuándo vamos a casarnos. ¿Podemos hacerlo cuando volvamos a casa?

Él tomó su copa de champán.

—Me parece que antes tendrás que hacer un par de cosas, como preparar los papeles y encontrar un lugar apropiado.

—Pero no creo que eso lleve mucho tiempo, ¿no? Quiero decir, que no queremos una boda por todo lo alto, ¿verdad?

—¿No? Pensé que eso era lo que querían todas las novias.

—Yo no.

–Pero querrás invitar a alguien. ¿A tu familia?

Los ojos verdes de Sophie se oscurecieron.

–No tengo familia. Ni un padre que me lleve al altar.

–Tienes madre –le dijo él–. A la mayoría de las madres les gusta ser «la madre de la novia» en la boda de su hija.

Sophie se bajó de sus rodillas y sacó la botella de champán de la champanera en la que la había dejado la azafata.

–Mi madre no es como la mayoría –comentó mientras se servía champán y derramaba un poco–. Lo siento.

–No pasa nada –le dijo Kit, quitándole la botella y la copa y rellenándosela él–. A ver, para empezar, ¿por qué no es como las demás madres?

–Bueno, para empezar, no podía llamarla así. Ni «madre» ni«mamá» ni nada parecido.

–¿Y cómo la llamabas?

Sophie se encogió de hombros.

–Rainbow, como todo el mundo.

–¿Se llamaba así?

–Eso creía yo. No me enteré de que en realidad se llamaba Susan hasta que no fui a vivir con mi tía Janet con quince años.

–¿Y por qué se hacía llamar Rainbow?

–Supongo que por parecer alternativa y diferente y libre. Cosas que, para ella, eran buenas.

–¿Y para ti no?

–No era fácil ser la única niña del colegio que llevaba un jersey de lana de colorines y un peto hecho con retazos de tela en vez de una falda gris y un jersey azul marino porque tu madre pensase que todo individuo tiene derecho a ser original.

–Al menos tu madre estaba allí –comentó Kit en tono amargo.

–Sí, aunque a menudo deseaba que no estuviera –dijo ella sonriendo–. ¿Y cuándo vamos a ver a Juliet?

–Mañana por la noche. Nos había invitado a quedarnos en su casa, pero he reservado habitación en un hotel de Marrakech.

–¿Cómo fue tu conversación con ella?

–Breve y directa, tal y como espero que sea la visita. No se trata de restablecer la relación. Solo quiero respuestas.

–¿Acerca de tu padre?

–Sí.

No pudo decir nada más, porque en ese momento apareció la azafata con varias bandejas de canapés en las manos.

–El capitán McAllister espera que estén disfrutando del vuelo, y me ha pedido que les comunique que aterrizaremos en Marrakech-Menara dentro de poco más de una hora.

Sophie arqueó la espalda y desdobló la pierna encima de la que se había sentado. Su pie descalzo rozó la rodilla de Kit, que sintió deseo.

–Gracias –dijo este a la azafata–. ¿Puede preguntarle si podemos ir más deprisa?

CUANDO bajaron del avión el cielo de la tarde estaba teñido de rosa y añil. Sophie casi había deseado que no terminase el vuelo, pero le había sido imposible no emocionarse al mirar por la ventanilla y ver la ciudad de Marrakech a sus pies. La llamaban «la ciudad roja», y viéndola al atardecer, era fácil adivinar por qué.

Un mozo se adelantó con sus maletas y entró en la terminal y Nick los esperó en la pista para despedirse. Kit y él se dieron la mano.

–Que disfrutes de Marruecos –le dijo el piloto a Sophie.

–Lo haré.

Ya lo estaba haciendo. El aire era cálido y espeso, y olía a especias. Respiró hondo y le dio un abrazo rápido.

–Gracias por habernos traído –añadió.

Una vez en la terminal, Kit fue a cambiar dinero y ella se quedó mirando a su alrededor.

Fuera los esperaba un coche del hotel, que se diferenciaba de los taxis por su limpieza y elegancia. Sophie se sentó mientras Kit hablaba con el conductor en francés fluido y le daba una propina al mozo de las maletas.

Luego subió a su lado y ella sintió deseo. Tal vez hubiese bebido demasiado champán en el avión. O tal vez fuese solo Kit y el embriagador efecto de su fuerza y seguridad. Su masculinidad. Por no mencionar su belleza y los recuerdos de lo que le había hecho con la crema de chocolate...

–Djamaa el Fna –le susurró Kit al oído–. La plaza más famosa de Marrakech.

Ella intentó contener el deseo y miró por la ventanilla. La calle estaba llena de coches y de gente, a pesar de la hora.

Se giró hacia Kit.

–Vamos fuera –le dijo casi sin aliento–. Quiero verla.

Kit le dijo algo al conductor y el coche se detuvo.

Sophie no había visto nada parecido antes. El ritmo de los tambores hizo que se estremeciese y que moviese las caderas instintivamente. Sonrió. Kit le puso un brazo alrededor del cuello y la hizo retroceder hasta chocar con su cuerpo.

–Espera un poco –murmuró contra su pelo–. No quiero perderte.

Ella se dio la vuelta para mirarlo de frente.

–No voy a ir a ninguna parte sin ti –le dijo, metiéndole las manos en los bolsillos de los vaqueros y acercándolo más.

–Si sigues haciendo eso solo vas a ir al hotel, y lo antes posible –le advirtió Kit, apartándose y echando a andar.

Pensó que Sophie era como un camaleón, capaz

de adaptarse en cualquier parte. Por un momento, pensó en otras mujeres con las que había salido, se las imaginó allí, con sus zapatos caros y recién salidas de la peluquería, y sonrió.

–Vamos, tengo hambre –le dijo Sophie sonriendo.

—¿Qué quieres cenar?

–¿Crees que venderán crema de chocolate en alguna parte? –le preguntó ella en tono inocente.

–Para –le advirtió él.

Ella rio y echó a andar entre la gente. Había puestos de fruta, pasteles y fritos, y un grupo de músicos tocando mientras una mujer vestida de rojo se ondulaba delante de ellos. Sophie aflojó el paso y se giró de nuevo hacia él.

–No sé por dónde empezar. Hay tantas cosas que quiero probar.

Y Kit tuvo que recordarse que hablaba de comida. Alargó la mano y le pasó el dedo pulgar por los labios.

–¿Qué te apetece?

Sophie lo miró a los ojos y se encogió de hombros.

–Cualquier cosa que no haya probado antes. Algo que me sorprenda.

Kit apartó la vista de ella y se giró hacia un puesto. Pidió algo y lo pagó.

–¿Qué has pedido?

–Tendrás que probarlo –le respondió él–. Cierra los ojos.

Ella dudó un instante antes de hacerlo. Los sonidos y olores de la plaza la invadieron, entre ellos, el más delicioso, el olor de Kit a su lado.

–¿Estás preparada?

Asintió. Se sentía feliz. Estaba enamorada de aquel momento, de aquel lugar, del hombre con el que estaba y todo le parecía maravilloso. Abrió la boca y probó algo picante, fuerte, ahumado y supuso que era una de las salchichas que había visto en el puesto.

–Umm... está estupendo –murmuró, tragando y abriendo los ojos–. Más, por favor.

–Pues cierra los ojos y mantenlos cerrados.

Sophie apretó los labios e intentó contener una sonrisa. Notó las puntas de los dedos de Kit en ellos y se estremeció de deseo.

–Abre la boca.

Le dejó una enorme aceituna en la lengua y ella la sujetó con los dientes un instante antes de disfrutar de su explosión de sabor. Después siguió una albóndiga de cordero, un trozo de tomate aderezado con aceite de oliva y hojas de menta. Sophie se agarró al poste de metal del puesto y mantuvo los ojos cerrados, como Kit le había pedido, dejándose llevar por aquella sucesión de sensaciones y sabores, murmurando su apreciación con los labios y la barbilla humedecidos de aceite. La música y los tambores, y el aire caliente los rodeó, y no le costó ningún esfuerzo imaginar que estaba allí sola con Kit.

Sintió humedad entre los muslos.

–¿Suficiente? –le preguntó Kit en un susurro, en tono divertido.

Ella negó con la cabeza.

–Más.

Y él le dio pan, ligero y crujiente, carne tierna, crujientes langostinos y chipirones rebozados. Sophie hizo una mueca al masticar estos y Kit le dio después algo especiado sobre un trozo de pan, que hizo que le picasen los labios.

–Umm... mejor.

–¿Y esto? Abre...

Una salsa con sabor a comino y ajo corrió por su boca y un segundo después algo le tocó suavemente los labios. Gimió y los separó, intentando capturarlo, pero Kit lo apartó riendo. Ella sacó la lengua y chupó hasta que Kit lo soltó.

No se parecía a nada que hubiese probado antes, de textura suave, pero sabor extrañamente fuerte. Lo tragó.

–¿Qué era?

Kit se acercó y le susurró al oído:

–Serpiente.

Sophie abrió los ojos.

–¿De verdad?

–Bueno, al ver que no ponías pegas a la cabeza de cordero...

–¡Kit! Eres un...

Intentó golpearlo, pero él le sujetó las muñecas, y fue entonces cuando Sophie se dio cuenta de que estaban rodeados de gente que los miraba. Empezaron a aplaudir y el hombre del puesto salió de detrás del mostrador sacudiendo la cabeza, parecía encantado con tanta publicidad gratuita.

Sophie miró a Kit, le sonrió con dulzura y le dijo en voz tan baja que solo él pudiese oírla:

–Te vas a enterar cuando lleguemos al hotel.

–Estoy deseándolo –le contestó este sonriendo de oreja a oreja.

Aprovechando que se había reunido tanta gente, los músicos empezaron a tocar de nuevo. Sophie se preguntó cuándo habrían dejado de hacerlo. La chica que bailaba se acercó a ella con las manos tendidas. Sophie las tomó mientras miraba a Kit con malicia.

–Tal vez tengas que...

–Sophie...

Ya se había quitado los zapatos y se había hecho un nudo en la camiseta, y estaba bailando dentro del círculo. No lo hacía solo bien. Era... hipnótica. No tenía la precisión técnica de la otra muchacha, pero tenía una manera de moverse muy sensual. El grupo de gente fue aumentando y el ritmo de la música fue cada vez más rápido. Kit no podía apartar la vista de Sophie.

¿Dónde había aprendido a hacer aquello? ¿Y por qué no se lo había enseñado antes? En la intimidad de su dormitorio, donde no habría tenido que controlar su excitación.

De repente, Kit supo que no podía esperar más. Avanzó y la agarró por la cintura para sacarla del círculo.

Ella no se resistió. Echó la cabeza hacia atrás y lo miró con los ojos brillantes.

–Creo que va siendo hora de ir al hotel –le dijo Kit muy serio, alejándose del grupo.

Sophie se estiró y le dio un beso en el cuello.

–Pensé que no lo ibas a decir nunca.

El interior del coche estaba frío y tranquilo, en comparación con el exterior. Se sentaron apartados el uno del otro, ya que sabían que cualquier contacto físico sería peligroso.

Ya era duro mirarse, y aun así Sophie no podía apartar los ojos de él.

Diez minutos después se detuvieron delante de un edificio sencillo, poco más que una enorme puerta de madera flanqueada por limoneros. El conductor salió del coche y le dio la vuelta para abrir las puertas traseras.

–Yo lo haré –dijo Kit.

Sophie iba a preguntarle qué había querido decir, pero lo vio salir del coche y dar corriendo la vuelta para abrirle él la puerta. Puso un brazo alrededor de sus hombros y el otro por debajo de sus piernas y volvió a apretarla contra su pecho.

–Kit, puedo...

–Shh –dijo él, llevándola hacia las puertas de madera.

–¿No me estarás utilizando como escudo humano? –murmuró ella.

Él sonrió un instante, pero luego volvió a ponerse serio mientras el conductor le abría las enormes puertas.

Al otro lado había un patio impresionante, cercado por un claustro de piedra blanca, y con una piscina rectangular en el centro. Al otro lado una luz iluminaba otra puerta.

El contraste con el caos del mercado no podía ser mayor.

Una mujer de extraordinaria belleza apareció en la puerta.

–Bienvenidos a Dar Roumana.

Llevaba la larga melena morena retirada del rostro aceitunado e iba vestida con un sencillo vestido de lino blanco. Parecía sacada de un cuento y a Sophie no le habría sorprendido que, en ese momento, hubiese aparecido un genio sobre una alfombra voladora.

–Soy Kit Fitzroy. Tengo hecha una reserva. Mi esposa se ha desmayado. Si no le importa acompañarnos a la habitación ahora, iré luego a registrarnos.

–Por supuesto.

Sophie se mordió el labio para evitar sonreír. Desmayada de deseo, probablemente. Siguieron a la mujer a recepción, donde tomó una gran llave plateada de una fila de ganchos que había en la pared, detrás del mostrador, y luego subieron unas escaleras iluminadas con minúsculas velas colocadas en el suelo.

–Aquí está su habitación.

La mujer abrió la puerta y se apartó.

–Me llamo Malika. Si necesitan algo...

–Muy amable –la interrumpió Kit–, pero no necesitamos nada por el momento.

–¿Un té a la menta, para su esposa, si está enferma...?

–Ah... gracias, pero estoy bien –dijo Sophie–.

Solo necesito tumbarme.

Malika se retiró y cerró la puerta en silencio.

En cuanto se hubo marchado, Kit gimió en voz baja y Sophie bajó al suelo. Sus labios se unieron y sus cuerpos chocaron mientras intentaban quitarse la ropa.

–Solo necesito... tumbarme –repitió jadeante Sophie cuando sus bocas se separaron para que Kit le quitase la camiseta por la cabeza.

–Ven aquí –le dijo él, guiándola hacia unas puertas dobles, detrás de las cuales había una cama baja, con sábanas blancas y grandes cojines. Todavía no habían llegado a ella cuando Sophie se quitó el sujetador y Kit tuvo que volver a abrazarla y besarla, acariciándole la espalda y bajando después la punta de la lengua a su pezón rosado.

Ella gimió, se puso tensa y enterró los dedos en su pelo.

Solo hacía unas horas que habían hecho el amor en la cama de casa, pero Kit la deseaba tanto como si llevase un año sin tener sexo.

Sophie se estremeció y gritó, se apartó para poder desabrocharle los pantalones. Le temblaban las manos y cuando una de ellas le rozó por accidente la erección, Kit estuvo a punto de llegar al orgasmo.

–Tengo la sensación... –comentó ella con la respiración entrecortada– de que va a ser muy rápido.

–¿Por qué? –preguntó él entre dientes, bajándose los pantalones.

–No sé...

La tela de los pantalones de Sophie se rasgó

mientras se los quitaba y, un segundo después, ocurría lo mismo con las braguitas, con las que Kit no quiso pararse a pelear.

Una vez desnudos los dos, se miraron un instante, respirando con dificultad, y luego él la agarró por los hombros, la besó y la tumbó en la cama.

Cayeron en ella juntos y Sophie balanceó las caderas encima de Kit con la misma sensualidad con la que había bailado un rato antes.

La habitación tenía una única y enorme ventana, tapada por una contraventana de madera que creaba sombras sobre el cuerpo desnudo de Sophie, que lo miraba con los ojos entrecerrados mientras se colocaba de manera que pudiese penetrarla. Kit apretó los dientes para no gritar de placer.

—No te contengas —le dijo ella en un susurro, moviendo las caderas.

Él la agarró por la cintura, sin apartar la vista de su rostro, y luego bajó una mano hacia donde sus cuerpos se unían.

Solo tuvo que rozarle el clítoris con el dedo para precipitar su orgasmo. Sophie abrió la boca y cerró los ojos, extasiada, y Kit sintió un momento de felicidad pura antes de ceder a su propio clímax.

Sudorosa, Sophie se dejó caer sobre su cuerpo y, por primera vez en mucho tiempo, Kit se quedó dormido al instante, completamente en paz.

Capítulo 5

LA LLAMADA a la oración desde los minaretes retumbó por toda la ciudad y un suave lamento que poco a poco se transformó en coro discordante inundó el límpido amanecer.

Kit abrió los ojos y se sentó bruscamente.

Se quedó inmóvil un momento. Tenía el corazón acelerado y el cuerpo cubierto de un sudor frío. La habitación estaba bañada por la luz rosada del primer sol y Sophie dormía a su lado. Medio envuelta en la sábana blanca, parecía una voluptuosa diosa sacada de un fresco rococó y, por un instante, Kit dejó de sentir pánico al ver cómo subía y bajaba su pecho al respirar.

Entonces se acordó de que estaban en Marrakech, y de que no estaba de servicio.

Expiró con fuerza y volvió a tumbarse. Sintió otra vez los pinchazos en las manos. La llamada a la oración continuó; era un estribillo lastimero que le hizo recordar todas las cosas de las que se había olvidado la noche anterior.

Le dio un vuelco el corazón y se levantó de la cama para buscar el teléfono. Había querido olvidar el calor, el sudor y la adrenalina. Había querido olvidar la polvorienta carretera que llevaba al puente en el que estaba escondida la bomba, pero Lewis...

¿Acaso tenía derecho a olvidarse de él?

–¿Kit? –lo llamó Sophie desde la cama.

Él se puso tenso.

–No pasa nada. Duérmete –le dijo, mientras encontraba el teléfono en el bolsillo de sus vaqueros e iba hacia la puerta de la terraza–. Tengo que hacer una llamada, luego pediré el desayuno.

Sophie se tumbó boca abajo, enterró el rostro en la almohada, que todavía estaba caliente y olía a él. A él y a sexo. Una combinación peligrosamente embriagadora que le hizo sentirse feliz. Estaba deseando salir a ver la ciudad, pero tendría que esperar. Primero desayunarían y después bajarían a la piscina.

Se llevó las rodillas al pecho. La noche anterior habían tenido el sexo más fogoso de su vida y no pudo evitar preguntarse si su felicidad se debía solo al orgasmo que Kit le había hecho tener, o a algo más mágico...

Después de haberle hablado de su niñez el día anterior en el avión, se había dado cuenta de lo mucho que había deseado tener una familia normal. No podía retroceder en el tiempo, pero tal vez pudiese tener otra oportunidad y crear su propia familia. Con Kit, en una bonita casa que llenarían de recuerdos de sus viajes, y de hijos. Muchos hijos...

En aquellos momentos, todo le parecía posible y volvió a quedarse dormida sonriendo.

El sol brillaba en lo alto del cielo azul y los puestos de la noche anterior habían desaparecido de la plaza principal, pero esta seguía llena de artistas, curanderos, acróbatas y vendedores de zumos. Kit vio cómo Sophie disfrutaba de todo emocionada. Se había puesto un vestido ajustado de color blanco que le llegaba a los tobillos y se había recogido el pelo en un moño. Parecía sentirse como en casa.

—Me recuerda a los festivales de música a los que solía ir con Rainbow cuando era pequeña —comentó, entrelazando los dedos con los de él—. Mira, ¡si hay hasta una tarotista! A Rainbow le habría encantado.

Kit no dijo nada. Aquello le recordaba al lugar en el que acababa de estar, en el que Lewis había resultado herido. La enfermera le había dicho un rato antes que no había novedades, que el muchacho seguía sedado y que todavía no sabían si iba a recuperarse. Sabrían algo más al día siguiente.

Kit se apartó un mechón de pelo sudado de la frente con mano firme. Solo estaba temblando por dentro.

Se había despertado de una pesadilla y había entrado directo en otra. Era el calor, el justiciero sol, los ojos oscuros que lo miraban por encima de velos y pañuelos. Era el hombre que llevaba un cordero muerto sobre los hombros, el olor a sangre del pequeño callejón por el que habían pasado. Eran los grupos de hombres reunidos en la calle, mirando.

Mirando. Por un momento, creyó volver a oír una voz en su cabeza.

Sophie se detuvo delante de un encantador de serpientes que estaba tocando un instrumento. Una cobra salió del cesto que el hombre tenía delante y se balanceó unos segundos antes de volver a esconderse. Sophie dejó escapar una carcajada.

–¡Pobre serpiente!

Kit sonrió y apoyó la mano en su espalda.

–Te estás quemando.

–No es posible. Me has puesto crema a conciencia –le dijo ella, mirándolo con los ojos brillantes.

–Dos veces, de hecho.

La primera vez toda la crema había ido a parar a las sábanas.

–¿Te parece justo que yo me queme llevando crema del factor cincuenta y que tú ni siquiera te la hayas puesto? –le preguntó Sophie.

Él tomó un mechón de pelo rojizo que se le había salido del moño con el dedo.

–Eres más sensible que yo. Ven –le dijo, apartándola del encantador de serpientes–. Vamos a apartarnos del sol. Si es posible, volviendo al hotel.

Sophie se echó a reír y apresuró el paso para seguirlo.

–De eso nada –replicó con firmeza–. Quiero ver más cosas. Me encanta todo.

Miró hacia uno de los callejones y Kit notó cómo la adrenalina corría por sus venas.

–Ah, mira...

Oyó la voz de Sophie a lo lejos y giró la cabeza automáticamente para ver lo que esta quería enseñarle, pero solo vio puertas en las que podría haber un francotirador escondido, tejados perfectos para albergar a un pistolero.

–Son preciosos...

Sophie se había acercado a un puesto lleno de pañuelos de seda y estaba tocando uno verde oliva con bordados dorados. Kit apretó los dientes y se frotó los ojos para obligarse a salir de la oscuridad.

¿Qué le estaba pasando? Era patético. Tenía que olvidarse de aquello.

–Póntelo.

Tomó el pañuelo y se lo puso a Sophie alrededor del cuello, se centró en la forma de sus labios y en el olor de su piel para evitar que su mente volviese a vagar entre las sombras. Sophie estaba allí y era real, y estaba muy guapa con aquel pañuelo. El deseo lo invadió e hizo que se sintiese aliviado. Tomó su rostro con ambas manos y le dio un beso.

El beso hizo que volviese a sentirse normal. Sophie se acercó a él y se apretó contra su cuerpo.

Kit juró entre dientes y se apartó.

–No pares –murmuró ella, todavía con los ojos cerrados.

–Si no lo hago, te voy a arrancar ese vestido aquí mismo para hacerte el amor –le contestó él.

Luego le quitó el pañuelo con cuidado y escogió una túnica en el mismo color. El vendedor había salido de detrás del puesto y los miraba con gesto amable. No había desconfianza en sus ojos, como ocurría cuando Kit iba vestido de uniforme. Entonces, ¿por qué le latía el corazón con tanta rapidez?

De repente, se sintió cansado. Esa mañana lo había consumido la culpabilidad por haber querido olvidar. En ese momento se dio cuenta de que, si no lo hacía, los recuerdos lo volverían loco.

Si es que no lo estaba ya.

Pagó al hombre sin molestarse en regatear y volvió al lado de Sophie para ponerle de nuevo el pañuelo.

—Ahora, Salomé, ¿vas a querer volver al hotel si te digo que tiene un exclusivo *hammam*?

Tumbada boca abajo en el denso vapor del *hammam* de Dar Roumana, Sophie cerró los ojos e intentó dejar su mente en blanco para disfrutar del masaje con aceites calientes que le estaban dando en la espalda.

El problema era que su mente no se quería quedar en blanco. Estaba llena de Kit. Al volver del zoco, sudorosos y polvorientos, él le había quitado la ropa y la había llevado a la enorme ducha que había en la habitación, donde habían hecho el amor.

Pero Kit no le había hablado. Había estado tenso desde que se había despertado esa mañana y la tensión había aumentado en el zoco. Sophie había intentado preguntarle qué le pasaba, pero él no había querido contárselo, así que seguía sin tener ni idea de qué era lo que lo perturbaba.

Estaba tan sumida en sus pensamientos que no se dio cuenta de que la masajista había dejado de tocarla. Abrió los ojos y vio que la chica le estaba tendiendo una toalla.

–Es el momento de lavarse.

–¿Lavarme? –preguntó ella, pensando que no le apetecía darse una ducha.

–Es la especialidad del *hammam* marroquí. Por aquí.

Sophie se abrochó la parte superior del biquini y siguió a la chica hacia una habitación hexagonal inundada de vapor, con una losa en el centro, a modo de altar. Sophie se subió a ella y se sintió como una ofrenda.

Hacía mucho calor y Sophie estaba sudando. La chica sacó un cubo de agua y se la echó sobre los hombros. Sophie levantó las rodillas y apoyó la barbilla en ellas, comportándose como una niña obediente.

Mientras la chica tomaba su brazo y se lo enjabonaba, Sophie pensó que tal vez Kit necesitase tiempo para orientarse y volver a su vida real. Además, sabía que estaba muy preocupado por el muchacho que había resultado herido. Seguro que hablaba con ella cuando estuviese preparado.

Después de haberle enjabonado la parte superior del cuerpo, la chica tomó una esponja y empezó a frotarla. Sophie se puso tensa al notar que la esponja rascaba.

Se mordió el labio. Dolía, y al mismo tiempo era agradable. Lo mismo que amar a Kit.

Apretó los dientes.

Él también la quería, sus caricias y besos le demostraban que no hacían falta palabras. ¿Acaso no lo decían todo sus cuerpos?

Kit llegó al final de la piscina y tomó aire antes de volver a sumergirse para dar la vuelta y hacer otro largo.

Tuvo un instante para mirar al cielo y darse cuenta de que llevaba mucho tiempo nadando. Al principio había centrado todas sus energías en no pensar, en olvidarse de Lewis y de lo ocurrido en el zoco esa mañana, y se había puesto a contar el número de largos que hacía. Después de un rato hasta se había olvidado de eso.

No podía contárselo todo a Sophie. Era tan dulce, tan despreocupada, que no podía cargarla con el peso de sus pesadillas. Solucionaría aquello solo, a su manera.

Llegó al otro lado, subió a tomar aire e iba a darse la vuelta para volver a empezar cuando vio a Sophie acercándose. El sol de la tarde brillaba en su pelo y en su piel color miel. Se había puesto la túnica bordada que él le había comprado un rato antes, que se ceñía suavemente a sus curvas. De repente, su cuerpo pareció olvidar que ya estaba saciado con el sexo más intenso de su vida y que llevaba mucho tiempo nadando.

Kit deseó que su mente pudiese olvidar con la misma facilidad.

Al acercarse, Sophie se hizo sombra en los ojos con la mano.

–¿No se te ha olvidado algo? –le preguntó.

–He estado intentando olvidarme de muchas cosas –contestó Kit, saliendo de la piscina–. Y la verdad es que es mucho más fácil después de verte aparecer así.

–¿Así? –repitió ella distraída, mirándose–. Ah, sí. Ya sé que la túnica es demasiado corta para llevarla sola, pero voy a esperar hasta el último momento para ponerme los pantalones blancos debajo...

Él alargó la mano para hacer que levantase el rostro y dejase de hablar.

–Irradias belleza.

Ella puso los ojos en blanco.

–Ah. Debe de ser por la lijadora industrial que ha utilizado la masajista para quitarme cinco capas de piel.

Kit pasó la mano por su brazo.

–Entonces, debajo de esto, ¿estás más desnuda que nunca? –le preguntó él.

–Podría decirse así... Pero no tenemos tiempo. Son las seis. Tenemos que irnos.

Por supuesto, para encontrarse con su madre, a la que hacía casi treinta años que no veía. Otra de las cosas que había intentado olvidar.

Los recuerdos solo podían bloquearse por un tiempo, al final, siempre volvían a alcanzarte.

Capítulo 6

LAS MONTAÑAS del Atlas brillaban a lo lejos como icebergs, con sus cimas cubiertas de nieve teñidas de rosa con la puesta de sol. Sophie se inclinó hacia delante en el Mercedes que Kit había alquilado en el hotel y dejó que los últimos rayos le calentasen el rostro.

Aparte de las montañas, había poco más que ver: una interminable extensión de tierra rojiza y seca, cubierta por unos matorrales de color caqui también secos, pero Sophie tenía que centrarse en algo para no pasarse todo el viaje mirando a Kit. Sus manos fuertes sujetaban el volante con fuerza. Sus antebrazos dorados contrastaban con el blanco de la camisa remangada. Su perfil... distante, perfecto.

–Me estás mirando –comentó sonriendo ligeramente, sin apartar los ojos de la carretera.

–Lo siento –le dijo ella, apartando la vista–. Estaba intentando no hacerlo.

Kit se pasó una mano por la cara.

–Confiemos en que no espere encontrarse con un banquero vestido con chinos y camisa de vestir, porque se va a llevar una decepción.

–Tú jamás podrías decepcionar a nadie. Sin embargo, yo...

Sophie bajó la visera y se miró en el espejo que había en ella. Tenía la cara colorada. Tomó su neceser y sacó el maquillaje para intentar bajar el tono de sus mejillas, pero el coche pilló un bache y el líquido color marfil rosado cayó sobre sus pantalones.

Sobre sus pantalones blancos.

Gimió consternada y empezó a frotar la mancha con un pañuelo de papel, extendiéndola todavía más.

–¿Qué voy a hacer ahora?

Kit la miró.

–Quítatelos. Ya te he dicho antes que no te hacían falta, estás mucho mejor sin ellos.

–Tal vez para ti, porque la testosterona te nubla el juicio, pero no creo que ningún experto en etiqueta aconseje llevar un vestido tan corto para conocer a una posible futura suegra. Va a pensar que soy... No sé... una fresca.

Dejó de frotar la mancha y miró a Kit, que seguía con la vista al frente, inexpresivo, aunque tenía la mandíbula apretada y los nudillos blancos de la fuerza con la que estaba agarrando el volante.

–Se trata de la mujer que engañó a su marido y dejó que criase al hijo de otro hombre como si fuera suyo para marcharse después con su amante, ¿recuerdas? No creo que esté en posición de juzgar a nadie.

A Sophie le dio un vuelco el corazón al oír hablar a Kit con tanta amargura. Dudó, se humedeció los labios, con miedo a decir lo que no debía.

–¿Te acuerdas de ella? –preguntó con naturalidad, mientras volvía a frotar la mancha de los pantalones.

–No mucho. Tenía seis años cuando se marchó –contestó él.

Luego hizo una pausa. Sophie bajó la cabeza. Estaba deseando mirarlo, tocarlo, pero no quería interrumpirlo.

–Me acuerdo de su perfume –continuó Kit con desgana–. Y que era muy bella. También me acuerdo de cuando me dijo «adiós».

Sophie no pudo evitar levantar la cabeza y mirarlo.

–Oh, Kit, debió de ser horrible.

Su expresión seguía siendo inescrutable.

–No por aquel entonces. Me prometió que volvería pronto. Ya se había marchado antes... para no volverse loca en Alnburgh, así que no tenía ningún motivo para no creerla. Me dijo que cuidase del castillo mientras ella estaba fuera, porque algún día sería mío. No sé si era lo que esperaba o si me engañó deliberadamente.

Sophie giró el rostro hacia la ventanilla. El terreno era más verde y había manadas de caballos pastando. A lo lejos había una colina salpicada de casas.

–Estaría intentando... no sé, suavizar un poco el golpe.

Kit rio con amargura.

–Pues yo creo que cuando te van a dar un golpe es mejor que sientas el dolor para poder enfrentarte a él.

–¿Vive aquí? –preguntó ella, señalando hacia el pueblo que tenían delante.

–Sí.

Sophie se puso nerviosa de repente, se quitó las sandalias doradas e intentó deshacerse también de los pantalones.

–¿Qué haces?

–Quitármelos. Es mejor ir fresca que sucia, aunque...

–¿Por qué te preocupa tanto lo que pueda pensar de ti? –le preguntó Kit, suspirando–. ¿Y por qué intentas disculparla?

Sophie respiró hondo.

–Solo quiero gustarle. Y supongo que intento disculparla porque no me gusta juzgar a nadie, ni pensar mal de nadie. La gente siempre hacía eso cuando yo era pequeña. Además, uno de los dos va a tener que estar abierto al diálogo si no queremos pasar una tarde muy, muy incómoda.

Villa Luana estaba a las afueras del pueblo, en la colina, rodeada de olivos, cipreses y pinos que perfumaban el aire cálido con su aroma seco, a resina. La casa parecía salida de un cuento de *Las mil y una noches*.

Atravesaron la puerta y se detuvieron en un jardín donde las sombras del atardecer se reflejaban en varias piscinas de color añil oscuro. Las paredes rosadas de la casa estaban iluminadas con faroles de plata ornamentada. Un hombre vestido con chilaba apareció por una puerta y se inclinó en silencio, indicándoles con el brazo que entrase en la casa.

Sophie estaba hecha un manojo de nervios, pero Kit avanzó con seguridad y entraron en un recibidor de techo muy algo. En todas las paredes había varias ventanas alargadas que ofrecían una panorámica de la colina.

Era tan bonito que, por un momento, a Sophie se le olvidó que estaba nerviosa y se acercó a las ventanas, asombrada.

–Bienvenidos a Villa Luana.

La voz procedía de detrás de ella y, a pesar de ser suave, la sobresaltó. Sophie miró a Kit, que estaba pálido y le brillaban los ojos.

Ella se giró despacio para seguir su mirada.

La mujer que se estaba acercando a ambos era pequeña, esbelta, morena y muy bella. Llevaba un vestido negro de lino, de corte europeo. La expresión de su rostro era serena, aunque, al acercarse más, Sophie vio arrugas en su frente y alrededor de sus ojos.

Unos ojos del mismo gris plateado que los de Kit.

Se detuvo a cierta distancia de ellos.

–Kit. Ha pasado mucho tiempo –añadió en voz baja, conteniendo la emoción. Mirándolo con avidez, como si su futuro estuviese en sus manos. Como si le diese miedo que volviese a desaparecer.

–Sí. Casi treinta años –le confirmó él en tono ácido.

Ella se giró hacia Sophie.

–Tú debes de ser la prometida de Kit.

–Sí, soy Sophie. Sophie Greenham.

Tal vez fueron los nervios lo que la llevaron a acercarse a Juliet y darle un abrazo, en vez de limitarse a darle la mano. O quizás lo hizo porque, a pesar de su belleza, le pareció una mujer frágil y vulnerable.

–Es un placer conocerte.

–Lo mismo digo. Un placer y un privilegio –contestó Juliet, apretándole los hombros, agradecida–. Hace tan buena tarde que he pensado que podíamos cenar en la terraza. Philippe nos traerá algo de beber mientras empezamos a conocernos un poco mejor. Quiero que me contéis todo lo relativo a la boda.

Las vistas desde la terraza que había en el tejado eran todavía más impresionantes: una acuarela en tonos ocre, arcilla, añil y dorado.

El sol estaba desapareciendo en el horizonte, tiñendo la tierra seca de rojo. Kit se apoyó en la pared y aspiró el olor a pinos, a tomillo y a madera quemada, procedente del pueblo, e intentó calmarse.

Había vuelto a sentirlo todo al verla de nuevo. La amargura, el resentimiento, la ira. Le dolía la mandíbula de tanto apretar los dientes para evitar dejar escapar un torrente de recriminaciones.

Había ido allí a obtener respuestas, no a hablar

de bodas. Oyó a Sophie charlando amablemente acerca de todo lo que veía.

Nunca la había querido tanto.

Cerró los ojos y dejó que el sonido de su dulce voz lo inundase y calmase su hostilidad. Oyó llegar al criado con la bandeja con copas. Sus manos volvían a estar entumecidas. El sonido del corcho del champán le puso los nervios de punta.

Solo quería abrazar a Sophie y llevársela de allí. A algún lugar donde pudiese aislarse del mundo y olvidarlo todo.

—He pensado que, dado que es una noche especial, teníamos que tomar champán —comentó Juliet.

Kit se giró hacia ella.

—Gracias, pero tengo que conducir.

—Conduciré yo —dijo enseguida Sophie.

—No, no estás asegurada. No pasa nada. Beberé agua mineral.

Juliet dijo algo al criado, que desapareció de nuevo. Kit apartó la vista del rostro angustiado de Sophie y la posó de nuevo en el paisaje.

—Ya veo por qué te marchaste de Alnburgh —dijo, sin molestarse en ocultar su acritud.

—¿Y tú, Kit, sigues en el ejército? —preguntó Juliet en tono dulce.

Él se acercó. Los últimos rayos del sol iluminaron su rostro magullado mientras se sentaba en el sofá que había frente a ellas.

—En la unidad de desactivación de explosivos —comentó, pasándose una mano por el rostro—. Como ves.

–Ya lo sabía. He intentado seguir tu carrera. Leí en el periódico que te habían dado la Cruz de San Jorge. Me sentí muy orgullosa –le dijo Juliet, sonriendo con tristeza–. Aunque sé que no tengo ningún derecho. Supongo que tú también te sentiste así, Sophie.

Esta asintió, la madre de Kit la había pillado desprevenida, con la boca llena.

–En cualquier caso, brindo por vosotros –añadió Juliet, tomando su copa y levantándola–. Por vuestra boda y vuestro futuro juntos. Por que seáis muy felices.

Kit miró a Sophie mientras levantaba su copa de agua mineral. La de ella estaba prácticamente vacía.

–Por todos nosotros –dijo con alegría, intentando romper el hielo–. Por un futuro feliz.

Juliet dio un pequeño trago a su copa y Sophie intentó no vaciar la suya.

–Bueno, habladme de la boda –le pidió Juliet, dejando su copa–. ¿Ya tenéis fecha?

Sophie miró a Kit, que parecía aburrido, y se le encogió el corazón de amor y de deseo.

–Ni siquiera hemos decidido cómo nos vamos a casar ni dónde –dijo enseguida–. Yo nunca he soñado con un vestido de princesa ni con una enorme tarta nupcial, así que preferiría algo discreto y pequeño. En una playa desierta estaría bien...

–¿Qué os parece la capilla que hay en Alnburgh? –sugirió Juliet con cautela–. Es pequeña, y muy bonita.

Kit hizo un sonido de desprecio y se puso en pie, tenía los ojos brillantes de ira.

—Por desgracia, no está abierta al público. Y dado que yo en realidad no soy un Fitzroy...

—Oh, Kit... —dijo Juliet, levantándose también—. Me preguntaba si lo sabrías ya. Si te habrías dado cuenta. Por eso quería verte. Porque sí que eres un Fitzroy. La finca de Alnburgh es tuya.

QUÉ HAS dicho? –preguntó Kit con los puños cerrados, furioso–. He estado con el abogado de Ralph, que dejó muy claro que no tenía nada que ver con él y que no iba a permitir que su finca cayese en manos de tu hijo bastardo.

Juliet tomó aire.

–Me lo temía. Por eso quería verte. Ralph no era tu padre, Kit, pero... –se interrumpió para volver a tomar aire– sí lo era su hermano mayor. Lo que significa que el legítimo heredero de Alnburgh eres tú, y no Jasper.

–¿El hermano mayor de Ralph? –preguntó Kit con desaliento.

–Leo –contestó Juliet en voz baja–. Leo Fitzroy.

Y Kit recordó un retrato que había visto en la entrada de Alnburgh antes de que alguien lo retirase a un lugar menos visible. Un uniforme.

–Era militar –dijo–. Y falleció en la guerra de las Malvinas.

–No –contestó Juliet suspirando–. Luchó en ella y como no volvió a Alnburgh, todo el mundo dio por hecho que había muerto y Ralph no lo negó. Pero no hubo funeral.

–¿Qué ocurrió?

Juliet se abrazó a sí misma, como para reconfortarse o protegerse, y se alejó de la mesa en la que iba a servirse la cena.

–No sé por dónde empezar, aunque llevo semanas preparando una explicación en mi cabeza.

–Empieza por el principio –dijo Sophie desde el sofá, en tono tranquilo–. Cuéntanos cómo conociste a Leo.

Kit tenía el corazón acelerado. Quería acercarse a Sophie, abrazarla y enterrar el rostro en su pelo, pero no podía moverse. Juliet fue a encender una vela que había colgada de la pared. El fuego de la cerilla iluminó su rostro un instante, sus arrugas y la expresión de dolor.

–Supongo que debo empezar por ahí –dijo, acercándose a un limonero–. Acababa de salir del internado y era muy ingenua, ya que siempre había estado protegida. Mis padres querían que continuase mis estudios en Suiza, sobre todo porque no sabían qué hacer conmigo mientras esperaban a que encontrase el marido adecuado. Entonces, un fin de semana, una amiga me invitó a una fiesta en Alnburgh, a casa de los condes de Hawksworth. Mi madre estaba encantada.

El criado, Philippe, regresó en silencio, volvió a poner los platos en una bandeja, rellenó las copas y encendió las velas que había en la mesa. Cuando se hubo marchado, Juliet se volvió a sentar.

–Me enamoré de aquel lugar –continuó, tomando su copa–. Era verano y nunca había visto algo tan romántico. Y allí estaba Ralph, riendo, tan guapo, siempre con una botella de champán en una mano y una rubia medio desnuda en la otra. La fiesta duró tres días. Cuando volví a casa, mis padres estaban furiosos. Hasta que les conté que estaba prometida.

Aunque era su madre la que estaba hablando y aunque había estado treinta años sin verla, de quien Kit no podía apartar la mirada era de Sophie. Que observaba y escuchaba a Juliet con expresión soñadora.

—Pensé que me había enamorado de él —continuó Juliet con tristeza—, pero en realidad me había dejado impresionar por el castillo, el glamour, el champán, la libertad. Fue una pena que me diese cuenta demasiado tarde. Cuando Leo vino a la boda.

Juliet se quebró y Sophie le puso la mano en el brazo con toda naturalidad. En ese momento, Kit se sintió agradecido. Sophie había aceptado la responsabilidad de los sentimientos de Juliet, quitándole ese peso a él.

Poniéndoselo... más fácil.

—Fue horrible —continuó su madre—. Era el padrino de Ralph y llegó la misma mañana de la boda, así que cuando lo vi fue ya en el altar. Lo reconocí al instante y supe que me estaba casando con el hombre equivocado.

Sophie miró a Kit, ya que ella había llegado a Alnburgh fingiendo que era la novia de Jasper.

—¿Y qué hiciste? —preguntó en un murmullo.

Juliet se encogió de hombros con elegancia.

—Nada. Me comporté como una muchacha educada y me casé, dije todo lo que debía decir en la recepción, fui de luna de miel e intenté ser una buena esposa, pero fue un desastre. Ralph jamás había tenido la intención de dejar las fiestas y a las rubias medio desnudas, y yo me di cuenta de que Alnburgh no era tan romántico en invierno. Pensé que iba a morirme, de soledad o de frío.

Sophie se llevó las rodillas al pecho y las abrazó.

–Sé lo que es eso. Solo estuve allí dos semanas, pero no pude dejar de pensar en el frío que hacía –comentó, mirando a Kit de nuevo–. O casi.

–Continúa –intervino este muy serio.

–Entonces vino Leo –añadió Juliet suspirando–. Sé que, si digo que fue imposible evitar lo que pasó entre nosotros, sonará a excusa, pero así fue. Estuvo tres semanas allí. Y entonces nos juramos que no habría nada más entre nosotros. Tomamos la decisión de no escribirnos y entonces... descubrí que estaba embarazada y no pude ponerme en contacto con él.

Por primera vez desde que había empezado a hablar, Juliet miró a Kit de verdad, con una mezcla de disculpa e indefensión en su expresión.

–Ni siquiera sabía dónde estaba –continuó–. Había entrado en las fuerzas especiales y todo lo que hacía era secreto. Yo estaba aterrada. Y tenía muchas náuseas, así que Ralph no tardó en darse cuenta de que estaba embarazada. Se puso... feliz. Ni se le pasó por la cabeza que pudiese no ser su bebé.

–¿Y no pensaste en contarle la verdad? –preguntó Kit en tono neutro.

–Por supuesto que sí. No podía pensar en otra cosa, pero no me encontraba bien y Leo no estaba allí. No sabía qué hacer, así que no hice nada.

Philippe había vuelto con platos, que dejó en la mesa antes de retirarse de nuevo.

Kit esperó a que se hubiese marchado para hablar.

–¿Y cuánto tiempo estuviste sin hacer nada? –inquirió.

–Tenías más o menos un año cuando Leo volvió –respondió Juliet sin mirarlo a los ojos–. Siempre se había dicho que Leo se ocuparía del castillo cuando dejase el ejército, pero todo había cambiado. Ralph pensaba que eras su hijo. Leo sentía que había engañado a su hermano, y no era capaz de quitarle la casa y a su hijo.

La mano de Juliet tembló y el cuscús se derramó por el mantel. Levantó la vista y miró a Kit.

–Renunció a Alnburgh sin pensárselo dos veces, pero no pudimos renunciar el uno al otro.

–Así que te marchaste para estar con él, ¿y se te olvido llevarme contigo?

A Sophie empezó a dolerle la cabeza y deseó poder cerrar los ojos y taparse los oídos, como una niña pequeña.

–¡No fue tan fácil, Kit! –exclamó Juliet, subiendo la voz por primera vez, emocionada–. No te dejé sin más. Intentamos dejar de vernos, pero no pudimos y, al final, dejamos de sentirnos culpables. Después de las Maldivas, Leo cambió. Compró este lugar para venir a relajarse cuando no estuviese trabajando.

Quería venir a vivir aquí permanentemente, y quería que tú y yo viniésemos también.

Por un momento, Kit guardó silencio. Se oyó el ladrido de un perro en la distancia.

–¿Y qué ocurrió?

Sophie oyó tomar aire a Juliet, como si estuviese haciendo acopio de valor. O preparándose para algo.

–No estaba bien cuando volvió de las Maldivas. No dormía y tenía problemas. Decidió ir a hacerse un examen médico completo a Londres.

Kit se levantó de repente, se llevó las manos a las sienes. Sophie se puso en pie también.

–Continúa.

–Pasó por varios especialistas que le hicieron un montón de pruebas. Al final le dijeron que tenía una enfermedad degenerativa que afectaba a su sistema nervioso, y le dieron un año de vida.

Kit se giró y fue hacia la barandilla de la terraza.

–Ese tipo de noticias son estupendas para centrarse. Para que las cosas parezcan sencillas.

–¿Te fue sencillo dejar a tu hijo? –le preguntó Kit, mirando hacia la noche.

–Pensé que sería solo un año –dijo Juliet a sus espaldas–. Y no podía traerte hasta aquí con un hombre al que casi no conocías, que sufría una enfermedad terminal y que iba a necesitarme veinticuatro horas al día. Tú tenías que ir al colegio, necesitabas una rutina...

«Necesitaba unos padres», pensó Kit. La había necesitado a ella. Aunque entendía que Leo también la hubiese necesitado. Su padre. Leo la había necesitado más.

–¿Y por qué no volviste?

Ella suspiró con tristeza.

–Porque los médicos se equivocaron. Su enfermedad no duró un año.

Kit se dio la vuelta muy despacio.

–¿Cuánto duró?

–Dieciséis años. Y cuando murió, ya era demasiado tarde para volver.

Más tarde, Sophie no recordaría casi nada de lo ocurrido aquella noche. Ni siquiera sabía lo que habían cenado, solo que estaba tan delicioso que había vaciado el plato y que había repetido. También había vaciado la copa en varias ocasiones. Se había dejado acariciar por el aire caliente y por la melodiosa voz de Juliet.

Esta había hablado de cosas sin importancia. De lo que les había costado restaurar Villa Luana, de cómo Leo había ido ganándose la confianza y el respeto de la gente del pueblo. Kit casi no había intervenido.

Había sido como la tranquilidad después de un huracán, pero el daño estaba hecho. Y Sophie estaba demasiado cansada para darse cuenta de cuál era.

–Has hecho muy buena elección –comentó Juliet, mirando a Sophie, que estaba medio dormida en el sofá.

–Sí –admitió Kit emocionado. Había amor, desprecio y miedo en su voz.

–Aunque uno no elige de quién se enamora –añadió su madre–. Ocurre, eso es todo. Y no importa que sea imposible, no se puede cambiar. Es para toda la vida.

–No siempre es así, ¿no? Uno no puede hacer siempre lo que quiere –dijo enfadado.

De repente, su futuro con Sophie le parecía frágil a la luz de las revelaciones que le había hecho Juliet.

Sophie cambió de postura y frunció el ceño un instante. Kit intentó contener el amor que sentía por ella, y una repentina sensación de pánico.

–Entiendo que estés enfadado conmigo –le dijo su madre–. No esperaba otra cosa, pero me alegro de que hayas venido y me hayas dado la oportunidad de explicarme. Aunque no puedas perdonarme, quería que supieses lo de Alnburgh.

Se puso en pie y miró a Sophie.

–No la despiertes. Vamos al piso de abajo, tengo una copia del testamento de Leo para ti. Con todos los detalles acerca de la finca.

Kit se levantó y fue hacia Sophie, contuvo las ganas de inclinarse y besarla en los labios. Era lo único verdadero, bueno y bello que tenía en su vida, pero...

Apartó la mirada de ella y siguió a Juliet.

–¿Y cuáles son esos detalles? –preguntó.

Le quemaban las palmas de las manos. No le importaba la finca. Todavía había cosas que quería saber.

–Todo se arregló cuando nos divorciamos. Leo renunció a la finca, pero quiso que fuese para ti.

Llegaron a una habitación amplia. Juliet encendió una luz y Kit vio que había pocos muebles, solo una cajonera, un tocador y una cama individual.

El corazón le dio un vuelco al reconocer el juego de artículos de tocador de plata de su madre: el cepillo del pelo, el espejo, el peine, que recordaba de Alnburgh.

Juliet abrió un cajón y se giró hacia él con varias fotografías en la mano.

–La enfermedad fue brutal –le explicó, con la voz quebrada mientras le tendía las instantáneas–. Era un hombre tan fuerte.

A Kit se le hizo un nudo en la garganta. La primera fotografía era de Leo Fitzroy de uniforme, con el desierto de fondo.

–Te pareces tanto a él.

Era cierto. Kit miró la siguiente fotografía: Leo de civil, con su brazo entrelazado con el de Juliet en una cafetería, con varias postales encima de la mesa. Era la Juliet que él recordaba, joven y sonriente. La madre que Leo se había llevado.

–En Marbella –le dijo ella–. Te estaba escribiendo una postal.

Y luego llegaron las fotografías de un Leo más delgado, en Villa Luana, con un gin-tonic en la mano en la terraza, en silla de ruedas.

A Kit le temblaba la mano cuando llegó a la última fotografía, en la que Leo aparecía esquelético, tumbado en una montaña de cojines, con un tubo en la garganta. Tenías las mejillas hundidas.

–Los médicos acertaron acerca de lo que le ocurriría con la enfermedad –comentó Juliet–. Como ves, lo destrozó por completo, sin piedad. Pero no se llevó al hombre que era por dentro, al que yo amaba. Aquello fue lo más maravilloso, y lo más cruel al mismo tiempo. Y aunque el precio que tuve que pagar para estar con él fue muy alto... cada día a su lado fue una bendición.

Kit le devolvió las fotografías.

–¿Esa enfermedad... es hereditaria? –preguntó.

Ella volvió a guardar las fotografías antes de responder.

–No –le dijo sin mirarle–. Casi nunca lo es.

A Kit empezó a dolerle la cabeza, notó sudor en la espalda.

–¿Qué quiere decir eso?

–El médico nos dijo que podía ser genética en un diez por ciento de los casos, pero el resto era suerte.

Volvió a acercarse a él con un sobre en la mano y una caja de terciopelo.

–Es el testamento de Leo –le dijo–. Tu copia. Y esto... es el anillo de los Fitzroy. La Estrella Oscura. No he podido evitar fijarme en que Sophie todavía no tiene un anillo de compromiso. Tal vez...

Una siniestra voz en el interior de la cabeza de Kit le advirtió que no lo aceptase. Y que dárselo a Sophie sería como encadenarla a él. No obstante, tomó la caja.

–Es tarde. Deberíamos marcharnos.

Juliet asintió y luego lo agarró por los hombros.

–Gracias –le dijo–. Me alegro muchísimo de que hayas venido.

Kit se inclinó y le dio un leve beso en la mejilla mientras deseaba poder decir lo mismo.

Capítulo 8

CUANDO Sophie despertó lo primero que notó fue que le dolía la cabeza. Lo segundo, que el dolor de estómago era solo en parte el resultado de haber bebido demasiado champán la noche anterior.

Abrió los ojos. Entre las contraventanas brillaba el sol. A su lado, la cama estaba vacía.

Kit siempre se levantaba mucho más temprano que ella. Se dijo que eso no significaba que nada fuese mal. Se sentó y se llevó una mano a la cabeza. Se miró y se dio cuenta de que todavía llevaba puesta la túnica de la noche anterior.

Gimió consternada.

Se había debido de quedar dormida, porque lo último que recordaba era que había estado sentada en la elegante terraza de Juliet Fitzroy mientras esta contaba cómo se había enamorado de Leo.

Se dejó caer de nuevo en la cama y se tapó la cara con la almohada.

Luego tenía otros recuerdos más borrosos. Como Kit llevándola al coche y ella con los brazos alrededor de su cuello, sintiéndose otra vez segura.

Se puso en pie con cuidado y fue a por agua, y a por Kit.

Lo encontró en la terraza. Llevaba puestos los pantalones de la noche anterior y estaba sin camisa. A Sophie se le olvidó la resaca nada más ver su espalda bronceada y musculosa al descubierto. Se acercó a él, lo abrazó y le dio un beso entre los omóplatos.

–Si me he perdido el desayuno, ¿existe la posibilidad de que te coma a ti en su lugar? –murmuró con voz ronca.

Él se quedó inmóvil.

–No te has perdido el desayuno –contestó, dejando los papeles que había estado leyendo–. Iré a buscarte algo.

Sophie retrocedió. Tenía el estómago revuelto, pero no sabía si era por la resaca o por la indiferencia de Kit.

–Siento lo de anoche –se disculpó–. Y la verdad es que no tengo hambre. Solo te quiero a ti.

–Tengo que hacer cosas. Todavía estoy leyendo esto.

Levantó unos papeles. Sophie se vio reflejada en sus gafas de sol. Pálida. Necesitada.

–¿Qué es?

–El testamento de Leo.

Ella dejó de sonreír.

–Ah, sí. Menuda noticia, ¿no? Así que, al final, la finca de Alnburgh es tuya –comentó, riendo–. Jasper se va a poner como loco.

–Tendré que ir a verlo en cuanto volvamos a casa.

Kit parecía estar rodeado de una especie de escudo invisible. Sophie tragó saliva para intentar contener el miedo que iba creciendo en su interior.

–Bueno, ahora está en Los Ángeles. Cuando se
entere de la noticia es probable que dé semejante
fiesta que necesite hasta después de Navidad para
recuperarse...

Sophie se interrumpió, se humedeció los labios
y preguntó:

–¿Y a ti? ¿Qué te parece? Debes de estar contento después de haber averiguado que, al fin y al
cabo, eres un Fitzroy –dijo sonriendo–. Y no un Fitzroy cualquiera, sino el que va a heredarlo todo...

Él rio en ese momento, pero lo hizo con amargura.

–¿Contento? No exactamente. Créeme, heredarlo
todo no es ninguna suerte.

Sophie notó que las náuseas aumentaban. Sabía
que ser el conde de Hawksworth implicaba respon-
sabilidades, una de ellas, casarse con la mujer adecuada y tener herederos.

Kit se llevó una mano a la frente.

–Tengo que hacer unas llamadas.

–Yo iré a ducharme –murmuró ella, yendo hacia
la puerta.

–Creo que voy a tener que volver a casa hoy
–continuó Kit sin levantar la vista–. Llamaré a Nick
para que me lleve a Newcastle y allí alquilaré un
coche para ir a Alnburgh.

Sophie se detuvo.

–¿Y yo?

Kit levantó la cabeza, pero no la giró para mirarla.

–Sé que Alnburgh no te gusta. No tienes que venir si no quieres, pero tienes que entender que yo deba hacerlo.

–Quiero ir –le dijo ella esperanzada, obligándose a sonreír–. Tal vez Alnburgh no sea el destino de mis sueños, pero no quiero separarme de ti tan pronto. Quiero estar contigo.

Kit esperó a oír cómo se cerraba la puerta del cuarto de baño antes de dejar escapar el aire que había estado conteniendo y de dejar el testamento de Leo encima de la mesa.

Lo cierto era que ya había terminado de leerlo y que, efectivamente, Leo se había asegurado de que la finca de Alnburgh fuese para su hijo.

Sophie tenía razón, debería estar contento, pero no podía dejar de pensar en qué más podía haber heredado de Leo.

Se miró el reloj, era buena hora para llamar y preguntar por Lewis. Y tal vez pudiese hablar con Randall. Habían servido juntos en el ejército y le daría una respuesta sincera acerca de por qué se le quedaban dormidas las manos y sentía pinchazos en los dedos, y de si eran los primeros síntomas de la enfermedad que había terminado lentamente con la vida de su padre.

Tomó el teléfono sin saber si sería capaz de lidiar con la respuesta que le diese su amigo.

Sophie salió de la ducha y enterró el rostro en una suave toalla. Después de diez minutos debajo de los chorros de agua seguía doliéndole la cabeza y todavía tenía miedo.

Su madre siempre le había dicho de niña que era igual de buena que cualquiera, pero eso era porque Rainbow no había pasado nunca una noche con alguien como Juliet Fitzroy. Se sintió consternada al recordar el abrazo que le había dado nada más conocerla, y al pensar que se había quedado dormida después de la cena.

No le extrañaría que Kit ya no tuviese tan claro si quería o no casarse con ella.

Salió al dormitorio y lo oyó hablar por teléfono, pero no entendió lo que decía. Tomó el vestido blanco que se había puesto el día anterior, y que todavía estaba encima de una silla, y se lo puso porque no tenía energía para buscar otra cosa.

Miró a través de las contraventanas y vio a Kit de espaldas, con el cuerpo en tensión.

Si Sophie había aprendido algo de su alegre madre era que una no podía obligar a nadie a amarla. Si iba a estar con Kit, compartiendo su vida, tendría que ser porque él quería, no porque le hubiese hecho una promesa en otras circunstancias.

No estaba preparada para dejarlo marchar sin luchar por él, pero tendría que dejarle espacio para que pudiese acostumbrarse a su nueva situación.

Tomó un papel de la libreta del hotel que había en la mesita de noche y escribió una nota. Luego se puso las sandalias, tomó el bolso y salió en silencio.

–¿Qué significa eso? ¿Que se va a poner bien?

Kit notó dolor en el brazo y se dio cuenta de que estaba agarrando el teléfono con demasiada fuerza mientras escuchaba a Randall hablarle de Lewis. Levantó la vista al cielo azul, pero no pudo evitar que su mente volviese al pasillo que había delante de la habitación de Lewis, ni tampoco pudo evitar sentirse culpable.

–Significa que no parece que su columna vertebral haya sufrido daños permanentes –le explicó Randall–. Todavía le queda bastante para poder levantarse y andar, pero al menos parece que podría hacerlo algún día.

–Gracias a Dios.

–¿Y cómo estás tú, Kit? –le preguntó Randall–. Sé que no ha sido una misión fácil.

–Estoy bien –respondió él–. Por una vez, llevaba el traje antiexplosivos, si no, ya no estaría aquí. Tengo unos cortes en la cara porque llevaba la visera levantada, pero se están curando bien.

–Me alegra oírlo, pero no estoy seguro de que hayas contestado a mi pregunta –replicó Randall en tono amable–. ¿Cómo estás?

–Bien. Solo necesito descansar, eso es todo.

Cerró los ojos y maldijo su cobardía. Quería saber, pero no era capaz de preguntar.

Tal vez Randall notó algo en su voz, porque insistió.

–¿No estás durmiendo bien?

–Nunca duermo bien, pero después de cinco meses lejos de casa, parece ser que siempre tengo cosas más importantes que hacer que dormir.

Randall rio.

–En ese caso, el único culpable eres tú.

Kit se dio cuenta de que la conversación estaba llegando a su fin. De repente, tenía las manos llenas de sudor. Respiró hondo.

–Antes de que me cuelgues, quería preguntarte qué sabes de la enfermedad de la neurona motora.

Hubo unos segundos de silencio.

–Bueno, no es mi especialidad. ¿Hay algo que quieras saber al respecto?

–Sí. ¿Cuáles son los primeros síntomas?

Randall suspiró al otro lado del teléfono.

–No lo sé, Kit. Cada caso es diferente, pero supongo que debilidad en manos o pies, supongo que más notable en las manos... falta de coordinación, esas cosas. ¿Por qué?

Kit ignoró la pregunta y recordó aquellos momentos, bajo el puente, en que sus dedos se habían quedado dormidos mientras manipulaba los cables.

–¿Cuál es el tratamiento?

–No tiene cura, si es eso lo que quieres saber –le contestó Randall a regañadientes–. Se puede disminuir su progresión con medicamentos, pero no es nada agradable.

–Lo sé.

–No obstante, esos síntomas son comunes a muchas otras enfermedades menos graves y mucho más habituales –continuó Randall en tono más alegre–. La enfermedad de la neurona motora sería la peor, y una de las menos probables.

«Salvo que tengas una predisposición genética», pensó Kit.

–¿Kit? ¿Sigues así? Oye, ¿por qué no vienes a verme cuando vuelvas? A Lewis le animará ver a su comandante y yo te haré un examen rápido si hay algo que te preocupa.

–No. No hace falta, de verdad.

Randall tenía experiencia de sobra para saber que tenía que intentarlo de otra manera.

–Bueno, ¿qué tal entonces un partido de squash? Hace mucho que no jugamos, tal vez porque siempre me ganas tú.

Kit se dio cuenta de lo que su compañero estaba haciendo y, en el fondo, se lo agradeció.

–Me encantaría, pero... –dijo, levantando la mano en la que no tenía el teléfono y tensando los dedos– tengo que arreglar unos asuntos familiares.

–Bueno, pero ya sabes dónde estoy si me necesitas. O si quieres preguntarme algo más.

–Gracias, pero ya has resuelto todas mis dudas –respondió Kit–. Lewis te necesita más que yo. Dale recuerdos de mi parte.

Kit colgó y se giró para dejar el teléfono encima de

la mesa. Notó que le dolía el hombro y se dio cuenta de que había estado toda la conversación en tensión.

Pensó alarmado que Sophie ya debía de haber salido de la ducha y se preguntó si lo habría oído hablar. Atravesó apresuradamente la terraza y entró en la habitación.

El ambiente era fresco. Y todo estaba en silencio. Vio una nota encima de la cajonera:

He ido a la medina a comprar una postal para Jasper. Hasta luego. Te quiere, S.

Kit se sintió aliviado, no lo había oído. Podría seguir comportándose con normalidad, como si todo fuese bien. Si no iba a ver a Randall ni le daban un diagnóstico, no le estaría mintiendo.

Pero una cosa era no mentir y otra distinta, ocultar la verdad y hacerla prisionera de su enfermedad casándose con ella.

Todavía tenía el anillo que Juliet le había dado en el bolsillo de los pantalones, sacó la caja y la abrió. La piedra era un óvalo negro y estaba rodeada de diamantes.

Estuvo un rato mirándolo. Luego cerró la caja con fuerza, se la metió otra vez en el bolsillo y fue a buscar a Sophie.

El coche del hotel lo dejó en la plaza. Mientras se dirigía a la medina, tomó el teléfono y llamó a Sophie.

Las estrechas calles de la medina eran oscuras y frías. Era un alivio estar a cubierto del sol, pero las sombras acechaban amenazantes. Kit empezó a sudar. Aceleró el paso hasta ponerse casi a correr y buscó una melena rojiza entre la gente.

¿Por qué no respondía Sophie al teléfono?

El corazón se le aceleró mientras buscaba con la mirada. Había bolsas de basura en las esquinas y la gente llevaba paquetes en los que podía tener escondida una bomba.

Miró hacia delante y vio la puerta en forma de arco del zoco, que daba a la calle ancha que había detrás. Y justo delante de ella, la melena pelirroja de Sophie.

Estaba sentada en un taburete bajo delante de una mujer que iba tapada con un velo y que le estaba sujetando una mano. Kit suspiró aliviado. Contuvo el impulso de echarse a correr hacia ella, tomó aire y anduvo con normalidad. Le estaban haciendo un tatuaje de henna, por eso no había contestado a su llamada. No porque la hubiesen secuestrado. Se pasó una mano por el pelo sudado y siguió andando.

Se detuvo.

En una puerta, enfrente de ella, había un hombre con un teléfono móvil. Kit lo vio marcar un número a cámara lenta.

La adrenalina empezó a correr por sus venas. De repente, todo su cuerpo se puso rígido y se llevó la mano a la pistola, pero le temblaban tanto las manos que se le cayó.

Y la vio caer al suelo también a cámara lenta.

Supo que tenía que llegar adonde estaba Sophie antes de la explosión, pero tenía los pies como clavados al suelo y no podía moverse. Abrió la boca para llamarla a gritos, pero no fue capaz de articular palabra.

Pero ella levantó la cabeza en ese momento y lo vio. Dejó de sonreír y se puso en pie, avanzando hacia él con los brazos estirados.

—¡Kit! ¡Kit! ¿Qué te pasa?

Le acarició el rostro, preocupada.

—Amor mío, ¿qué ocurre?

Detrás de ella, el hombre de la puerta estaba hablando por su teléfono móvil. Kit apartó el rostro de la mano de Sophie, como si le quemaran.

—Nada, no pasa nada —dijo en tono helado—. He venido a buscarte porque el vuelo es a la una. Tenemos que hacer las maletas e ir al aeropuerto, si es que todavía quieres volver conmigo.

Sophie bajó la mano y retrocedió. Bajó la vista al suelo y asintió.

—Sí. Claro que sí.

Kit se odió a sí mismo, pero el orgullo le impidió tomar la mano de Sophie, le impidió disculparse o darle una explicación. En su lugar, se dio la vuelta y empezó a andar por la calle, con la mirada al frente.

Capítulo 9

EL VUELO de vuelta a Inglaterra fue tan lujoso como el de ida, pero mucho menos placentero.

Ninguno de los dos habló mucho. Kit parecía haberse puesto detrás de una pared de cristal, de manera que, a pesar de tenerlo muy cerca, Sophie se sentía como si no pudiese llegar a él. Sentada en su sillón de cuero, miró por la ventanilla, deseosa de cruzar el espacio que los separaba, quitarle el papel que tenía en la mano y obligarlo a fijarse en ella, a hablar con ella...

A decirle exactamente qué se le había pasado por la mente cuando la había visto un rato antes en el zoco.

Pero tenía la sensación de que, si lo hacía, ya no habría vuelta atrás, porque la respuesta de Kit lo cambiaría todo.

Era casi de noche cuando llegaron a Alnburgh. A pesar de ser verano, la diferencia de temperatura y de colores con Marruecos no podría haber sido mayor. El castillo, de piedra gris, se elevaba entre los acantilados y tenía delante un trozo de playa. Parecía sacado de una película de vampiros.

Sophie se vino todavía más abajo.

Recordó la primera vez que lo había visto. Una noche de invierno, en medio de una ventisca. Le había parecido una bola de nieve de cristal. Le había encantado, pero solo hasta que se había dado cuenta de que dentro del castillo hacía tanto frío como fuera.

–No entiendo por qué Tatiana se fue corriendo a Londres después del funeral de Ralph –comentó, estremeciéndose–. No me parece lo más adecuado, ¿no? ¿Queda alguien trabajando?

–Que yo sepa, no –respondió Kit–. Tatiana no quería seguir pagando al personal si no iba a seguir viviendo en el castillo.

Sophie encendió la calefacción del coche, dirigiendo el chorro de aire caliente a sus pies. Todavía llevaba puestas las sandalias y sabía que sería su última oportunidad para calentarse.

–¿Esta es una gran responsabilidad, verdad? –aventuró en voz baja, preguntándose si era el momento de preguntar cuándo podrían volver a Londres.

–Sí.

Kit detuvo el coche y apagó el motor y Sophie oyó el ruido del mar y los gritos de las gaviotas a lo lejos.

–Sophie, sé que esto no es lo que querías, ni lo que esperabas...

Ella se dijo que ya estaba, que Kit iba a soltarle el discurso de que lo suyo no iba a funcionar. Sintió pánico.

–No, pero tampoco es lo que tú esperabas –le contestó, disponiéndose a abrir la puerta con mano temblorosa–. Santo cielo, qué alto está el césped. ¿No te sientes un poco como Ricardo Corazón de León volviendo de una cruzada?

Salió del coche y tomó la bolsa con las cosas que había comprado en el aeropuerto: dos botellas de champán, una de vodka en una botella rosa fosforita y un Toblerone gigante para Jasper. Respiró hondo y se abrazó mientras el viento sacudía su vestido. La cazadora vaquera que se había puesto encima no era suficiente para aquella temperatura.

Oyó que Kit cerraba su puerta.

–¿Tienes llaves? –le preguntó, dando la vuelta para seguirlo escaleras arriba, hasta la enorme puerta principal.

–No las necesito –contestó él, marcando varios números en un discreto teclado–. Tatiana le pidió a mi pa... a Ralph que instalase un sistema electrónico.

La puerta crujió al abrirse.

–Después de ti.

Sophie se acordaba del recibidor de su primera visita, las paredes de piedra estaban todas cubiertas de cientos de espadas, pistolas, escudos y siniestras dagas. La primera vez le habían intimidado y en esos momentos no se sentía mucho mejor.

–Hogar dulce hogar –comentó en tono irónico–. Lo primero que tendríamos que hacer es quitar todas estas cosas horribles y poner un perchero y un bonito espejo. Sería mucho más acogedor y más práctico.

Kit se agachó a recoger el correo que había en el suelo, no sonrió. Y Sophie decidió que lo mejor sería mantener la boca cerrada.

–Voy al baño –murmuró, avanzando por un pasillo en el que había colgadas las cabezas de varios ciervos y antílopes intercaladas con cuadros de los antepasados de la familia Fitzroy.

Al llegar al vestíbulo que daba a la ancha escalera por la que se subía al piso de arriba, Sophie se dio de bruces con la madre de Jasper. O más bien con su retrato, que era tan intimidante y glamuroso como ella en persona. Se detuvo delante y lo observó. El pintor, fuese quien fuese, había capturado la belleza eslava de Tatiana, así como el brillo triunfante de su mirada.

Sophie suspiró. No se imaginaba a sí misma en un retrato parecido, cubierta de satén y diamantes. Subió las escaleras con rapidez. A Tatiana no le había dado por redecorar el piso de arriba, que estaba viejo y descuidado. El baño en el que entró Sophie había sido remodelado en los años treinta y tenía una enorme bañera de hierro, con pies de león y baldosines de color verde, y en él hacía mucho frío.

No había papel higiénico, pero Sophie tuvo la suerte de encontrar los restos de su servilleta de papel del avión en un bolsillo. Acababa de tirar de la cadena e iba a salir cuando algo llamó su atención en el suelo, junto a la puerta.

Su grito retumbó por los pasillos de toda la casa.

En el piso de abajo, Kit se quedó helado.

El instinto le hizo subir corriendo las escaleras,

de dos en dos. En un instante volvía a estar de servicio. Llegó al cuarto de baño y empujó la puerta.

–Sophie...

No había sangre, eso fue lo primero que vio. Luego se dio cuenta de que estaba en un rincón, entre la bañera y el váter, con los puños cerrados y expresión de horror.

–¡No te muevas! –le dijo.

Él se quedó inmóvil y su mente lo llevó de vuelta al desierto. Las imágenes de minas medio cubiertas de tierra llenaron su cabeza.

Muy lentamente, Sophie estiró un brazo y señaló hacia el suelo, a su lado.

–Ahí.

Kit giró la cabeza. Parpadeó.

–Una araña –dijo–. Es solo una araña.

–¿Solo una araña? ¡Es enorme! Por favor, Kit –le rogó–. Las odio. Por favor... deshazte de ella.

Él se inclinó para capturarla, pero sus dedos se negaron a cooperar y se le escapó. Sophie volvió a gritar y se apretó todavía más contra la pared.

Kit consiguió cazarla por fin, abrió la ventana y la dejó fuera.

–¿Ya está?

Él le enseñó la mano vacía. La adrenalina que todavía corría por sus venas le impedía hablar. Tenía la respiración entrecortada. Se dio la vuelta y se llevó las manos a las sienes, intentando contener la ira.

–Gracias –le dijo Sophie con voz temblorosa a sus espaldas–. No las soporto. De niña había muchas en el autobús en el que vivíamos y Rainbow nunca las quería matar porque decía que eran seres vivos. Yo me tumbaba en la cama, aterrada, y me las imaginaba metiéndose entre las sábanas...

Se le escapó un sollozo y se llevó la mano a la boca para acallarlo.

Siempre le había parecido fuerte, divertida y positiva, pero después de verla tan asustada, a punto de ponerse a llorar, Kit se ablandó. Fue a su lado y la abrazó y la besó.

—No pasa nada. Ya estás a salvo. Se ha ido.

Se sentía tan bien abrazándola y besándola de nuevo. La pesadilla de las últimas veinticuatro horas se empezó a desvanecer con su calor y su olor. Kit tomó su rostro con ambas manos y se dio cuenta de que la sensación de entumecimiento de sus manos había desaparecido. Podía sentir el calor de sus mejillas, la suavidad de su piel, cada lágrima que derramaban sus ojos.

Y el deseo que había estado conteniendo durante el largo viaje creció en su interior como una bola de fuego. Como siempre, el ardor de Sophie no era menor. Bajó las manos por su pecho y lo agarró por la camisa.

—Aquí no —dijo él, apartándose.

Ella rio, tenía las mejillas húmedas y sonrojadas, y los ojos brillantes.

—Me alegro.

—Vamos.

Tomó su mano y la llevó hasta unas escaleras que subían en espiral.

–¿Adónde vamos?

–A mi habitación. A nuestra habitación.

–¿Y está lejos?

Kit se detuvo y la tomó en brazos. Y Sophie pudo dedicarse a besarlo, a mordisquearle la oreja, y a murmurarle al oído:

–Te deseo. Necesito tenerte dentro.

Él atravesó una puerta y entró en una habitación. Sophie levantó la cabeza y miró.

Estaban en una habitación enorme, circular y casi vacía, en la que solo había una cajonera y una magnífica cama de madera labrada. Kit la dejó al lado de esta. La luz del anochecer teñía las paredes blancas de rosa y a Kit le brillaban los ojos de excitación mientras intentaba bajarle a Sophie la cremallera del vestido.

–Esta vez –le susurró–, nos lo tomaremos con calma. Eres demasiado bella como para precipitarnos.

Sin apartar la vista de su cuerpo, le bajó la cremallera del vestido poco a poco. Sophie se estremeció e hizo un esfuerzo para no arrancarle a Kit la camisa. Él metió las manos por debajo del vestido y le acarició la espalda. Luego frunció el ceño y la hizo girar.

Le apartó el pelo y le dio un beso en la nuca. En el silencio se oyó el grito de las gaviotas que surcaban el cielo color melocotón, y el beso de Kit.

Este le bajó un tirante, luego el otro. Y el vestido cayó al suelo.

Sophie se giró, temblando de deseo. Él tomó aire

mientras recorría su cuerpo con la mirada, desnudo, solo cubierto por unas braguitas de encaje lila, y con dedos temblosos, Sophie empezó a desabrocharle la camisa.

No supo si sería capaz de controlarse tanto como Kit. Tuvo que hacer un gran esfuerzo para no arrancarle los botones. Llegó al último.

–Kit...

Él retrocedió un paso y se sentó en la cama, con los ojos clavados en ella mientras la besaba en el estómago. Sophie se agarró a sus hombros y se preparó para disfrutar de un placer que ya estaba empezando a sentir. Kit siguió besándola y le bajó las braguitas.

Ella suspiró.

Pero Kit siguió acariciándole los muslos lentamente mientras su lengua continuaba explorándola. Sophie echó la cabeza hacia atrás y las caderas hacia delante, hacia arriba, para sentir el calor del aliento de Kit y la caricia de su lengua en el clítoris.

Entonces se echó hacia delante y enterró la cara en su pelo. Kit notó cómo se estremecía al llegar al orgasmo, la agarró por la cintura y la hizo caer en la cama con él. Se quitó los pantalones a patadas y unos segundos después la había penetrado y tenía sus músculos calientes y húmedos alrededor de la erección.

Por un momento se quedaron los dos quietos, se miraron a los ojos. Luego, muy despacio, Sophie lo besó en los labios.

–Te quiero.

Fue solo un susurro, pero minó por completo el control de Kit, que la abrazó con fuerza contra su pecho. Sophie puso las piernas alrededor de su cintura y él la penetró todavía más. Llegó al clímax nada más notar que ella volvía a sacudirse.

Se sintió extático. En aquel momento hasta era posible creer que era inmortal.

—¿Kit?

Sophie tenía la cabeza apoyada en su pecho y oía los latidos de su corazón. Se sentía aturdida de felicidad y de alivio, al volver a tenerlo cerca.

—¿Umm?

Sophie notó cómo el amor florecía en su interior y sonrió.

—Odio estropear el romanticismo del momento, pero estoy muerta de hambre.

—Pues eso puede ser un problema —le dijo él, trazando un círculo con la punta del dedo en su hombro—. Porque no tengo ni idea de qué hora es, pero la tienda del pueblo ha debido de cerrar hace siglos y no sé si habrá algo en la cocina. ¿Quieres ir a cenar a Hawksworth?

Ella se lo pensó unos segundos.

—¿Tendríamos que vestirnos?

—Es probable. Por aquí son bastante anticuados a ese respecto.

—En ese caso, no —dijo Sophie, apartándose de él a regañadientes y poniéndose en pie—. Jasper tendrá que sacrificar su Toblerone. Y tenemos champán.

–De hecho, tenemos la bodega llena –comentó Kit en tono seco.

–Ah, sí. Supongo que sí. No lo había pensado.

Sophie se inclinó a recoger su vestido, que estaba debajo de los pantalones de Kit. Al hacerlo, algo se cayó de un bolsillo al suelo.

Una caja. Cuadrada, de terciopelo negro.

Sin pensarlo, Sophie la recogió. Y no se dio cuenta de lo que podía ser hasta que no se hubo incorporado de nuevo.

Se quedó boquiabierta. Se sintió esperanzada y feliz, y levantó la vista para mirar a Kit. Por un segundo, solo pudo pensar en lo sexy que estaba, tumbado entre las sábanas blancas, con la luz del crepúsculo iluminándolo. Y entonces se dio cuenta de que estaba pálido.

–¿Kit? –dijo en un susurro, con el corazón acelerado–. ¿Qué es esto?

Él se sentó despacio.

–Ábrelo.

A Sophie le temblaban las manos. La caja se abrió con un suave crujido. Sophie dio un grito ahogado.

El anillo tenía una piedra preciosa de color verde irisado, pero a ella le temblaban tanto las manos que la luz del sol hacía que desprendiese todo un arcoíris de colores. Estaba rodeada por dos filas de diamantes. Sin duda, era un anillo muy antiguo y muy, muy valioso.

Sophie también tuvo la sensación de que ya lo había visto antes.

–Es un ópalo negro –dijo Kit con voz apagada–. Se llama La Estrella Oscura. Ha sido el anillo de compromiso de mi familia durante generaciones.

–Ah –dijo ella–. Supongo que este es el incómodo momento en que tu novia encuentra por casualidad el anillo que estás reservando para la mujer de buena cuna que deba llevarlo.

Volvió a cerrar la caja y se la tendió.

–Será mejor que lo guardes en algún lugar seguro.

Se acercó a él con piernas temblorosas. Kit tomó la caja con cuidado y sacó el anillo. Luego le agarró la mano izquierda, le dio un beso en el tercer dedo y se lo puso.

–¿Te parece lo suficientemente seguro?

La hizo tumbarse de nuevo en la cama, tomó su rostro con ambas manos y la besó para que no viese la desesperación y el odio hacia sí mismo en sus ojos.

Capítulo 10

VEINTIDÓS libras y cincuenta y seis centavos, por favor. Lo pongo en la cuenta de los Fitzroy, ¿verdad, señorita...?

Sophie, que estaba buscando su monedero, levantó la vista. Desde el otro lado del mostrador, la señora Watts la miraba con malvada expectación.

–Ah. Greenham –balbució–. Sophie Greenham, pero no hace falta, gracias, lo pagaré ahora.

–Pero está alojada en el castillo, ¿verdad? –insistió la señora Watts mientras esperaba el dinero–. ¿Con el señor Kit? ¿O su señoría como todavía pienso yo en él? Es una pena. Está mucho mejor preparado que el señor Jasper, este es más frívolo, siempre lo ha sido, un poco como su madre, la segunda señora Fitzroy, que supongo que ahora estará en Estados Unidos.

–Sí –le confirmó Sophie sin poder evitarlo, tendiéndole el dinero y mirando hacia la puerta, con la esperanza de que alguien acudiese a rescatarla, como un grupo de ruidosos niños en busca de caramelos.

No fue así.

–Oh, qué anillo tan bonito –añadió la señora

Watts, aceptando los billetes que Sophie le había dado, con los ojos brillantes–. Yo creo que eso de que los ópalos dan mala suerte es una tontería, ¿no? Recuerdo haberle visto este anillo a la primera señora Fitzroy, la señora Juliet. Creo que tengo que felicitarla, señorita Greenham.

–Sophie. Sí.

–Ah, cómo me alegro. El señor Kit es todo un caballero y hace muchos años que no se celebra una boda como es debido en el castillo –comentó mientras metía las compras de Sophie en una bolsa–. El señor Ralph se casó con su segunda esposa en Londres, a ella nunca le gustó mucho esto, pero todavía recuerdo el día en que se casó con la señora Juliet. Todo el pueblo acudió a verlo. Ella sí que era una señora de verdad. Jamás habría permitido que el castillo quedase en el estado en el que está. Qué pena que su matrimonio no durase.

Sophie se contuvo para no decirle que no esperase presenciar otra boda en el castillo en poco tiempo, tomó su bolsa y fue hacia la puerta.

–Tome, olvida las flores. Son muy bonitas. El orgullo y la alegría del señor Watts.

La señora Watts dio la vuelta al mostrador para dárselas y para abrirle la puerta.

Sophie se sonrojó.

–Gracias, pero puedo...

–Tonterías. Ahora ocupa un lugar importante en este pueblo. Estamos muy orgullosos de nuestra herencia.

Plenamente consciente de su vestido barato y de

sus zapatillas, Sophie salió a la luz del sol. El colegio acababa de empezar de nuevo así que el pueblo estaba vacío de veraneantes, pero había un grupo de madres jóvenes con sillitas de bebé charlando junto al césped. Sophie sintió una punzada de anhelo tan fuerte que se le cortó la respiración unos segundos. El periodo se le había retrasado tres días, algo inusual en ella. De repente, se giró hacia la señora Watts y le preguntó:

–¿Qué es eso de que los ópalos dan mala suerte?

Esta hizo un ademán para quitarle importancia.

–Es solo un cuento de viejas. Yo no me creo esas cosas. El amor es lo que hace que un matrimonio funcione. El amor, la confianza y la comunicación. Eso ha hecho que el señor Watts y yo sigamos juntos después de casi cincuenta años.

Mientras caminaba de vuelta al castillo, Sophie pensó que lo suyo con Kit no pintaba bien. La comunicación no era precisamente el punto fuerte de su relación. La cercanía que habían compartido la noche en que le había regalado el anillo estaba empezando a desaparecer otra vez. Durante los días siguientes, Kit había estado ocupado reuniéndose con abogados, contables, asesores; desenmarañando el testamento de Leo e intentando hacer todo lo necesario para que el castillo, que había sido descuidado por Ralph, volviese a funcionar.

Por las noches cenaban, a menudo delante del fuego, en la sala de estar, o daban un paseo por la playa. Charlaban, por supuesto, de las reformas que había que hacer, más del futuro de Alnburgh que del suyo propio. De hecho, la conversación más profunda que habían tenido había sido acerca de una llamada a Jasper que, tal y como Sophie había predicho, se había sentido aliviado al saber que el castillo no iba a ser suyo. También se había preocupado por ella.

–No es precisamente el mejor nido de amor en el que empezar un matrimonio –le había advertido.

Que era lo mismo que pensaba ella, pero Kit estaba cada vez más implicado en la finca y no parecía tener planes de volver a Londres.

Sophie redujo el paso al acercarse al castillo y luego aceleró para atravesar el vestíbulo, hasta que llegó a la cocina, que era una habitación luminosa, aunque no se parecía en nada a la acogedora y soleada cocina que había imaginado cuando le había dicho a Jasper que estaba preparada para tener un hogar.

Dejó la compra encima de la mesa y fue a buscar un jarrón para las flores. Había descubierto que, al otro lado del pasillo, había una habitación llena de porcelana: soperas, cafeteras, jarrones, juegos de tazas y una gran selección de jarrones, pero no se atrevió a utilizar ninguno de ellos por si acaso eran demasiado excepcionales y valiosos para los crisantemos del señor Watts. En su lugar, tomó una jarra color crema de un armario y la llenó de agua.

En un intento de acercarse a Kit, había decidido cocinar debidamente esa noche, y puso la mesa del comedor por primera vez desde que habían llegado a Alnburgh. Se había gastado una cantidad exagerada de dinero en un solomillo de venado, sobre todo, porque le parecía que era lo que estaba a la altura del elegante entorno.

Tomó las flores y las llevó al piso de arriba, al comedor, que estaba a oscuras porque tanto las contraventanas como las cortinas estaban cerradas. Deseó abrirlas de par en par, pero se refrenó.

Había cometido ese error el primer día que había estado allí y Kit le había dicho que la luz no era buena para las pinturas y que, si abría y cerraba constantemente las cortinas victorianas, se estropearían.

En su lugar, encendió la enorme lámpara de araña que había encima de la mesa y las que había encima de los cuadros. Dejó las flores en la mesa y retrocedió con las manos en las caderas.

Se sintió inundada por la tristeza y la desesperación.

En aquel gigantesco comedor, los crisantemos del señor Watts parecían insignificantes, perdidos.

Como ella en Alnburgh.

Sus esfuerzos por sentirse en casa eran inútiles. ¿De qué servía encender velas aromáticas en el salón si todo olía a piedra fría, a tierra húmeda y a viejo? ¿Para qué iba a intentar hacer suyo el castillo cuando se le recordaba constantemente cuáles habían sido sus anteriores ocupantes?

Levantó la cabeza y miró los retratos que había en la pared. Todos parecían mirarla con desdén. Todos, menos uno.

Era un retrato en el que se había fijado ya la primera noche que había estado allí, seis meses antes. Se trataba de una mujer ataviada con un vestido de seda rosa. Lo que la diferenciaba de los demás rostros amargados era su belleza y una misteriosa sonrisa. Kit le había dicho que se trataba de una cantante en la que se había fijado el conde de la época, con la que se había casado a pesar de su diferencia de edad y de que no estuviese hecha para ser condesa.

Sophie se estremeció al recordar que le había dicho:

—Como tú y yo.

Iba a darse la vuelta cuando se dio cuenta de que la joven llevaba su anillo.

Allí era donde lo había visto antes. Se estremeció, levantó la mano para mirarlo y recordó la historia de la otra mujer. Supuestamente embarazada de un hijo ilegítimo y muy enferma de sífilis, se había tirado de una de las almenas de la torre este, para morir despeñada contra las rocas.

En esos momentos, entendió lo que la señora Watts había querido decir cuando había comentado que los ópalos daban mala suerte. Sabía de dos mujeres que habían llevado aquel anillo antes que ella, y ninguna había durado mucho en Alnburgh.

Se apresuró a salir del comedor y apagó la luz.

—El fondo fiduciario se estableció hace ahora veintiocho años, siendo yo uno de los fideicomisarios. Los otros fueron la señora Fitzroy, un compañero del ejército de Leo, el socio principal de la asesoría solía...

Kit empezó a distraerse. Llevaba todo el día hablando por teléfono, y toda la semana, y le dolía la cabeza, el cuello y hasta el cerebro de tanto intentar darle sentido a la situación económica y legal de Alnburgh. Y además de eso, no podía evitar pensar que le había arruinado la vida a Sophie.

Mientras el que había sido abogado de Leo continuaba hablando, Kit se dio cuenta de que la biblioteca estaba casi a oscuras. La enorme ventana daba al mar, y vio a través de ella que el cielo estaba nublado.

—Nos esforzamos mucho a la hora de redactar el documento para asegurarnos de que el equipo legal de Ralph no pudiese utilizarlo de forma contraria a los deseos de Leo...

Una semana antes, la playa había estado llena de gente, pero en esos momentos estaba casi vacía. Un perro corría por la arena y a lo lejos lo seguía una figura esbelta con un vestido de algodón verde y el pelo rojizo hondeando al viento.

Kit sintió deseo y se sintió culpable y desesperado. La amaba, pero no le había dicho la verdad. No lo había hecho por miedo a perder el control de la situación. Sophie lo obligaría a ir al médico. Y si este confirmaba sus temores, tendría que dejarla marchar.

Y todavía no estaba preparado para eso. Acababa de encontrarla. Quería que su felicidad durase lo máximo posible.

Levantó la mano con la que no estaba sujetando el teléfono y se la miró. Los pinchazos habían disminuido desde que estaban en Alnburgh, y había ocasiones en las que desaparecían por completo. Sobre todo, cuando estaba en la cama son Sophie, acariciando su cuerpo, sintiendo su piel de satén con las puntas de los dedos. Entonces, pensaba que tal vez aquello no fuese tan grave como se temía...

–¿Señor Fitzroy? ¿Sigue ahí?

–Sí. Lo siento. ¿Me puede repetir lo que ha dicho?

–He dicho que, dado que el fondo se estableció mucho antes de la muerte de Leo Fitzroy, los impuestos se van a ver muy reducidos.

–Esa es una excelente noticia –comentó Kit sin entusiasmo.

De hecho, era lo que necesitaba para saber que podría asegurar el futuro de Alnburgh, pero en esos momentos solo podía pensar en ir a buscar a Sophie y llevarla al dormitorio.

–Ha sido una cuestión de suerte. No sabíamos cuánto tiempo iba a vivir el señor Fitzroy, y fue una suerte que lo hiciese tantos años.

Kit no estaba del todo de acuerdo después de haber visto las fotografías que mostraban el deterioro de Leo.

–Gracias –dijo con brusquedad, impaciente por terminar la llamada.

El cielo estaba cada vez más oscuro y hacía mucho viento. Sophie no llevaba abrigo y se iba a empapar.

Colgó el teléfono y corrió a la puerta. Bajó las escaleras traseras de la casa, se quitó los zapatos y tomó un chubasquero que había colgado en el cuarto de las botas antes de salir por la puerta este, desde el que un camino descendía hasta la playa. Un ejército de nubes oscuras avanzó desde el sur y las primeras gotas empezaron a caer.

Kit echó a correr. Vio a Sophie a lo lejos, que se había dado la vuelta y volvía en dirección al castillo. Corrió, pero las nubes ya estaban descargando con toda su fuerza.

En cuestión de segundos, Kit estaba empapado, lo mismo que el chubasquero. No obstante, siguió corriendo. Al llegar delante de Sophie, la oyó gritar y se dio cuenta de que estaba riendo.

El corazón se le encogió. De repente, ya nada importaba: ni los problemas legales ni Alnburgh ni el dinero ni nada. Ni siquiera el futuro.

–¡Qué locura! –exclamó Sophie, abriendo los brazos y girándose hacia la lluvia.

Él la agarró por la cintura y la tomó en brazos, tenía el cuerpo caliente y suave, y el corazón acelerado.

–No merece la pena correr –continuó diciendo–. El castillo está demasiado lejos, ni siquiera tú podrías volver corriendo conmigo en brazos.

–No pienso intentarlo.

Kit le estaba dando la espalda al mar e iba subiendo por la playa. Llovía cada vez más fuerte y el agua se le metía en los ojos y le nublaba la visión. Sacudió la cabeza para poder ver un estrecho camino que subía.

–¿Adónde vamos?

–Ahora lo verás.

Estaba más empinado de lo que él recordaba y la arena se escurría debajo de sus pies, pero tenían que resguardarse de la lluvia y la idea de quitarle a Sophie la ropa mojada le dio una fuerza sobrehumana. Unos segundos después habían ascendido la duna.

La granja estaba justo delante de ellos, tal y como la recordaba.

–¡Oh, qué casa tan bonita! –exclamó Sophie–. ¿Conoces a los dueños?

–Sí.

Kit empujó la pequeña puerta de madera que daba al jardín, recorrió el camino sin soltar a Sophie y, al llegar a la puerta, marcó el código. Dio gracias por la falta de imaginación de Ralph, que había puesto como código en todas las puertas la fecha de nacimiento de Tatiana.

–Ya puedes dejarme en el suelo –murmuró Sophie, lamiéndole con la lengua una gota de agua que corría por su rostro.

–De eso nada. No pienso dejarte marchar.

La puerta se abrió y Kit atravesó el umbral con ella en brazos, con el corazón encogido por el simbolismo de aquel acto. Cerró la puerta tras de él de una patada y dejó a Sophie con cuidado en el suelo.

Ella se giró, dándole la espalda, y observó la enorme cocina.

–Me siento como Ricitos de Oro –comentó maravillada, tomando su mano y avanzando para mirar dentro de un cesto que había allí–. ¿De quién es esta casa?

–De la finca.

Sophie sacó la botella de vino y las galletas que había en la cesta.

–O sea, que es tuya, señor Fitzroy –dijo, girándose para darle un rápido beso en los labios–. ¿Puedo echarle un vistazo?

–Por supuesto.

Con los dedos entrelazados con los de él, salió de la cocina y llegó a un recibidor cuadrado en el que había una vieja escalera de madera que subía, y varias puertas. Sophie abrió una, aspiró el olor a madera quemada y vio un salón con chimenea y una enorme ventana que daba a la playa.

Con el corazón encogido, casi conteniendo la respiración, abrió otra puerta, y otra. En el piso de arriba había una habitación infantil, con una pequeña cama cubierta por una colcha azul con patitos, y una cuna. Por la ventana, a través de la lluvia, pudo ver un columpio en el jardín.

Se giró hacia Kit y abrió la boca para decirle algo, pero no fue capaz de articular palabra.

–Me temo que a partir de ahora voy a tomar el mando de la visita yo –le dijo este con voz ronca, inclinándose para darle un beso en el cuello–. Permíteme que te enseñe la habitación principal...

Cuando rompió el beso y Sophie abrió de nuevo los ojos, se encontró en una habitación grande, con una bonita chimenea y una ventana como la del salón del piso de abajo. Delante de ella había un banco.

Kit la hizo girar para bajarle la cremallera del

vestido. La lluvia golpeaba el cristal de la ventana y el deseo la estaba golpeando a ella con la misma insistencia. Lo deseaba a él.

Deseaba más.

Lo deseaba en cuerpo y alma. Deseaba su cabeza y su corazón. Para siempre.

El vestido cayó al suelo y ella se quedó allí, desnuda y temblorosa, y por primera vez, no se lanzó a quitarle la camisa.

Se quedaron mirándose unos segundos. Kit tenía los ojos entornados. Ya se le habían curado las heridas de la cara, pero las cicatrices estarían siempre ahí. En silencio, Sophie levantó una mano para acariciárselas. Él se la agarró y la apretó contra su mejilla un instante, luego llevó a Sophie hasta la cama. Apartó la colcha y la tumbó sobre las frías sábanas.

Sophie esperó a que se quitase la camisa y lo agarró por el cinturón. Lo necesitaba más que nunca, pero era como si algo hubiese cambiado en su interior, algo que tenía que ver con aquella vieja granja. Era como si hubiese estado mucho tiempo corriendo para llegar a algún lado, y por fin estuviese allí. Ya no tenía prisa.

El cuerpo de Kit desnudo era tan bello. Contuvo la respiración mientras se tumbaba a su lado y los tapaba a ambos antes de abrazarla.

Después de la lluvia el cielo volvió a quedar azul y salió de nuevo el sol, las gotas de agua de la ventana brillaron como cristales. Como las lágrimas que había en las pestañas de Sophie. Habían hecho el amor con tal intensidad que ambos se habían quedado conmocionados.

–Me gusta esta casa –comentó en voz baja, rompiendo el silencio que había reinado después de haber llegado al orgasmo–. ¿Vienes mucho?

–Solía hacerlo de niño –le contó él muy serio–, pero la verdad es que es la primera vez que vengo de adulto. Antes era una granja de verdad y vivían aquí el señor y la señora Prior. Eran muy buenos conmigo. Probablemente porque les daba pena, debía de ser evidente para todo el mundo que, después de que Ralph se hubiese casado con Tatiana y hubiese tenido otro hijo, yo sobraba.

–¿Y qué ocurrió con ellos?

–Tatiana decidió convertir todas las casitas que había en la finca en cabañas para alquilar. Los señores Prior estaban a punto de jubilarse de todos modos, pero muchas personas perdieron las casas en las que sus familias habían vivido durante generaciones. Tatiana iba a gestionar el alquiler de todas, pero después de divertirse decorándolas se aburrió y le pasó el trabajo a una agencia.

–Ah –dijo Sophie decepcionada–. ¿Y todavía las alquilan? Tenía la esperanza de que nos pudiésemos quedar aquí.

Dicho aquello, se sentó de repente y se tapó el pecho con la colcha.

–Espera un minuto. La cesta que había en la mesa...

¿No irá a llegar alguien hoy mismo? Ahora sí que me siento como Ricitos de Oro.

Kit sonrió, no pudo evitarlo.

—Normalmente se alquila los viernes, así que no debería llegar nadie hoy. Podemos tomar lo que ha dejado la agencia y yo lo repondré mañana. ¿Abrimos el vino?

Ella dudó un instante y luego, sin mirarlo a los ojos, le dijo:

—No, pero me apetece una taza de té. ¿Cuánto cuesta alojarse aquí? Porque estoy pensando seriamente en alquilar la casa mientras pueda permitírmelo.

Capítulo 11

SOPHIE se hundió en el agua caliente y perfumada y, suspirando, cerró los ojos.

Se estaba bañando en el cuarto de baño de Tatiana porque era el más cómodo de todos, ya que lo había hecho reformar por un diseñador de interiores sin preocuparse por los gastos. Ni por el buen gusto. Incluso con los ojos cerrados, Sophie seguía cegada por el brillo de un centenar de bombillas colocadas en el mármol, por lo grifos dorados y los espejos de pared a pared.

En Alnburgh todo eran extremos. La mitad llevaba un siglo sin tocarse y la otra mitad parecía un árbol de Navidad. Sophie prefirió recordar la tarde que habían pasado en la granja.

Mientras él había bajado a preparar el té, ella había hecho la cama con unas sábanas limpias que había encontrado en un armario. Lo había oído ir y venir por la cocina y eso le había procurado una absurda satisfacción.

Al salir de allí, habían visto la playa bañada de nuevo por los rayos de sol, pero ante ellos se había cernido el castillo, como sacado de una película de terror.

Con cada paso que habían ido avanzando hacia él, había notado cómo Kit se separaba de ella. De repente, había pensado en el castillo como en un rival, mucho más sofisticado y atractivo que ella. O tal vez fuese ella la impostora. La amante que jamás conseguiría que Kit dejase a su exigente y caprichosa mujer.

Se incorporó y tomó una toalla. Pensó con tristeza que quería ser su esposa. Quería una vida normal. Una cocina que no estuviese instalada en una mazmorra, un columpio en el jardín y una cuna en el dormitorio. Y un bebé, sobre todo, un bebé...

La Estrella Oscura brilló bajo las luces del baño mientras se enrollaba la toalla y salía de la bañera y, de repente, Sophie notó un fuerte dolor en el estómago. Bajó la vista y vio que la tela azul estaba manchada de sangre.

Se le escapó un sollozo.

No habría bebé.

–Qué buena noticia, Randall.

Kit se desplomó sobre el escritorio que había en la biblioteca y cerró los ojos mientras procesaba la última información acerca del estado de Lewis.

–Sí, ¿verdad? –le contestó su amigo, contento–. Su juventud y su estado físico han sido determinantes a la hora de recuperarse, y el bebé que va a nacer dentro de unas semanas le ha dado un motivo por el que luchar. Esperemos que pueda salir del hospital antes de que nazca.

–¿Qué tal lo lleva la familia? –preguntó Kit, incorporándose y acercándose a la ventana.

–Está muy unida, lo mismo que sus vecinos y amigos, están planeando una gran fiesta para cuando vuelva a casa –le dijo Randall–. Por la que no pondría la mano en el fuego es la novia. Espero que esté con él, por lo menos, hasta que vuelva a andar, tarde lo que tarde.

–Supongo que tampoco es fácil para ella. Es solo una niña. Y no pensó que ocurriría esto cuando empezó a salir con él.

–Tal vez tengas razón –dijo el médico suspirando–. Lo siento. Salgo de un turno muy largo y estoy empezando a perder la objetividad. Bueno, ¿cómo estás tú?

Kit giró la cabeza y vio a un hombre con un detector de metales en la playa. De repente, volvió a estar de uniforme, viendo cómo sus compañeros peinaban una polvorienta carretera buscando minas.

–¿Kit?

La voz de Randall lo sacó de la pesadilla. Kit cerró los ojos con fuerza un instante.

–Lo siento. Estoy bien –dijo, estirando los dedos entumecidos de la mano izquierda–. Dile a Lewis que pasaré a verlo mañana.

–Ya sabes dónde estoy si me necesitas –se ofreció Randall.

–Lo tendré en cuenta. Gracias.

Cuando colgó, le temblaba la mano.

No quería saber, se dijo enfadado. No había necesidad.

Atravesó la habitación y fue hacia las escaleras, en busca de Sophic. De repente, tenía la sensación de que cada hora, cada segundo que pasase con ella sería precioso porque tal vez estos fuesen limitados...

La puerta del dormitorio estaba cerrada. Se detuvo fuera y apoyó la cabeza en ella un momento, respiró hondo e intentó recuperar el control de sus pensamientos. Siempre había sido un hombre racional, poco emotivo.

Ya casi no conocía a ese hombre. Al buen soldado. Al líder. Al hombre al que no le preocupaba casi nada y que tenía todavía menos que perder.

En esos momentos, tenía muchas preocupaciones. Y lo podía perder todo.

Llamó a la puerta y la abrió. Sophie estaba sentada delante del tocador, envuelta en una toalla azul clara.

Se acercó a ella, que no dejó de peinarse ni levantó la vista para mirarlo a través del espejo. A la luz del atardecer y en aquel espejo antiguo, su rostro tenía una belleza etérea que parecía situarla fuera de su alcance. Kit necesitaba estar seguro de que estaba allí, de que era suya, y levantó la mano para apartarle el pelo e inclinarse a darle un beso en el cuello.

Sophie era la única cosa que lo anclaba a la cordura, la única manera de mantener alejados a sus fantasmas. Aspiró su aroma y notó cómo desaparecía el cosquilleo de sus dedos al acariciar su piel caliente.

–¿Has llamado al hospital? –le preguntó ella.

–Ajá.

–¿Cómo está Lewis?

–Mejor.

Ella se echó hacia delante, apartándose de él.

–¿Qué significa eso? ¿Que le van a dar el alta o que su estado ya no es crítico?

Kit prefería no pensarlo.

–Algo entre las dos –le contestó mientras la rodeaba con los brazos para quitarle la toalla.

Sophie se levantó y le apartó las manos.

–Kit, para.

–¿Qué te pasa?

Ella se encogió de hombros, pero no lo miró.

–Dímelo tú.

Kit suspiró y se pasó una mano por los ojos.

–Lo siento, no lo entiendo. ¿Voy a tener que adivinar qué te está pasando por la cabeza?

–Tal vez. Al menos así sabrás cómo me siento yo –dijo ella en voz baja, con amargura.

–¿Qué quieres decir?

–Quiero decir que no puedes continuar apartándome de ti.

–Perdona que te diga, pero eres tú la que me acaba de rechazar.

–Yo no estoy hablando de sexo, Kit, sino de nuestra intimidad. De hablar –le dijo con voz temblorosa, emocionada.

Levantó la cara para mirarlo.

–Has estado llorando, Sophie, ¿qué te pasa?

Kit estaba sorprendido. Sophie nunca lloraba, salvo cuando veía una araña, o después de hacer el amor.

–Mira, si tanto odias estar aquí...

–No es eso, de verdad. Quiero decir, que no es lo que yo habría elegido, pero sería feliz hasta en una cueva siempre y cuando estuviese contigo.

–Estás conmigo.

–No, no es verdad –le dijo ella, con los ojos llenos de lágrimas, mirándolo a través del espejo–. Dormimos juntos, Kit. Tenemos sexo... mucho sexo. A veces desayunamos juntos a la mañana siguiente, pero no hablamos. No hablamos de cosas importantes.

–¿Como qué?

–Como del futuro. O del pasado. De lo que te pasó cuando estuviste en la última misión.

–No hay nada de qué hablar –le aseguró él entre dientes–. Son cosas que pasan todo el tiempo. Cosas horribles que te vuelven loco si les das demasiadas vueltas, pero no se las das, y las dejas allí y vuelves a casa, y olvidas.

–Vale, ya lo entiendo. Tú no quieres hablar conmigo, pero yo necesito hablar contigo. Cinco meses es mucho tiempo y aquí también han pasado cosas que no he tenido oportunidad de contarte.

–¿Qué cosas? –preguntó él en tono helado.

–Nada importante, pero tenemos que hablar de ello. Hice lo que me dijiste y fui al médico. Acerca de mis periodos.

–¿Y?

–Que tengo una endometriosis –le anunció, bajando la vista al cepillo que tenía en la mano–. Me advirtió que tal vez me cueste quedarme embarazada. Y me dijo que no tardase en intentarlo y...

–Sophie...

–Dejé de tomar la píldora inmediatamente.

–¿Antes de que yo volviese? –inquirió Kit–. Así que durante las dos últimas semanas...

–No estoy embarazada.

Kit se sintió horrorizado al darse cuenta de lo que podía haber ocurrido por no haber compartido sus temores con Sophie, pero, sobre todo, se sintió aliviado.

–Lo siento –le dijo, girándose hacia ella, de manera poco convincente hasta para él.

–¿De verdad? –preguntó ella, furiosa–. Porque yo juraría que te sientes aliviado. Y no te molestes en negarlo, Kit. No merece la pena. Ni siquiera me sorprende porque cada vez era más obvio que no teníamos futuro. Dime, ¿ibas a dejarme con delicadeza o ibas a ir apartándome de ti cada día un poco más, hasta que decidiese marcharme yo sola para así poder casarte con una mujer con pedigrí?

–No.

Sophie se echó a reír.

–Creo que vas a tener que esforzarte un poco más, Kit. Ahora es cuando se supone que deberías abrazarme y decirme que te has equivocado y que algún día formaremos una familia. ¿O es que no te has leído el guion?

Él hizo un esfuerzo por mirarla a los ojos. Se sintió como si acabase de tomar arsénico.

–Lo siento, pero no puedo hacer eso.

Sophie pensó que se iba a desmayar.

–Tengo que decirte algo –anunció Kit.

Ella se agarró al tocador y tomó aire. Lo había visto venir desde la mañana siguiente a la cena en Villa Luana.

–No hace falta que me des explicaciones –le contestó–. Cuando me pediste que me casase contigo, la situación era otra. Las cosas han cambiado desde entonces.

–Sí. Las cosas han cambiado, pero no tiene nada que ver con Alnburgh, sino conmigo. Yo he cambiado.

–Dios mío, Kit –dijo ella riendo–. Qué frase tan vieja.

Él no sonrió.

–Es la verdad. Ojalá no lo fuese, pero lo es. No soy la persona, el héroe, que piensas que soy.

Sophie se dio cuenta de que estaba temblando y pensó que debía vestirse, pero en esos momentos no podía hacerlo delante de Kit. De repente, era como un extraño para ella.

–Lo que le ocurrió a Lewis fue culpa mía. Solo culpa mía.

–Eso no es cierto. Seguro que fue la explosión...

–No resultó herido en la explosión –le dijo él con

exagerada paciencia–, sino antes de que estallase la bomba, por el enemigo.

–¿Y por qué dices que fue culpa tuya?

–Porque me estaba cubriendo las espaldas mientras yo desactivaba la bomba. Y no lo hice todo lo rápidamente que debía. No lo hice porque no podía sentir mis dedos, porque me temblaban las manos. Se me cayeron los alicates, y solo pude pensar en ti... –Kit se interrumpió y bajó la cabeza un instante, expiró–. Fue entonces cuando empezó el tiroteo y supe que estábamos en peligro. Lo único que podíamos hacer era salir de allí. Yo iba corriendo hacia el vehículo cuando la bomba explotó, pero a Lewis ya lo habían herido.

–Oh, Kit... –susurró Sophie, avanzando hacia él como si estuviese sonámbula–. No fue culpa tuya. Era una situación muy complicada. Lo que te pasó, podría haberle pasado a cualquiera.

Él se apartó de la ventana y se giró a mirarla.

–No lo creo.

–¿Qué quieres decir?

–Todo tuvo sentido cuando mi madre me contó lo de la enfermedad de Leo –dijo, torciendo el gesto–. Me temo que no solo me ha dejado Alnburgh como herencia, sino también otros problemas mucho mayores.

–¿Piensas que tienes lo mismo que él?

–He hablado con un amigo que es médico. Los primeros síntomas son la torpeza y la pérdida de sensibilidad de las manos. Según Juliet, hay un factor hereditario en un diez por ciento de los casos. Por eso me alegro de que no estés embarazada.

Sophie se acercó más.

–Tienes que ir al médico –le dijo, abrazándolo–. Para asegurarte.

–¿Tú crees? –preguntó él en tono irónico.

–Por supuesto. Cuanto antes lo sepamos, mejor, así podremos enfrentarnos a ello –le dijo Sophie con el corazón acelerado–. Juntos. Sea lo que sea...

–No.

–Si tengo lo mismo que tuvo mi pa...padre... –dijo, trabándose en la palabra «padre», pero con tono cada vez más frío, más duro–. No te sentenciaré a una muerte tan lenta conmigo. Tendré que dejarte marchar.

–No –contestó Sophie, sacudiendo la cabeza con incredulidad–. No puedes estar hablando en serio. No puedes terminar con lo nuestro porque...

–Sí –sentenció Kit–. Hablé con Juliet y sé lo que esa enfermedad significa. Así que no puedo casarme contigo, Sophie. Lo siento.

Ella retrocedió e intentó respirar. Se sentía aturdida y desorientada, como si acabase de bajar de un tiovivo.

–Espero que no tengas esa enfermedad porque nadie merece pasar por algo así, pero si, sin saber si le tienes o no, quieres que lo nuestro se termine...

Sintió náuseas y pensó que iba a desmayarse, pero se agarró al tocador y continuó:

–Se supone que el matrimonio es para lo bueno y para lo malo, en la salud y en la enfermedad. Se trata de enfrentarse a las cosas juntos. De confiar y compartir, así que tal vez...

Le falló otra vez la voz.

–Tal vez nunca hayamos tenido realmente una oportunidad.

Kit cerró los ojos un instante, como si aquello le hubiese dolido.

–Si es lo que piensas... No intentaré convencerte de lo contrario.

Y luego se quedaron mirándose unos segundos. Después, Kit se giró, abrió la puerta y se marchó.

Dejándose caer en la cama, Sophie escuchó cómo se alejaban sus pisadas al bajar las escaleras. En el exterior, los gritos de las gaviotas parecían risas histéricas.

Capítulo 12

KIT NO fue a la cama aquella noche.
Sophie fue vio pasar las horas oyendo el reloj de la torre y viendo cómo se iba iluminando el cielo gradualmente. Por primera vez en su vida no pudo dormir y supo lo que era para Kit sufrir insomnio.

Pero no fue capaz de entenderlo más.

En cuestión de unas horas el hombre al que amaba se había convertido en un extraño. Bueno, tal vez eso no fuese del todo cierto. Tal vez siempre hubiese sido un extraño y ella se había dejado engañar por el increíble sexo que habían tenido juntos. Se sentó con el corazón acelerado, sudorosa, y recordó su paso por el *hammam*, donde se había convencido a sí misma de que su vínculo no necesitaba de palabras.

Qué ingenua había sido.

Enterró el rostro entre las manos. Casarse le había parecido el comienzo de una gran aventura. Le había dado igual no saber casi nada del lugar al que iba a ir, solo había pensado en el viaje, en los desafíos, en los momentos de felicidad. Pero ya no tenía nada que hacer allí, solo le quedaba rendirse y volver a casa.

Apartó las sábanas y sintió dolor en el vientre al ponerse de pie. Lo quería. Al menos, demasiado para marcharse, sobre todo, teniendo en cuenta que era posible que Kit se estuviese enfrentando al mayor reto de su vida.

Se puso unos vaqueros debajo de la camisa con la que había dormido y fue hacia la puerta. Bajó las escaleras y oyó ruidos en el vestíbulo. Cruzó el pasillo lleno de retratos y lo vio dirigiéndose hacia la puerta. Iba vestido apropiadamente, no como ella, .

–¿Kit?

Él se detuvo y se giró con gesto inexpresivo.

–No quería despertarte –le dijo, levantando un bolígrafo y un trozo de papel–. Iba a dejarte una nota.

–¿Para decirme el qué? –preguntó ella con miedo.

–Que voy a ver a Lewis. Son cuatro horas de camino, así que tengo que irme temprano si quiero estar de vuelta esta noche.

–¿Vas a volver?

–Por supuesto.

Sophie se sintió aliviada al oír aquello.

–Siento lo de anoche –le dijo–. No he podido dormir dándole vueltas. Supongo que has estado muy preocupado durante las últimas semanas y siento que hayas pasado por ello solo. Pero ya no lo estás. Pase lo que pase, estamos juntos en esto.

–No, Sophie –la contradijo él–. Ya te dije anoche que no podía hacerte algo así. Eres la persona más increíble que he conocido, y no puedo condenarte a una vida así. Sería como enterrarte viva.

Sophie tomó aire.

–Pero te quiero –le dijo–. Pase lo que pase, te quiero...

Él salió por la puerta y bajó las escaleras. Abrió

la puerta del coche y dejó la chaqueta en el asiento del copiloto.

—Lo dices ahora, y estoy seguro de que lo dices de corazón, pero ¿durante cuánto tiempo, Sophie? —cerró la puerta y dio la vuelta al coche—. Si tengo lo que pienso que tengo, lo cambiaría todo entre nosotros.

—Salvo mis sentimientos por ti.

—De eso no puedes estar segura.

Sophie notó frío en los pies al salir por la puerta, aunque no era nada comparable con el frío que sentía en su interior.

—Sí puedo, pero en realidad no se trata de mí, ¿verdad?, sino de ti. No soy correspondida. O... —se interrumpió de repente—. ¿Es más que eso? ¿Es porque tu madre te abandonó? ¿Me quieres castigar a mí por lo que hizo ella, y porque Ralph dejó de quererte en cuanto supo que no eras su hijo...?

—Ya vale.

Kit se giró violentamente y le dio un puñetazo al coche. Asustada, Sophie se cubrió la cara con ambas manos y dio un grito.

Luego se hizo el silencio.

Tal vez fue el dolor lo que hizo entrar a Kit en razón, o quizás el grito de Sophie, pero el caso es que se quedó inmóvil un momento, con los brazos apoyados en el coche y la cabeza agachada. El sonido de su respiración entrecortada parecía llenar aquella agradable mañana de otoño.

Luego, haciendo un enorme esfuerzo, se incorporó y se giró de nuevo hacia Sophie, que estaba apoyada en el muro del castillo, abrazándose con fuerza, temblando. Aunque fue su rostro lo que más lo sorprendió. Tenía la misma expresión que había visto en personas que acababan de sufrir un horrible trauma. Estaba pálida y su rostro era una máscara de terror.

Kit se odió a sí mismo.

–Dios, Sophie. Lo siento –le dijo, acercándose a ella para abrazarla y reconfortarla.

–No... por favor –le dijo ella, cerrando los ojos–. Vete.

Él se quedó inmóvil un momento y luego subió al coche. Le temblaban tanto las manos que le costó poner el coche en marcha y cuando por fin lo consiguió y levantó la vista, Sophie había desaparecido dentro del castillo y había cerrado la puerta.

Condujo deprisa, con la misma tensión que durante una emboscada. Consciente de todos los pequeños detalles que lo rodeaban, pero perdiendo al mismo tiempo la noción del espacio y del tiempo.

Se detuvo solo una vez, cuando todavía estaba cerca de Alnburgh y el recuerdo del rostro de Sophie seguía claro en su mente. En ningún momento había pensado en golpearla a ella, pero el modo en que se había apartado de él y se había llevado las manos a la cara era suficiente para causarle náuseas. Salió del coche y respiró hondo antes de volver a sentarse detrás del volante. Se miró en el espejo retrovisor y vio a un extraño. Un extraño al que no quería conocer.

Siguió conduciendo a toda velocidad hasta llegar al hospital. Cuando hubo aparcado, sacó su teléfono móvil y llamó a Alnburgh. Esperó un rato sin obtener respuesta y, justo cuando iba a colgar, oyó la voz débil y entrecortada de Sophie.

–¿Dígame?

Kit cerró los ojos e intentó encontrar su propia voz, que le salió ronca.

–Sophie, soy yo.

Hubo un silencio. Se imaginó su rostro angustiado, sus labios apretados para controlar las emociones.

–¿Dónde estás?

–Acabo de llegar al hospital.

–¿Ya? Qué rapidez.

–Quería disculparme.

–No hace falta –dijo ella enseguida, con tristeza–. He sido yo la que ha reaccionado de manera exagerada. Lo siento.

–No. Por favor. No te responsabilices de mis errores. Tenías razón... –le dijo, cerrando los ojos y masajeándose las sienes, como intentando borrar de su memoria lo que había hecho.

–¿Acerca de qué?

–De lo que dijiste de mi madre, y de Ralph. No quería oírlo y perdí el control, pero jamás te pegaría, Sophie. Quiero que sepas que jamás te haría daño.

Hubo un largo silencio.

–Me has echado de tu vida, Kit. Y nada podría hacerme más daño que eso.

Sophie colgó el teléfono y retrocedió, mirándolo. Tenía los ojos secos, pero sabía que cuando se pusiese a llorar, lo haría durante mucho tiempo.

Por un momento había tenido la esperanza de que Kit le dijese que había cambiado de opinión. Que lo suyo era más fuerte que cualquier otra cosa en la vida. Que su amor era incondicional.

Pero no lo había hecho.

Se sentía culpable por haberla asustado, nada más.

Tomó la bolsa de viaje que tenía a los pies y fue hacia la puerta. Por el camino se detuvo en el comedor y encendió la luz. Los crisantemos estaban donde los había puesto el día anterior, cuando todavía había pensado que una cena bajo la luz de las velas sería suficiente para cruzar el espacio que la separaba de Kit.

Le entraron ganas de reírse de su ingenuidad.

Sin pensarlo, se acercó al retrato de la mujer del vestido rosa y La Estrella Oscura en el dedo. Levantó la mano y miró el anillo, y recordó lo que Kit le había dicho, de que se negaba a sentenciarla a una lenta muerte con él.

Se quitó el anillo y levantó la mano. El dedo le pesaba menos sin él. Estaba vacío. Lo dejó encima de la chimenea, justo debajo del retrato, y salió de la habitación.

Había llegado el momento de avanzar.

El Centro de Rehabilitación del Ejército al que habían trasladado a Lewis era un edificio nuevo y amueblado en tonos alegres. Kit siguió a una enfermera por un pasillo que olía a pintura hasta la habitación del chico. Esta llamó a la puerta y abrió la puerta sin esperar respuesta.

–Ha venido alguien a verte.

A través de la puerta abierta, Kit vio a Lewis sentado delante de la televisión, con los mandos de una consola en las manos. Se giró al oír las palabras de la enfermera, pero la expresión de esperanza de su rostro desapareció al verlo.

–Ah, es usted, señor –le dijo con hosquedad–. ¿Qué está haciendo aquí?

–Quería verte. ¿Te parece bien si me siento?

Lewis asintió sin apartar la vista de la pantalla. Kit se frotó las manos en los pantalones y lo miró.

No era ni la sombra del muchacho que le había llevado el café aquella mañana unas semanas antes. Había perdido mucho peso y, con la cabeza rapada y la cicatriz de la operación, parecía frágil. Tan frágil como un niño.

–Tienes buen aspecto –mintió Kit con impresionante calma–. Mucho mejor que la última vez que te vi. ¿Cómo te encuentras?

Lewis respondió con una sola palabra. Fue una respuesta concisa, aunque no habría sido aceptable ante un oficial. Seguía con los ojos pegados a la pantalla.

–Lo siento –le dijo Kit, comprendiéndolo–. He hablado con el doctor Randall. Dice que has progresado mucho y que has sido muy valiente.

–Sí, pero tengo que volver a ponerme en forma. Tengo que volver a ser el que era.

–¿Quieres seguir en el ejército?

–No lo sé. Todavía no lo he decidido. Si las cosas no salen bien...

–¿Cómo está Kelly? –le preguntó Kit.

–No sé. No la he visto. No le gusta esto. Dice que el hospital la deprime.

Kit juró en silencio.

–Pues eso no es muy motivador.

–Eso pensaba yo, pero ya no sé. Un amigo me ha dicho que sale con un tipo que trabaja en el gimnasio al que antes iba yo. No me extraña. Míreme –dijo, tirando el mando, levantándose–. Soy patético. Ni siquiera puedo vestirme sin ayuda. Ya no soy nada.

–Tonterías, Sapper –dijo Kit, en tono inexpresivo–. Eres un soldado que ha recibido varios balazos mientras hacías un trabajo con el que un entrenador de gimnasio se moriría de miedo.

De repente, el rostro de Lewis se descompuso y los ojos se le llenaron de lágrimas.

–Quería ser un héroe por ella –sollozó–. Solo pensaba en ella y en el bebé. Quería que estuviesen orgullosos de mí... y mire lo que ha ocurrido. Los he perdido.

Kit se puso en pie e intentó controlar sus emociones.

–No puedes verlo así. Eres un hombre afortunado. La última vez que te vi, los médicos no sabían si podrías volver a andar. Vas a ponerte bien.

–¿Y qué? ¿De qué me sirve poder volver a andar si no la tengo a ella?

Kit había abierto la boca para contestar, pero la cerró y se quedó pensativo.

–No podemos escoger todo lo que ocurre en nuestra vida. Solo podemos intentar sacar lo mejor de lo que nos toca. Encontrarás a alguien que te quiera. A alguien a quien no tengas que demostrarle nada. Solo tienes que asegurarte de no espantarla cuando por fin la encuentres.

Lewis se limpió las lágrimas de las mejillas, enfadado.

–El problema es que no quiero conocer a nadie. Solo la quiero a ella.

Kit fue hacia la puerta.

–En ese caso, no la dejes marchar –le aconsejó–. Lucha por ella.

Una vez en el pasillo, se apoyó en la pared y respiró hondo.

–¿Kit? –le dijo Randall, apoyando una mano en su hombro–. ¿Estás bien?

–La verdad es que no –confesó él–. ¿Cómo son esas pruebas por las que te pregunté por teléfono?

–No son complicadas. Podemos empezar cuando quieras.

Kit asintió.

Ya había echado a Sophie de su vida. No tenía nada más que perder.

Capítulo 13

ESTABA atardeciendo cuando Sophie llegó al polvoriento camino que llevaba al autobús de Rainbow.

Con piernas temblorosas, bajó del Range Rover que había pertenecido a Ralph Fitzroy y con el que había ido desde Alnburgh, rodeó el autobús y llamó a la puerta.

Rainbow la abrió y sonrió de oreja a oreja al verla.

–¡Eres tú! –le dijo en tono cariñoso.

–¿Sabías que iba a venir?

–En cierto modo, así es. Llevaba mucho tiempo pensando en ti –le dijo, haciéndole un gesto para que entrase–. ¿Por qué no te sientas un rato? ¿Has comido? Hilary me ha traído hace un rato un puré de zanahoria y cilantro.

–Suena delicioso –comentó Sophie, dejándose caer en el viejo sofá.

El olor de la caravana hizo que volviese a sentirse como con ocho años.

–Hacía mucho tiempo que no venía. No he sido precisamente una buena hija –añadió.

–Tonterías –contestó su madre, empezando a poner la mesa–. Has venido cuando has necesitado venir, y eso es lo que importa.

–¿No te ha dolido que no haya venido en cinco años?

–He pensado mucho en ti, si es eso a lo que te refieres –le dijo Rainbow–, pero bien. Siempre fuiste muy independiente. Y vivir así fue mi elección, no la tuya.

Sophie tomó su cuchara.

–¿Y por qué decidiste vivir así?

–Bueno, en realidad fue por casualidad, supongo, porque estaba huyendo de un matrimonio infeliz.

–Con mi padre –dijo Sophie, mientras se llevaba la cuchara a la boca–. Te pegaba, ¿verdad?

Rainbow bajó la vista a la mesa.

–Siempre me pregunté si recordarías algo de esa época.

–No.

Hasta ese día.

–¿Qué edad tenía yo cuando nos fuimos? –le preguntó a su madre.

–Tres años. Fue horrible, pero gracias a ello terminé aquí. ¿Te acuerdas de Bridget? Ella nos vio en la estación, yo tenía el rostro magullado, y me trajo al campamento, donde nos recibieron estupendamente. Cambiamos de nombre y empezamos una nueva vida con ellos. Y, bueno, el resto ya lo sabes.

Sophie metió la cuchara en el cuenco vacío y asintió despacio. Hasta entonces no se había dado cuenta de la suerte que había tenido, de tener una madre que la había educado para que fuese fuerte e

independiente. Y la había querido incondicional-
mente.

–Gracias –le dijo en voz baja.

–¿Por qué? –preguntó Rainbow sorprendida.

–Por todo. Por haber sido lo suficientemente
fuerte para hacer lo que hiciste. Por haberme animado a vivir mi propia vida. Y por estar ahí siempre, incluso después de tanto tiempo.

Su madre se puso en pie y le retiró el cuenco.

–Siempre estaré aquí para ti –le dijo–. No pude
darte muchas cosas materiales de niña, pero siempre pensé que podía darte dos cosas: raíces y alas.
Siempre tendrás tu casa aquí, pero cuando quieres
a alguien, tienes que ser capaz de dejarlo marchar.

Eso le recordó tanto a Kit que a Sophie se le llenaron los ojos de lágrimas.

–¿Sí? –sollozó–, pero ¿y si esa persona no se
quiere marchar? ¿Y si quiere quedarse para enfrentarse a los problemas juntos?

–Oh, cariño –dijo Rainbow, acercándose a abrazarla–. Sabía que algo no iba bien. ¿Qué ha pasado?
Cuéntamelo.

Y mientras las lágrimas corrían por su rostro,
Sophie se lo contó.

La caja de pañuelos que Rainbow había dejado
en la mesa estaba casi vacía cuando Sophie terminó,
lo mismo que la botella de ginebra que había sacado
su madre.

–Tal vez te quiera más de lo que eres capaz de entender –le sugirió su madre después de haber oído toda la historia–. Tanto que quiere que seas feliz y libre.

–Pero ¿y si yo no quiero ser libre? ¿Y si solo quiero estar con él?

Rainbow se inclinó hacia delante y tomó sus manos.

–De eso se trata amar a alguien –le dijo con la mirada tierna y la voz firme–. No de lo que uno quiere, sino de lo que es mejor para los dos. Te quiere lo suficiente como para dejarte marchar, y lo mismo tienes que hacer tú con él. Tienes que confiar en que va a tomar la mejor decisión, y respetarla.

–Pero es tan duro –protestó Sophie, cerrando los ojos.

–Lo sé, pero ten fe. Recuerda que todo ocurre por un motivo. Si tiene que ser, será. Si te quiere, lo sabrás.

Sophie abrió los ojos y miró a su madre.

–¿Cómo?

–Eso no lo sé. Supongo que tendrás que esperar una señal –le respondió esta.

Kit estaba sentado en la sala de espera del hospital. Tomó su teléfono por enésima vez y marcó, pero siguió sin contestar nadie en Alnburgh. Sophie se había marchado de allí.

Con repentina impaciencia, colgó y marcó el número de su teléfono móvil.

–Kit, aquí estás –le dijo Randall, que parecía agotado–. Siento haberte hecho esperar. Ha sido una tarde muy larga. Ven a mi despacho para que hablemos.

Y él lo siguió por el pasillo.

Una vez dentro del despacho, Randall le preguntó:

–Dime, ¿qué sabes del trastorno causado por el estrés postraumático?

–¿El trastorno por estrés postraumático? Pues he conocido a muchos soldados que lo han sufrido, aunque no sé cómo, porque suele aparecer cuando ya están de vuelta en casa –le contestó–. Lo siento, Randall, no quiero ser grosero, pero tengo que marcharme...

–Por supuesto. Llevas mucho tiempo esperando y supongo que querrás conocer el resultado de las pruebas que te hemos hecho para marcharte.

–¿Ya tienes los resultados? –preguntó él sorprendido.

–Casi todos –dijo Randall, abriendo una carpeta.

–No quiero saberlos. Necesito encontrarla y arreglar las cosas, antes de que sea demasiado tarde.

–Ah, ya me parecía a mí que tenía que haber una mujer implicada en todo esto.

–La hay, pero no sé dónde está.

–¿Tiene teléfono móvil?

–He intentado localizarla, pero no responde.

–¿Lo tiene encendido? –le preguntó Randall–. Si es así, te sugiero que llames a los chicos de Señales. Supongo que no es una cuestión de vida o muerte, pero...

–Gracias, Randall –le dijo Kit, poniéndose recto–. Para mí, es como si lo fuese.

Capítulo 14

TU TÉ, CARIÑO.

Sophie abrió los ojos y se controló. No quería que la despertasen. No quería enfrentarse a su primer día sin Kit, y a todo lo que eso implicaba. Y no quería una taza del té de hierbas de Rainbow.

–Gracias –murmuró.

–Hace una mañana preciosa –comentó su madre–. ¿Cómo te encuentras hoy?

–Mal.

Sophie se giró y enterró el rostro en la almohada. Le dolían los ojos de tanto llorar, le dolía la espalda de las horas que había conducido el día anterior y el corazón por haberse separado del único hombre al que había amado.

–Es comprensible, pero seguro que cuando veas el día que hace, te sentirás mejor.

–Lo dudo.

–Ya verás como sí. Hace una mañana de otoño perfecta. Ha salido el sol, la hierba está húmeda...

A Sophie le entraron ganas de jurar, pero se contuvo.

–No hay ni una sola nube en el cielo –continuó su madre.

Sophie se sentó a regañadientes y apartó la cortina que había detrás de su cama.

–Y, mira, hay un coche deportivo negro y muy caro aparcado delante del autobús. Eso no es algo que se vea por aquí con frecuencia.

Sophie se quedó inmóvil, mirando el coche, luego miró a su madre.

Esta sonrió.

–Te dije que esperases una señal. Y, mira, ya está aquí.

Hacía una mañana preciosa. Rainbow tenía razón, en eso y en muchas cosas más. Salió de la caravana y se calzó las botas moradas de su madre para ir hasta el coche de Kit.

Tenía el corazón acelerado. Vio que Kit tenía el asiento reclinado y que estaba dormido.

Sintió tanto amor por él que los pulmones se le quedaron sin aire. Solo deseó abrir la puerta y besarle los párpados, la boca, y decirle que sabía que se había portado como una tonta. Pero recordó que su madre le había dicho que amar a alguien significaba hacer lo que era mejor para los dos. Así que se dio media vuelta y echó a andar de nuevo en dirección a la caravana.

Casi había llegado cuando oyó la puerta del coche detrás de ella.

–¡Sophie!

Se giró. Kit había salido del coche y avanzaba hacia ella con determinación.

–No iba a despertarte –le dijo, incómoda–. Quería, pero...

–No pretendía quedarme dormido, pero he conducido toda la noche.

Sophie frunció el ceño.

–¿Cómo has sabido que estaba aquí?

–He utilizado mis contactos –le contestó Kit suspirando–. Sé que no tengo derecho a venir aquí, y lo siento, pero tenía que hablar contigo.

–Yo también lo siento, Kit –le dijo ella–. No tenía derecho a imponerte ninguna norma, ni a darte un ultimátum. Si estás enfermo, tendrás que enfrentarte a la enfermedad a tu manera. Y yo respetaré y apoyaré la decisión que tomes.

–Me he hecho las pruebas –anunció él–. Ayer por la tarde.

–¿Y... cuál ha sido el resultado?

Kit dudó, apretó los dientes e intentó seguir hablando con naturalidad.

–Que lo peor que podría pasarme es perderte. Desde que nos separamos, solo he podido pensar en encontrarte y enfrentarme a lo que tanto me asusta.

–¿Y qué es?

Kit cerró los ojos. Tenía los puños apretados.

–Estar sin ti.

Sophie cruzó el espacio que los separaba, tomó su rostro con ambas manos y lo besó con ternura, pero también con fuerza. Kit la abrazó y le devolvió el beso. Cuando se separaron, tenía el rostro húmedo de las lágrimas de Sophie.

Ella lo miró aturdida, sin aliento.

–Toda mi vida he intentado distanciarme de quien soy y de donde vengo –susurró–, pero cuando volví aquí ayer me di cuenta de que eso no importa. Es mi pasado y ya no me avergüenza. Ahora lo que me importa es el presente y el futuro. Te quiero Kit, y no puedo evitarlo.

–No sé si tengo la enfermedad de Leo o no –le dijo él, agarrándole el rostro con ambas manos–, no he querido saberlo hasta decirte que te quiero, pase lo que pase.

Sophie lo abrazó por el cuello y le dijo:

–Estamos juntos en esto.

Cuando entraron en la caravana, Rainbow estaba sentada a la mesa, comiendo una tostada y con las cartas del tarot. Sonrió a Kit como si también hubiese estado esperándolo y le dijo:

–Hola, soy Rainbow, la madre de Sophie.

–Yo soy Kit –le dijo este, inclinándose para darle un beso en la mejilla, como si fuese lo más natural del mundo.

Rainbow se terminó apresuradamente la tostada y se levantó.

–Iba a ir a... devolverle la cacerola del puré a Hilary, así que, si me perdonáis... –dijo, tomando las cartas y dirigiéndose hacia la puerta–. Me había pedido que le echase las cartas, así que tal vez tarde un rato.

Sophie esperó a que su madre hubiese cerrado la puerta para echarse a reír.

–No es precisamente la persona más sutil del mundo. Cree que vamos a arrancarnos la ropa el uno al otro en cuanto nos deje a solas.

Kit pasó un dedo por su mejilla.

–Una idea tentadora...

Sophie sintió deseo, pero se contuvo.

–Luego –le dijo con voz ronca–. Lo primero que hay que hacer es llamar.

–De acuerdo. ¿No me invitas a un café antes?

Ella se echó a reír.

–Me temo que no. Aquí la especialidad de la casa es el té.

Kit miró a su alrededor.

–Me gusta –dijo muy despacio–. No me refiero al té, sino al autobús. Me gusta mucho.

Sophie se estiró para llegar al fondo del armario más alto.

–Supongo que es genial...

Gritó al notar las manos de Kit en su cintura y un beso en la nuca.

–Y mucho más cómodo para llevarte hasta la cama que Alnburgh –le dijo él, mordisqueándole la oreja.

Sophie se giró entre sus brazos y lo besó en los labios. Luego, se echó a reír.

–Buen intento, pero llama.

Encendió el fuego y puso el agua a calentar mientras abría un viejo frasco de café instantáneo. A sus espaldas, Kit se sentó a la mesa y marcó el número de Randall.

–Buenos días, soy Kit Fitzroy.

–Kit... Estaba pensando en ti. Supongo que la has encontrado, ¿no?

–¿Cómo lo sabes?

–Se nota en tu voz. Estás sonriendo. Mira, voy a ir directo al grano, Kit. No es la enfermedad de la neurona motora.

Sophie dejó escapar un pequeño grito al oír aquello.

–Eso está bien –dijo Kit, conteniendo la emoción, mirando a Sophie y sonriéndole–, pero ¿no irás a decirme que es algo igual de grave?

–No –le contestó Randall–, pero sí puede ser un trastorno causado por estrés postraumático. Es una enfermedad que puede tener muchos síntomas, desde dificultad para dormir, paranoia, flashbacks, ataques de ira... ¿Nada de eso te resulta familiar?

–Sí –dijo Sophie–. Eso fue lo que te ocurrió en Marruecos. Tuviste un flashback, ¿no?

–Sí –admitió él–, pero ¿y mis manos?

–La insensibilidad y la falta de coordinación pueden ser una respuesta al estrés que has vivido. Supongo que hasta ahora habías podido controlarlo, pero a partir de ahora... Bienvenido a la raza humana, comandante Fitzroy –comentó Randall riendo.

–¿Y ahora, qué?

–Viene bien hablar, no bloquear la emoción.

Kit sonrió a Sophie de medio lado y le limpió una lágrima del rostro.

–Gracias, Randall –le dijo en voz baja.

–De nada. Solo hago mi trabajo, como tú hiciste

el tuyo. Aunque estaría bien que me invitases a la boda. Me gustaría conocer a esa maravillosa chica.

–Ya estás invitado.

Kit colgó el teléfono y miró a Sophie. De repente, se sentía agotado.

–Al parecer, vas a tener que cargar conmigo durante los próximos cincuenta años por lo menos –le dijo, apartándole un mechón de la cara.

Ella cerró los ojos un instante.

–Gracias a Dios –dijo sonriendo–. Ahora, ¿nos podemos ir a la cama?

Kit negó con la cabeza, volvió a tomar el teléfono y marcó un número.

–Todavía no. Tengo que hacer otra llamada relativa a la finca.

–Kit... ¿Cómo puedes...? –protestó Sophie.

–Hola, soy Kit Fitzroy, llamo en referencia a la granja del castillo de Alnburgh.

Sophie abrió mucho los ojos.

–Ah, sí, señor Fitzroy –le contestó la mujer que había al otro lado del teléfono–. ¿Hay algún problema?

–Eso me temo. Siento comunicarle que no vamos a poder seguir alquilando la granja. A partir de este momento. Si había ya alguna reserva, el cliente recibirá una generosa recompensa.

–¿Y puedo preguntarle hasta cuándo va a estar ocupada?

–Para siempre –le contestó él.

Epílogo

ESTABAN empezando a caer los primeros copos de nieve cuando el autobús atravesó el pueblo de Alnburgh. A pesar del frío, la carretera que llevaba a la iglesia estaba llena de gente que deseaba ver a la novia, y todo el mundo se puso a aplaudir cuando el autobús se detuvo en el jardín.

Sophie notó que se le formaba un nudo en la garganta.

—Y yo que quería una boda íntima —bromeó.

Rainbow bajó del asiento del conductor, muy guapa con un abrigo largo y negro que le llegaba a los tobillos.

—¿Estás preparada?

Sophie tomó su ramo de rosas rojas.

—¿Que si estoy preparada? ¿Es una broma? Lo estoy deseando. Sé que los novios no deben verse antes de la boda, pero me siento como si llevásemos separados toda la vida. Solo quiero que termine la ceremonia para poder hablar con él.

Juliet Fitzroy se levantó de su asiento y le colocó a Sophie una sencilla corona de hojas de hiedra. Juliet era la madrina e iba vestida con un vestido largo y ajustado de seda verde oscura, sencillo y elegante.

–Tenéis el resto de vuestras vidas para hablar –le dijo sonriendo–. Disfruta de cada minuto de hoy. Es tu día.

Rainbow asintió en silencio, con los ojos azules brillantes de lágrimas.

–Y estás preciosa. Me siento tan... –dejó de hablar y se llevó la mano a la boca.

–Tu madre está orgullosa de ti, y yo también –terminó Juliet–. Mereces ser feliz, cariño.

–Gracias –dijo ella, bajando la vista a sus manos–. ¿Estás segura de que los ópalos no dan mala suerte?

–Segura –le contestó Rainbow–. Sí están asociados a una fuerte atracción sexual.

Sophie se echó a reír. Kit y ella se deseaban tanto como siempre, pero en esos momentos, después de hacer el amor también hablaban acerca de sus sueños y del futuro. De formar una familia.

Rainbow fue la primera en bajar del autobús, tendiendo la mano a su hija para ayudarla. El vestido de Sophie era estrecho y de seda, cubierto por un fino encaje salpicado de diminutos cristales.

La multitud la aplaudió y ovacionó al verla bajar.

Dentro de la iglesia, Kit se giró hacia Jasper.

–¿Qué ocurre? –le preguntó–. Las he oído llegar hace siglos. ¿No irá a arrepentirse?

–Tal vez –bromeó su hermano–. No estaba muy segura de querer casarse contigo.

Kit juró en un susurro y echó a andar.

–Voy a ver si todo va bien.

Jasper corrió tras de él y se interpuso en su camino.

–Kit, no seas idiota.

Este fue hacia un grupo de hombres uniformados.

–Lewis, ve a ver que todo va bien, por favor.

–Por supuesto –dijo el muchacho, dándole el bebé que tenía en brazos a su esposa y salió corriendo.

Un murmullo recorrió toda la iglesia.

Sophie estaba en la puerta. No llevaba velo y tenía copos de nieve en el pelo, que brillaban como pequeños diamantes sobre su corona.

A Kit se le detuvo el corazón y, en ese instante, se relajó.

Vio a Sophie, riendo y llorando, avanzando de una mano de Rainbow y otra de Juliet. Parecía fuerte, feliz y estaba tan guapa que Kit no fue el único al que se le llenaron los ojos de lágrimas.

No podía esperar. Dejó a un resignado Jasper en el altar y corrió hacia ella para abrazarla. Enterró las manos en su pelo y la besó.

El sacerdote suspiró y, levantando la vista al cielo, dijo:

–Todavía no he llegado a esa parte.

BIANCA

INDIA GREY

ANHELOS PROHIBIDOS

Viajar sin pagar en un vagón de primera clase no era como Sophie Greenham esperaba conocer a Kit Fitzroy, acaudalado aristócrata, intrépido héroe del Ejército y hermano de su amigo Jasper. La evidente pasión que surgió entre ellos suponía una auténtica conmoción para Sophie… ¡sobre todo porque estaba a punto de hacerse pasar por la novia de Jasper!

Aunque el valor de Kit era legendario, temía regresar a su magnífica y ancestral mansión. Pero la vitalidad y belleza de Sophie alejaron las sombras de su alma torturada y lo consumieron con un irrefrenable deseo por ella.

EN LA CAMA CON UN EXTRAÑO

Sophie Greenham había entrado en la vida del comandante Kit Fitzroy como un tornado, cambiando su vida para siempre. Tener que dejar a su prometida para volver al frente, a desactivar bombas, fue la cosa más dura que había hecho Kit en toda su existencia…

N.º 495

Cuando volvió a casa, la relación entre Kit y Sophie siguió siendo excitante, pero el hombre al que Sophie amaba se había convertido en un extraño. A pesar de pasar varias noches de exquisito placer en Marruecos y volver a sentirse unida a su futuro marido, Sophie se dio cuenta de que iban a necesitar mucho más que pasión para sobrevivir indemnes a los retos que los esperaban…

¡YA EN TU PUNTO DE VENTA!

DESEO

JENNIFER LEWIS
ESPIRAL DE DESEO

Declan Gates, el muchacho sin futuro de otra época, era ahora un próspero millonario, y Lily Wharton necesitaba su ayuda para recuperar la casa de sus ancestros. Pero Declan no tenía intención de sucumbir a sus súplicas; se quedaría con la casa, se haría con su negocio y después se la llevaría a la cama, algo con lo que llevaba muchos años soñando.

MAXINE SULLIVAN
CHANTAJE AMOROSO

El rico y poderoso Flynn Donovan había ideado el plan perfecto para vengarse de su enemigo. Sabiendo que Danielle Ford no tendría manera de saldar la deuda de su difunto esposo, Flynn le exigió el pago del préstamo y la chantajeó para que se convirtiera en su amante.
Pero entonces descubrió que Danielle estaba embarazada de aquel traidor.

SUSAN MALLERY
SEDUCIDA POR EL MILLONARIO

N.º 559

A Duncan Patrick, un poderoso hombre de negocios, no le gustaban los ultimátums, a menos que fuera él quien los diera. Pero la junta le estaba exigiendo que cambiara su dura imagen pública. Cuando conoció a la dulce Annie McCoy, profesora de guardería, supo que lo haría parecer como un ángel… aunque tendría que recurrir a manipulaciones diabólicas. ¿Lograría el ejecutivo gruñón desplegar el encanto necesario para seducirla?

DESEO
JANICE MAYNARD

MENTIRAS Y DESEO

Luc Cavallo llevaba un negocio multimillonario. Resolvía crisis sin siquiera pestañear. Hasta que la mujer a quien una vez había amado apareció en su despacho, tan hermosa como diez años atrás… con un bebé en brazos y pidiéndole protección. Nadie que conociera su historia con Hattie Parker lo culparía si la echara a patadas. Pero no iba a ser cruel si había una niña de por medio, así que sería el padre del bebé que Hattie había adoptado. Y después por fin la tendría a ella donde quería: en su cama y llevando su anillo.

N.º 560

EL REGRESO DEL HEREDERO

El multimillonario Wynn Oliver había tenido que hacerse cargo de la hija de su hermana. Necesitaba que su ex, Felicity Vance, se mudara con él y lo ayudara. Ella sabía muy bien lo que era crecer sin madre y lo conocía a él, por lo que a Wynn no le servía ninguna otra niñera. Debería ser algo tan sencillo como hacerle un favor a un viejo amigo, pero la tórrida atracción que hervía entre ellos lo convirtió en algo muy complicado. ¿Se interpondrían entre ellos una vez más los secretos que los habían separado quince años atrás?

JAZMÍN

DONNA CLAYTON
UN TRABAJO TEMPORAL

Cuando la sofisticada Amy Edwards aceptó cuidar a aquellos gemelos de manera temporal, no esperaba disfrutar tanto de la compañía de los niños, ni enamorarse de su guapísimo y brillante tío. Pero sabía que si el doctor Pierce Kincaid descubría su secreto no podría sentirse atraído por ella. ¿O sí?

LISSA MANLEY
CRÓNICAS DE AMOR

Por culpa de un artículo, la periodista Colleen Stewart tenía que trabajar con Aiden Forbes, el hombre por el que había estado a punto de abandonarlo todo. Después de la dureza de su última misión, Aiden necesitaba aquel trabajo, pero ¿podría el fuerte corresponsal de guerra sobrevivir al rechazo de Colleen?

N.º 583

ELIZABETH HARBISON
PASADO MISTERIOSO

Amy Scott se sentía más a gusto en la librería de su pueblo que en el palacio imperial de Lufthania. Pero, según el atractivo príncipe Will, aquel era el lugar al que ella pertenecía como heredera al trono. Mientras Amy se acostumbraba a aquel estilo de vida, Will prefería apartarse de ella, pues tenía una regla personal que le prohibía enamorarse. Para ganarse su corazón, Amy tendría que hacer algunas concesiones reales...

BIANCA™

JENNIE LUCAS
BAILANDO JUNTOS

Como Cenicienta en el baile… El sueño de Lilley estaba a punto de hacerse realidad. Iba a cambiar los trajes grises por un vestido fabuloso y bailaría toda la noche en brazos de un hombre al que todas deseaban… pero solo sería una noche.

Y cuando dieran las doce… Alessandro Caetani la abandonaría. Lo único que quería era llevarse a la cama a esa secretaria tan recatada. Lilley nunca se había arriesgado tanto, pero esa iba a ser la única noche en que iba a vivir peligrosamente…

SANDRA MARTON
UN JEQUE DESPIADADO

Un biquini no era el atuendo que le hubiera gustado llevar a Rachel Donnelly al conocer al jeque Karim al Safir. Sobre todo siendo él tan atractivo y estando… tan vestido.

Karim se quedó horrorizado al conocer a la madre de su recién descubierto sobrino. Aunque contemplar el cuerpo semidesnudo de Rachel contradijo su reputación de jeque sin corazón, lucharía con todas sus fuerzas para asegurarse de que el heredero al trono fuera educado en Alcantar.

N.º 494

KATE WALKER
EL RETORNO DEL EXTRAÑO

Lady Katherine Charlton nunca había olvidado al chico solitario de su infancia, el chico con el corazón roto. Ahora, él había vuelto, con su cólera apenas disimulada bajo un pulido y autocrático exterior. Tras un apasionado y furioso beso, el más profundo y oscuro deseo de Heath cristalizó en una promesa: Kat sería suya y al fin podría vengarse.

¡YA EN TU PUNTO DE VENTA!

DESEO

¿Podría convencerla de que aceptara
sin pronunciar esas dos palabras?

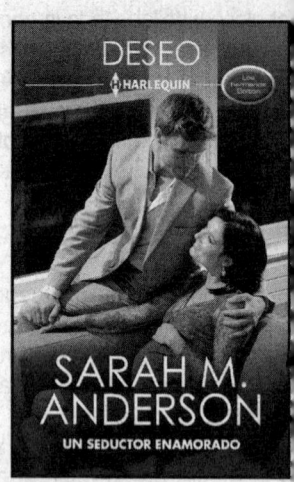

**UN SEDUCTOR
ENAMORADO**

SARAH M.
ANDERSON

N.º 234

Él creía que no volvería a ver a Stella Caine jamás. Tras una noche salvaje, ella había salido de su vida después de desvelarle que su padre era el único hombre que podía amenazar el mayor proyecto empresarial de Bobby Bolton. Por eso, él la dejó marchar. Hasta que Stella regresó embarazada. Esa era una situación que solo podía resolverse de una manera: mediante el matrimonio. Bobby quería hacer lo correcto. Además, la deseaba y nunca había dejado de pensar en ella.